桂恒彬◎著

# 1946-1950
## 国共生死决战全纪录

# 登陆海南岛

长城出版社

**图书在版编目（CIP）数据**

登陆海南岛 / 桂恒彬著 . - 北京：长城出版社，2011.4
（国共生死决战全纪录丛书）
ISBN 978-7-5483-0075-5

Ⅰ . ①登… Ⅱ . ①桂… Ⅲ . ①海南岛战役（1950） - 史料 Ⅳ . ① E297.4

中国版本图书馆 CIP 数据核字（2011）第 070606 号

**责任编辑** / 徐 华 萧 笛

# 登陆海南岛

著 者 / 桂恒彬
图 片 / 解放军画报社授权出版 **getty**images 授权出版
资深档案专家王铭石先生供稿
出 版 / 长城出版社
地 址 / 北京甘家口三里河路 40 号
邮 编 / 100037
电 话 / (010) 66817982 66817587
开 本 / 720 × 1000mm 1/16
字 数 / 260 千字
印 张 / 19 印张
印 刷 / 北京龙跃印务有限公司
版 次 / 2011 年 4 月第 1 版
印 次 / 2014 年 3 月第 2 次印刷

标准书号 / ISBN 978-7-5483-0075-5/E · 1006
定 价 / 49.80 元

解读国共生死大较量的历史
重温先辈们激情燃烧的岁月

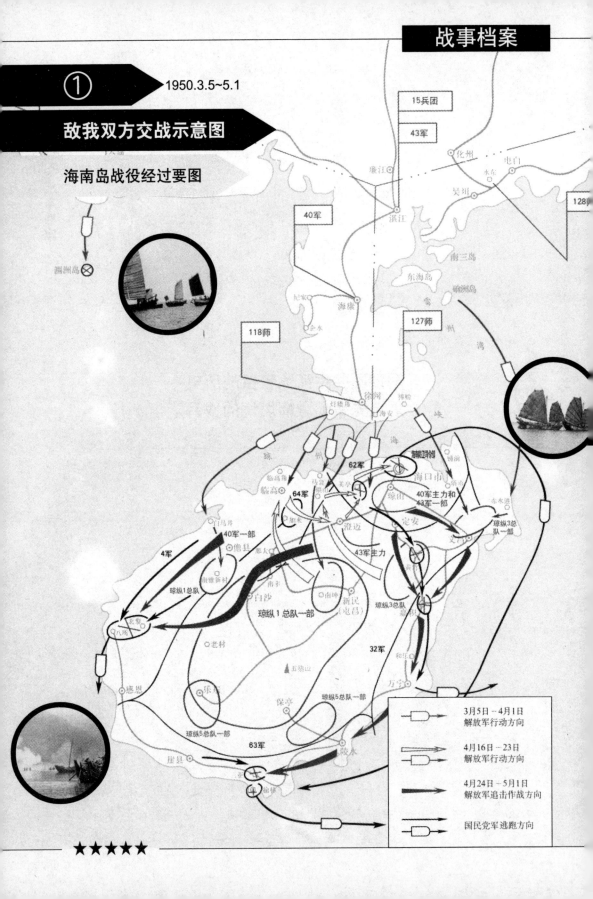

① 1950.3.5~5.1

敌我双方交战示意图

海南岛战役经过要图

15兵团

43军

化州

廉江

屯白

水东

吴川

湛江

128师

40军

南三岛

东海岛

硇洲岛

金水

海康

雷

州

湾

118师

127师

纪家

徐闻

博赊

灯楼角

海安

峡

海

琼

州

临高角

62军

海口市

临高

64军

美亭

琼山

40军主力和
43军一部

琼纵3总
队一部

白马井

40军一部

澄迈

定安

文昌

赤水港

4军

儋县

那太

那雾新村

43军主力

琼纵1总队

南丰

北黎

八所

白沙

琼纵1总队一部

新民
(屯昌)

琼纵3总队
一部

黄竹

老村

南坤

五指山

嘉积

32军

乐东

保亭

琼纵5总队一部

万宁

和乐

琼纵5总队一部

63军

崖县

陵水

3月5日~4月1日
解放军行动方向

4月16日~23日
解放军行动方向

4月24日~5月1日
解放军追击作战方向

国民党军逃跑方向

涠洲岛

★★★★★

**② 作战时间**

1950 年 3 月 5 日~5 月 1 日

**③ 作战地点**

海南岛地区

**④ 敌我双方参战兵力**

我军：

第四野战军第 15 兵团第 40、第 43 军及琼崖纵队共计 10 万余人。

敌军：

国民党军海南防卫总司令部所属第 32、第 62、第 64、第 109 军第 163 师及地方武装 4 个师和空军指挥所、海军第 3 舰队，总兵力约 10 万人。

**⑤ 作战结果及意义**

解放军歼灭国民党军 3.3 万余人，残敌大部由榆林港等地登舰逃往台湾。我军伤亡、失踪 4,614 人。此役拔除了国民党残余势力在南海的主要基地，同时也为我军进行渡海登陆作战提供了宝贵经验。

⑥

**我军主要指挥官**

中共华南分局第一书记、广东军区司令员兼政治委员叶剑英，第15兵团司令员邓华、政治委员赖传珠，第12兵团副司令员兼第40军军长韩先楚，第15兵团参谋长洪学智，第40军政治委员袁升平，第43军军长李作鹏、政治委员张池明。

★ 叶剑英

★ 邓 华

★ 赖传珠

广东梅县人。1917年入云南讲武堂，参与筹建黄埔军校，任教授部副主任。1926年，任国民革命军新编第2师师长，第二方面军第4军参谋长。参加并领导了广州起义。1928年赴苏联学习。1930年回国后，任中央革命军事委员会委员兼总参谋部部长，红一方面军参谋长，军委四局局长，红军前敌总指挥部参谋长，中革军委参谋长。抗日战争时期，任八路军参谋长，中央军委参谋长。解放战争时期，任中央军委副参谋长兼人民解放军参谋长，中共后方委员会书记，北平市市长。全国解放初期，任中共华南分局第一书记，广东军区司令员兼政治委员等职。1955年被授予元帅军衔。

湖南郴县人。1928年参加了湘南起义。土地革命战争时期，历任红一军团第1师3团政治委员，第2师政治部主任，第1师、第2师政治委员。参加了长征。抗日战争时期，任八路军115师685团政治处主任、副团长、政治委员，晋察冀军区第1军分区司令员，八路军第4纵队政治委员等职。解放战争时期，任东北保安副司令员兼沈阳市卫戍司令员，辽西军区、辽吉军区司令员，东北野战军第7纵队司令员，第四野战军44军军长，第15兵团司令员。1955年被授予上将军衔。

江西赣县人。土地革命战争时期，历任红第33团团长兼政治委员，第12师参谋长，红五军团第13军政治部秘书长，第37师政治委员，红一军团第1师政治委员，中共陕甘宁省委军事部副部长、代部长。参加了长征。抗日战争时期，任新四军参谋处处长，江北指挥部参谋长，新四军参谋长。解放战争时期，任东北民主联军第1纵队政治委员，东满军区副司令员，东北野战军第6纵队政治委员，第四野战军第43军政治委员，第15兵团政治委员。1955年被授予上将军衔。

**★ 洪学智**

时任四野第15兵团参谋长。1955年、1988年被授予上将军衔。

**★ 袁升平**

时任四野第40军政治委员。1955年被授予中将军

 **★ 韩先楚**

湖北黄安人。土地革命战争时期，任中国工农红军第25军排长、连长、营长，第十五军团团长、副师长、师长。参加了长征。抗日战争时期，任八路军第115师第344旅副团长、团长、副旅长、旅长兼冀鲁豫军区第3军分区司令员等职。解放战争时期，任东北民主联军第4纵队副司令员、第三纵队司令员、第40军军长，四野12兵团副司令员等，参加了平津、海南岛等多次重大战役。指挥作战有胆有识，勇武过人，善打恶仗，所部第3纵队被称为"旋风部队"，有"旋风司令"之称。1955年被授予上将军衔。

**★ 李作鹏**

时任四野第43军军长。1955年被授予中将军衔。

**★ 张池明**

时任四野第43军政治委员。1955年被授予中将军衔。

## 敌军主要指挥官

国民党军广东省政府主席兼海南防卫总司令薛岳，广州"绥靖"公署主任余汉谋，金卫防卫军司令胡琏。

★薛 岳

★余汉谋

★胡 琏

广东乐昌人。国民党一级陆军上将。先后毕业于黄埔陆军小学、武昌陆军第二预备学校、保定军官学校。曾任援闽粤军司令部上尉参谋、第1师机枪营营长、总统府警卫团营长。1924年后历任第4军代参谋长、国民革命军第1师副师长、师长，第4军副军长，第5军军长，南昌行营北路军第二、第六路军总指挥。参加"围剿"红军作战。抗日战争时期，历任第三战区第19集团军总司令，第1兵团总司令，第九战区代理司令长官、司令长官，湖南省政府主席，第15集团军总司令等职。曾指挥所部取得万家岭大捷、长沙大捷等著名战役的胜利，号称"百战名将"。

广东高要人。国民党二级陆军上将。曾任国民党第4军第11师师长，广州国民政府第1集团军第1军军长，广东"绥靖"公署主任兼第四路军总司令。抗日战争爆发后，任第四战区副司令长官兼第12集团军总司令，第七战区司令长官。抗战结束后，任衢州"绥靖"公署主任，南京陆军总司令，广州"绥靖"公署主任。

陕西华县人。国民党陆军上将。黄埔军校第四期毕业。1928年起在国民党军第11师任营长、团长等职。抗日战争时期，升任第37师196旅旅长，预备第9师师长，11师师长，第18军军长等职。抗日战争胜利后，出任整编第11师师长，整编第18军军长，第12兵团副司令等职。1949年后任福建省主席兼第12兵团司令，金门防卫军司令等职。1954年后，奉调去台湾。

# 目录

# 目 录

# 第一章

# 横扫中南平全粤

∧ 解放战争时期，林彪与叶剑英在一起。

毛泽东和他的战友们在天安门城楼检阅部队时，辽阔的中国大地还没有彻底解放。人民解放军所向披靡，在各个战场上追歼残敌。

我第四野战军官兵猛追猛打白崇禧集团，战士们甩开大步，一路高歌势如破竹。

## 1. 四野追歼逃敌如席卷

中南衡阳五桂岭，一片片收割过的田野，黄灿灿的土地，水牛在田埂上吃草，蓝天上有几朵白云，阳光下的四野前沿指挥所，一部部电话机铃声不断。

指挥部里四野部队横扫中南的捷报频传，由于战役向纵深发展，那些中南北部、东部的地图只好从房梁上卸下来，测绘参谋又急匆匆地把雷州半岛十万分之一的新图挂了起来。

林彪来到地图前，面无表情地对萧克说，白崇禧集团已无退路，决不能让他撤到海南岛。

萧克站在他的身边，很认真地回答: 林总说得对! 如果白崇禧残部撤到海南岛，将会增加我尔后解放海南岛的困难。

林彪在房间里一边踱步，一边口述作战命令: 第43军第128师应即轻装强行军，自选道路向钦州急进; 第43军主力可在先头师之后，以较缓之速度跟进。第13军第39师应即轻装强行军向钦州急进; 目前在公馆圩至北海沿线之敌，可由第13军后续部队解决之。第14军由陆川地区向合浦、钦州前进。以上各部应全力封闭白部从海上逃跑的出海口。第40军由岑溪地区取捷径向灵山前进，堵截由南宁南撤之桂军。第45军全力由贵县经横县向钦州前进，追击桂系第46军南下。第39军第11师到达宾阳后继续沿公路向南宁前进，以策应钦州地区之作战。第38军以1个师继续向百色前进，主

**雷州半岛** —————————————————————————

中国三大半岛之一，因多雷暴而得名，地处广东省西南部，南隔琼州海峡与海南岛相望。南北长约140公里，东西宽约60~70公里，面积0.78万余平方公里。半岛开发较早，海康在汉代已为中国对外通商口岸。1949年以后，半岛成为中国剑麻主产区和重要的热带作物基地。工业有甘蔗制糖、晒盐、剑麻加工、罐头、纺织、造船、化学、家用电器等。主要城市湛江市，为南方天然深水良港之一。

∧ 我军四野一部正向广西钦州进发。

力改向果德前进。第 15、41 军在容县、郁林、陆川地区打扫战场，搜捕溃散的国民党军第 3、第 11 兵团残部。

这位第四野战军的统帅，对地图的熟悉程度，就像国际象棋大师记忆棋谱般烂熟于心，他那一双睿智的眼睛根本不用看地图，就能像私塾学生在老师面前背诵课文那样，眼睛一眨不眨地口述命令，指挥他的千军万马！

从 12 月 2 日起，横扫中南的各路大军，以迅雷不及掩耳之势，发起了最后围歼战。各追击部队已进行了两个月的连续作战，有些部队甚至已经四五天都没睡过觉，极度疲劳。但为了切断白崇禧部最后的一条逃路，大家都以顽强的战斗精神，连续奔袭，他们高喊着"追上敌人就是胜利"的战斗口号，以每日 80 公里～100 公里的速度，向中南地区钦州方向疾追猛进。

下面是一连串的战果，略要记录：

周希汉第 13 军 2 日由廉江西进，3 日占合浦，4 日解放北海，5 日进至钦江东岸之平银渡。李成芳第 14 军 5 日进至钦江东岸，协同第 13 军歼灭余汉谋第 63 军残部，俘少将副军长郭永镳以下 4,000 余人。

随即，李成芳第 14 军一部渡过钦江。突然，江水上涨，后续部队受阻，李成芳连忙向兵团司令部告急。

> 抗战时期，任国民党军第58军军长的鲁道源。

**鲁道源** ———————————

云南昌宁人。国民党陆军中将。云南讲武堂第十三期毕业。早年任滇军近卫第4团营长。1927年后，任第38军团长、旅长等职。抗日战争时期，历任新编第11师师长，第58军代军长、军长等职。1949年1月，升任第11兵团司令兼武汉卫戍司令，10月所部在广西玉林、北留、横县地区被人民解放军围歼，鲁只身逃往越南。

第4兵团司令陈赓，经验老道地告诉他，你不用急，这是潮汐，广东的潮汐间隔不大，你们可将部队沿江一字排开，由纵队变成横队，待晚潮下去，在早潮到来之前，同时全部过江。

李成芳欣喜之余，下令部队拉开队形。6日零时许，李成芳报告司令员说，此法果然奏效。第14军渡钦江成功。

这时，国民党华中军政长官公署及直属队已抵钦州，徐启明兵团第46军及鲁道源兵团残部等部已进至钦州以北之小董圩、大寺圩一线。白崇禧看到解放军大部队已逼近钦州，又急令徐启明兵团西撤。

陈赓一看战机来了，即令第14军主力部队（只欠第40师没有归建）并第13军两军围攻钦州。6日17时，第13、14军向被包围在钦州的国民党军发起猛攻。战至次日凌晨，全歼国民党华中军政长官公署及其直属的3个炮兵团、2个工兵团、1个警卫团和1个补充团计1.2万余人，其中生俘中将炮兵总指挥姚学廉以下近万人。

第40军第120师，由玉林西进于5日在灵山以北百合圩地区，截住鲁道源兵团第125军和第46军第138师。激战至6日凌晨，将其全歼，俘中将军长陈开荣和3个师长等7名将官以下近万人，占领灵山。

第45军第133师于3日由武宣渡黔江南进，沿途歼灭白崇禧部第48、46军各一部，当日进占贵县。4日到达横县，在离横县东北5公里的郁江江面上，击毁敌"新安"号和"天明"号两艘舰艇。5日渡郁江向小董圩前进。

第43军第127师，于2日由博白地区西进，6日进至大垌圩。与同时追至小董圩、大寺圩地区的第14军第40师、第40军第119师和第45军第133师密切协同，将徐启明兵团第46军、鲁道源兵团残部和"国防部突击队"第1、2、3纵队及交警第3纵队包围于小董圩地区。激战至7日，俘虏近4万人。

在中南广阔的战场上，我四野部队像在铁锅中舀饭一样，一勺一口把敌人吃掉。一名127师的土记者，在他的笔记本上记录了小董圩战场感受，这个本子如今陈列在师史馆内，现抄录如下：

行军一宿没睡觉。12月7日3点多钟，听到前方不远的地方乱枪声响成一团，还夹杂着隆隆的炮声，部队急速跑步前进。

听说379团7连在钦州通往灵山的公路上，打下敌人七八十辆大汽车，政治部魏主任要我们赶快去清查战果。天刚放亮，我们跑到公路上，徐科长让我找来纸笔，写了很多"南京部一支队（我师代号）缴获"的纸条，贴到汽车上。前边又传来捷报：1营在小董（即小董圩）获得更大胜利。于是我们便向小董前进……

一路可真热闹。带有"USA"字样的美国军用大汽车、吉普车、水陆两用汽车，摆满公路。汽车上拖载着崭新的美制重炮、机枪、步枪、电台、工兵器材、弹药等等数不清的军用物资。还有几十辆大汽车，装着满满的汽油桶，据说桶里全是鸦片烟土。地上，皮箱、行李、家具、料子衣服、高跟皮鞋，甚至锅碗瓢盆、鸡鸭鹅狗、女人皮包、小镜子、仁丹、口红、胭脂，应有尽有。真像战士们说的，抄白崇禧老家了。在公路边上，一群群敌军军官及其家眷，有的在生火烧饭，有的守着皮箱、包袱痛哭。那些太太小姐们，一个个蓬头散发，满面污垢，狼狈之极……

在小董圩附近的一个村子里找到1营营部，营长萧凤山和教导员陈德爱对我们讲了今天早晨的战斗经过。天刚要放亮的时候，他们听到7连在钦州到灵山的公路上取得很大胜利的消息以后，就赶过7连猛向前跑，一气跑到小董圩附近，看到圩里汽车灯光雪白一大片，人

∧ 我军正急行军追歼白崇禧残部。

∨ 我军战士手执步枪欢呼胜利。

∧ 在广西钦州湾战斗中，我军某部指挥员在前线观察敌情。

群乱哄哄的。这时二野4兵团1个连也赶到了，于是肖营长和4兵团这个连的干部商量，决定我部1连打公路上敌人的汽车队，4兵团的同志打小董街。战斗进行得很顺利，几百辆汽车成了我军的战利品。战斗结束后，部队要休息，可是老百姓家家都紧关大门，听一听屋里边的人说话南腔北调，才知道敌人藏到老百姓家里去了。战士们便把门打开，看到屋子里挤满了敌人官兵和家眷，喝令他们出来站队。他们纷纷从柜子、猪笼、锅台里钻出来，有的从厕所里钻出来。仅我们的1营就俘虏2,000多人。4兵团的那个连也捉了上千名俘虏。

我们来到被称为"俘虏大院"的院子里。一个戴着上校军衔的高个子军官对我们说："我们从广西桂林出发，白长官命令我们四天赶到钦州报到，迟到不收。我们坐上汽车，白天跑黑夜跑，紧赶慢赶到这里，就被贵军把我们解放了。"

显然，这个俘虏对"解放"这个词儿讲来挺不习惯。旁边一个烫着发的官太太说："白崇禧这个老混蛋，叫我们跑出这么远来当俘虏，早知道这样，不如在湖南当俘虏好，离家还近。这里老百姓说话也不懂，都恨我们，即使解放军放了我们，半路还不叫老百姓杀了，怎么办呢？"她越说越伤心，捂着脸呜呜咽咽地哭起来。一个矮胖的俘虏过来宽慰她说："算了吧，别哭了，你应该感谢解放军来得快，虽然离家远点，总算是大陆，比跑到台湾强得多呢。"

一个秃头顶的少将军官走过来说："我认识你们的司令员林彪，他是我黄埔军校的同学。"……


## 2. 国民党军一触即溃，广西战役胜利结束

我们在地图上看到的海口，是海南岛的中心城市，今天的海南省省会，那时候它属于广东省管辖。

1949年12月3日，白崇禧集团主力在博白地区被歼后，这个老奸巨猾的"小诸葛"，不得不承认大陆之战的惨败，只好于当天上午乘飞机飞往海南岛。

苟延残喘的白崇禧，为免遭全军覆没的命运，仓促布置总撤退。沿途收集船只和军舰接运他的残部从海上撤至海南岛。

当日，白崇禧下达命令：黄杰第1兵团退至南宁及其以东地区，

沿江南岸布防，阻拦林彪部南进，掩护华中军政长官公署从南宁撤往钦州；徐启明第10兵团迅速赶到钦州地区，抢占有利地形，阻止林彪南路军西进，保障其南撤道路的畅通；第3、第11兵团残部向钦州靠拢，以便南撤海南岛。

从此，白崇禧再未踏上大陆半步。

白崇禧同李宗仁一样，本来也是不愿意去台湾的。他想：如果自己真成了光杆司令，到了台湾，连个卫兵都要蒋委员长来分派，那该是什么样的一种滋味呢？更何况，蒋介石是一个非常记仇的人，将来肯定是新账旧账一起算。想来想去，白崇禧觉得，非到万不得已，是万万不能去台湾寄于蒋氏篱下的。他的如意算盘是，无论如何也要接应一部嫡系到海南岛。有了自己的部队和地盘，是不怕老蒋把他怎么样的。而且，控制了海南岛，共军一时也奈何他不得。大海茫茫，无遮无挡。说不定还能造成一个毛泽东控制大陆、蒋介石控制台湾、他和李宗仁控制海南岛的三分天下的局面呢！

为此，白崇禧半个多月前就做了周密部署。

11月中旬，当李宗仁执意要出国，白崇禧在桂林与李道别时，就请李宗仁在出国前为他、也为桂系再做最后一件事，就是要李以"代总统"的身份去一趟海南岛，晤见陈济棠、余汉谋、薛岳等人，达成桂系不得已时撤至海南岛的协议。

李宗仁点头同意了，并于11月16日飞抵海口，预先为桂系寻找退出大陆后的栖身之地。

本来，白崇禧认为还可以在大陆抵挡一阵子，没想到失败得那么快。他现在最揪心的事就是要赶快把自己的残部撤到海南岛去。

白崇禧对此很不放心。12月5日中午，他乘太仓号军舰驶抵涠洲岛海面，亲自组织总撤退。但是，白崇禧碰到了宿敌，两个最强劲的对手林彪和陈赓，他们能让他的"海南王"好梦逞逞吗？

白崇禧夜宿龙州港外洋海面军舰上，无尽的感触涌上心头。地处中南的钦州和小董圩作战失败后，他预感到末日来临。有一点是他这位聪明透顶的"小诸葛"也不明白的，共军和桂军都是中国人，为什么人家不吃不喝不睡连续作战，且越战越有精神，而他的部队却像纸糊的灯笼，一触即溃、一打即垮？

从10月到12月，不足一百天，他的几十万部队全拼完了，"半世英名付流水，但寒烟衰草凝绿"。白崇禧不得不承认，在林彪面前，

∧ 曾任国民党广州"绥靖"公署主任的余汉谋。

他这个"小诸葛"的名头是言过其实了。

他心里清楚，在海南岛的日子也是屈指可数。他很想上岸亲自指挥，却终于没有这个勇气。他知道从钦州入海的部队可能已经没有了。12月8日，白崇禧给他的第2、第10兵团下达了最后一道命令：为保有反攻基地，各部队应各自选择适当地区，暂避决战；轻装分散，化整为零，机动出击，待机反攻。第1兵团应即转移至左、右江地区；第10兵团进入十万大山南北地区，分别建立基地，实施匪后游击。

## 国民党湖南"绥靖"司令官黄杰

　　湖南长沙人。国民党陆军中将。黄埔军校第一期毕业。曾任国民党军第1师第2旅旅长，第2师师长，税警总团司令等职。抗日战争时期，任第8军军长，成都中央军校教育处处长，第11集团军代总司令，第一方面军副司令官等职。抗日战争胜利后，任中央训练团教育长兼军官训练团教育长，长沙"绥靖"公署副主任，国防部次长，陆军第五编练司令官，湖南省政府主席兼第1兵团司令官和湖南"绥靖"司令官等职。1949年12月，率部逃亡越南。后去台湾。

## 国民党第1兵团 ————————————————————— ▶—

　　司令官陈明仁，副司令官傅正模、刘进、张际鹏。该兵团组建时辖第29、第71、第79军，驻防武汉。后兵团部移驻长沙，改辖第14、第71、第100军。该兵团在陈明仁率领下，于1949年8月4日与长沙绥靖公署主任程潜指挥的部队在长沙通电起义，加入人民解放军行列。程潜、陈明仁起义部队后改编为人民解放军第21兵团。

## 方　方 ——————————————————————— ▶—

　　广东普宁人。土地革命战争时期，任中共普宁、连汀和上杭中心县县委书记，红军独立第9团政治委员，闽西南军政委员会常委等职。抗日战争时期，任中共闽粤赣边区省委组织部长、省委书记，中共南方工委书记等职。解放战争时期，任军调处执行部驻广州小组中共首席代表，中央香港分局、华南分局书记等职。

## 程子华 ——————————————————————— ▶—

　　山西解县人。1927年入武汉中央军事政治学校。土地革命战争时期，任红5军第5纵队支队长，红35军第307团团长，独立第3师师长，红25军军长，红15军团政治委员等职。参加了长征。抗日战争时期，任冀中军区政治委员，晋察冀军区代理司令员兼政治委员。解放战争时期，任北平警备司令员兼政治委员，四野第13兵团司令员。

但第1兵团司令官黄杰认为，该兵团可战之兵已不足5个团，在解放军的追击、堵截、夹击之下，部署游击战已是枉然；况且云南卢汉的部队，已于9日宣布起义，入滇的希望也彻底破灭了。因此，白崇禧的命令殊难执行。

这时，国民党东南军政长官陈诚命令黄杰：并力西进，进入越南，保有根据地，相机行事，无论留越、转台，皆能自如。

黄杰听了陈诚的，遂率部向中越边境地区撤逃，以"假道入越，转运台湾"。于是，白崇禧集团残部溃不成军。除零星溃散的国民党军逃入容县、北流、郁林、陆川一带大容山山区和雷州半岛外，第1兵团残部西逃左江流域的狭小地区；第10兵团残部进入十万大山，企图相机逃往越南。

这样的一种敌我态势，中共中央早就看出来了。11月19日，致电林彪、陈赓并告叶剑英、方方，估计：白崇禧部在无法逃往云、贵时，将逃往越南。因此，除程子华兵团着重切断白匪经柳州退贵州、经百色退云南的道路外，我4兵团应着重切断白匪退越南的道路，应尽一切可能不使白匪退往越南。

据此，在钦州、小董圩地区歼灭战宣告结束后，四野前指根据各部队所处位置，于12月8日20时电令陈赓第4兵团及第39军：盼令13军以1个师向思乐西南前进，截击敌人，但勿入安南（即越南）境。我39军两个师与43军之4个团向上思、思乐追击。其余各军就地打扫战场，搜剿溃散之国民党军。追击部队接到命令后，一鼓作气，追歼逃敌，其威势真如破竹一样。

12月8日，第13军从钦州出发，分兵两路追击。当日，解放防城和龙门港。9日，第37师攻占边防重镇东兴。11日，第38师进至公安圩。一路追歼徐启明兵团第46军等部6,000余人。还在南、北两路大军于钦州、小董圩地区进行围歼作战之时，西路军即马不停蹄，乘胜追歼逃敌。

第38军第151师于4日解放田州，5日进占百色；第114师于7日解放田东，迫使刘嘉树第17兵团残部逃入桂西南的靖西。

第39军第116师于3日越过昆仑关，4日进占南宁，歼敌3,000余人。5日渡江南下，截获华中军政长官公署汽车130余辆，俘1个炮兵营。6日在大塘圩地区截歼鲁道源兵团残部和黄杰兵团第21军第87师残部，俘正副师长以下6,000余人。7日在那晓圩截歼徐启明兵团第56军1,000余人，与第4兵团第15军在那晓圩以南会师。

一部由南宁西进，解放隆安等地，歼灭徐启明兵团第46军第236师残部。

第39军第117师于8日攻占上思，截歼白部第71军第88师4,000余人，11日进至明江；第115师沿南宁至镇南关（今友谊关）公路南进，9日占那隆、思乐，途中追歼白部第71军直属队、第14军第63师各一部，生俘第71军军长熊新民以下1,000余人。10日解放明江。11日，于旭塘歼白部第97军第330师1,600余人，并迫使该师师长秦国祥率残部1,200余人至明江向第117师投降。接着，117师于12日进占边防重镇镇南关（今友谊关）。随后，该师主力即转向十万大山方向追击，在板墩、峙浪南、隘店、龙州等地截歼白部第97军4,000余人。14日进占龙州。

第43军所属第129师和第127师第380团于8日晨进入十万大山，当晚在上思以东之龙楼地区，歼徐启明兵团第46军第188师一部，俘2000余人。10日又在上思以西之迁隆冈地区追歼鲁道源兵团部及其第58军第226师1,700余人。13日进至边防要镇隘店。

43军老人记得，当时部队边行军边作政治动员：白崇禧还有一个兵团正在往越南逃跑，同志们，加快速度呀！坚决把敌人消灭在国境线上！

部队冒着麻麻细雨，钻进了林深草密、道路崎岖的十万大山。那一带全是连绵不绝的山地，人烟稀少，筹粮困难。部队轻装西进，没有带足粮食，现在只能饿着肚子追赶敌人！

精神鼓舞可起一时作用，但终究不能解决问题。体弱的战士走着走着便一头栽倒，扶起来再也站不住了，双腿直哆嗦。有个连队在行军时遇着一位老汉，像见了救星一样将老汉围起来。

大叔啊，我们两天都没吃东西了，请你想法子给弄点军粮吧！

司务长掏出大洋硬往老汉手里塞，老汉见大军饿成这样，就答应到附近去搞点粮食来。可是转了一圈也没有搞到一粒米呀！老汉难为情地说，大军同志啊，实在没有法子啊，我外甥有块红薯地，他愿意把地捐献出来，请你们自己去挖出来吃吧。

这个连队用8块大洋买下了红薯地，每人挖了七八个红薯，边走边吃，才解决了一顿饥荒。

翻过十万大山，部队直插公母山。

12月14日清晨，先头部队的侦察员发现有两名站着撒尿的"女人"，立即将其擒住，揪下假发套一审，原来是黄杰兵团后卫第21军的情报员。

敌军就在前面的公母山，同志们！跑步前进打他个措手不及！

中午12时，在公母山上架锅烧饭的桂军，准备吃一顿饱饭就过境留洋了。正在这时几发炮弹飞过来，把饭锅给炸翻了，米饭撒了一地！

▽ 广西战役中，被我军俘虏的国民党华中军政长官公署副长官兼第3兵团司令张淦（左）。

∧ 广西战役后期，我军一部向桂南十万大山进军。

噫，谁他娘的打炮？一名团长四处张望，这时他听到飞机引擎声，抬头一看，有4架法军飞机正在头顶盘旋。他妈的，法国佬丢炸弹也不长眼睛，乱炸！

敌军做梦都没有想到解放军已从几百里外飞奔杀来，密集的枪声在四周同时响起，敌团长始觉不妙，连忙从地上跳起来大声吼道，都别吃啦，赶快过境，向法国佬缴枪吧！

敌军朝中越边境纷纷溃逃，可是出境的山路被解放军堵住了。他们企图杀出一条血路，猛攻了两个小时，仍无济无事，只见横七竖八层层叠叠的尸体，将那条弯曲的山路铺满了。敌团长见大势已去，知道出国梦是做不成了，只好与士兵一起举手投降了。

"你是团长，快下令让你的士兵停止抵抗！"我军一名战士说。

那团长朝俘虏堆里的一位矮胖子一指，说："他是副军长，让他下吧！"

到下午4时，公母山战斗结束，第43军在隘店以北地区截歼黄杰兵团第21军残部，俘该军少将副军长郭文灿以下4,000余人。

黄杰和鲁道源率国民党军2万余人分别由隘店和水口关逃入越南。这股溃兵一入越境即被法国总督解除武装，全部送到暹罗湾的富国岛。直到1952年，经蒋介石多方斡旋，这股溃兵才得以运达台湾。

另一股逃入越南的国民党军第10兵团部及所属第100军之第19、第197师共7,000余人，于1950年1月31日在兵团司令官刘嘉树率领下，辗转回窜广西省龙津县水口关东北地区，企图寻机经平而关逃往海南岛或台湾。我第45军第134师4个营采取分进合击战术，于2月5日将其包围在平而关地区，经两日激战，将其全歼，活捉刘嘉树以下6,000余人。

至此，在容县、北流、郁林、陆川、横县地区担任清剿任务的第15、第41军及第45军一部，从12月2日开始分片搜剿溃散之敌。各军进入山区后，发动群众拉开大网，逐股围歼。

当时，接到林彪要第15军就地剿匪的命令时，4兵团副司令员郭天民还有些想不通：我们是过路部队，没有承担军区的任务，怎么叫我们部队剿匪呢？四野的部队可以剿嘛！现在应是抢时间让15军西进才是啊！

陈赓劝说道：还是以大局为重吧！这不是原则问题，剿匪也是党的事业嘛。他想，4兵团是二野的部队，自南下归四野指挥以来已经争了三次，不好再争了。

随即，陈赓又向第15军军长秦基伟交代：既然我们同意剿匪，那就要认真剿，你们要将博白地区张淦兵团逃散的散兵游勇、土匪一网打尽。

秦基伟率第15军认真地执行上级决定，对张淦兵团残部穷剿不舍。桂军被追剿得无处藏身。

12月5日，第48军军长张文鸿向长官部请示如何行动。长官部副参谋长林一枝转达白崇禧指示：该军如不能突过博白进入十万大山，应即就地化整为零，分途向大容山区集结，暂时一面打游击，一面等待后令行动。最好能设法向南突进至雷州半岛，并随时以无线电与长官部保持联络。

当日，张文鸿部署第138师残部躲进容县西北的大容山。6日晨，张文鸿电告长官

< 被我军俘虏的国民党第3兵团副司令兼第10军军长李本一。

> 1949年12月11日，我军攻占边境重镇——镇南关。

部：因连日劳累，旧疾胃溃疡病发作，疼痛难忍，实难再随队行动。即将部队交副军长黄建太指挥，他只带一名卫士去大容山北麓的罗秀圩一个熟人家养病。

张文鸿在无线电中的通话，恰巧被第15军第45师的大功率报话机收听到。第45师师长崔建功即令第133团团长任应：赶快派部队去活捉张文鸿。

张文鸿前脚刚到罗秀圩，第133团警卫排后脚就赶到了。第48军中将军长张文鸿就这样乖乖地当了俘虏。

经过8天清剿，第15军共俘虏国民党军4,000余人。第41军在大容山地区歼灭桂系第7、第48军等残部2,000余人，生俘第3兵团副司令官兼第7军中将军长李本一。第45军第135师于5日在沙村围歼桂中军政区部队，俘第3兵团中将副司令官兼桂中军政区司令王景宋以下1,500余人。第134师在长垣圩以南粤桂边区歼灭国民党军1,900余人，俘湘桂黔护路军中将司令莫德洪等。

12月14日，广西战役胜利结束了。

## 3. 揭开代号"101"首长的神秘面纱

雷州湾波涛汹涌，海水碧蓝。密密麻麻的橡胶丛林，正逢收割，橡胶树上刀痕累累，白色胶汁从刀口处，一滴滴流了出来。

当广西战役接近尾声时，观望等待的余汉谋集团残部，开始从雷州半岛向海南岛和台湾撤退。我粤桂边纵队相继解放雷州半岛的遂溪、徐闻、海康。12月19日，粤桂边纵队配合第43军第128师向湛江进攻，歼灭未及撤退的第62军等部1,000余人。至此，中南大陆全部解放。雷州半岛也成为我军举行另一场大战的集结地域。

遵照中央军委的指示，四野决定：以第40、43军开赴雷州半岛，准备解放海南岛作战；以第38军第114、151师入滇协同陈赓第4兵团解放滇南；陈赓第4兵团即归还二野建制；四野其余各军进行短期休整后，开赴各地执行以剿匪为中心的工作队任务。

四野老人说，尽管林彪与陈赓在作战部署上有过分歧，但林彪对第4兵团配合四野进军中南的英勇作战给予了很高的评价。

12月21日，林彪、谭政、萧克致电刘伯承、邓小平、张际春、李达告陈赓、郭天民，并报中央军委：

对于4兵团在两广作战中的艰苦与英勇，特致慰问与谢意。25日，陈赓第4兵团在南宁地区集中，准备进军云南。

1949年12月11日，林彪、谭政、萧克致信广西战役参战部队全体指战员，指出：

我军为期一个月的作战，已经赢得了具有历史意义的伟大胜利。白崇禧匪部所指挥的张淦、徐启明、鲁道源、黄杰、刘嘉树5个兵团及广东残余余汉谋所部，除一小部逃往海南、越南法国占领区，一小部溃散在广西山地尚待肃清外，业已全部为我军歼灭。一个月的时间，我军解放了桂林、柳州、梧州、南宁和广西全境及广东西南沿海的城镇和全部海港。华中华南所辖范围内除海南岛一隅外，至此业已全部解放。

这是解放军战史上的一段精彩乐章。从1949年11月6日开始至12月14日止，历时39天。林彪指挥3个兵团9个军31个师及粤桂边、滇桂黔边纵队共40多万人，歼灭白崇禧集团和余汉谋集团17.29万人，其中俘虏16万余人（包括将级军官78人），解放了广西全境。解放军仅伤亡、失踪2,477人。

为美帝国主义及其走狗国民党反动派所豢养并奉为王牌，在全国残余反动势力中经常在精神上、实力上起支持作用的白匪部队之被歼灭，不但对以后的海南岛之作战有着重要意义，即对邻省的解放和在全国范围内提早结束战争，亦具有重要意义。

长江日报社论说，

广西战役胜利结束，桂系匪军以及华南蒋匪残余的歼灭，加速了全国解放的进程。因为我国大陆上，再也没有一支像桂系匪军这样剽悍的反动武装了。对于华南来说，今天，解放战争已经基本结束了。虽然还剩下一个海南岛尚待解放，但是，只需要出动一部分野战军，就能胜利地完成任务。因此，中南地区的人民，就从此摆脱统治者的枷锁，将在中国共产党和中央人民政府的领导下，稳步地进入和平生产建设时期，这是我中南地区一个划时代的转变。

随后就是林彪亲率指挥所一行从衡阳凯旋长沙，返回武汉。

有人这样描写林彪凯旋的情景：

12月18日，林总的专列缓缓驶入长沙车站时，静候在月台的人群顿时骚动起来，欢迎，欢迎，热烈欢迎的口号声响彻云霄。林彪、谭政、萧克在军乐声中健步踏上月台，几名女青年立即拥上去献花……

在五千人的欢迎场面中，人们看到了四野统帅的真面目，从而揭开了这位代号"101"首长的神秘面纱。

12月19日，人民日报头版头条发表新华社新闻通讯稿，醒目的标题是：解放广西战役胜利结束，林彪将军凯旋回长沙，我军奋战一月赢得历史性胜利。可是，败军之将的白崇禧就没有那么运气了。广西战役结束后半个月，经不住蒋介石的一再催促，他于12月30日从海口飞到台湾。从此，他就成为了蒋介石的一块板上肉。老蒋再也不允许白崇禧兴风作浪，给了他一个战略顾问委员会副主任的虚职和一幢周围全是农田的木板房。白崇禧足不出户，直到1966年11月16日早晨在悲凉与寂寞中奇怪地死去。

解放中南六省的任务大体上完成了，只剩一个海南岛。作为四野统帅的林总，虽然密切关注南海风云变幻，反复考虑批准海南岛战役计划，但没有必要亲自指挥渡海登陆作战了。他的部下名将如林，任务交给谁都不含糊。几天前他已经致电邓华等：

攻海南岛战役，由15兵团首长担任统一指挥。

一场大战刚刚结束，另一场大战已经开始！

❶我军的机枪阵地。

❷ 我军爆破小组在火力掩护下冲向敌堡。
❸ 我军机枪手在城墙上猛烈射击，掩护部队向城里冲击。
❹ 我军某部行进在云贵高原上。
❺ 我军某部在向前线运动途中。

25

## 邓 华

（时任第四野战军第15兵团司令员）

1950年1月中旬，四野又转来毛泽东主席给林彪和我兵团领导人邓华、赖传珠、洪学智的指示，指出海南岛与金门情况不同，一是有坚持在海南岛的我琼崖纵队的配合，二是敌人战斗力较差。

指示要求我们用大力气于几个月内装置几百艘机器船，一次要能载运2万人，并有一个军的指挥所随同登陆，独立作战，争取于春、夏两季内解决海南岛问题。

当时我们考虑，渡海作战与陆地作战不同。陆地作战搞不好还可以整顿部队重来，渡海作战搞不好就会有全军覆没的危险。因此，必须慎重从事，既要英勇果敢，又要稳扎稳打。必须实事求是，因时因地采取得力措施。并要求以必要代价，克服敌机敌舰和茫茫大海的阻拦，使部队顺利登陆，才能大量消灭敌人，取得渡海的作战胜利。这就是我们作战的指导思想。

——摘自：邓华《海南岛战役作战经过》

★★★★★

## 符振中
（时任琼崖纵队参谋长）

登陆点要具备三个条件：一是水浅，海岸线长，有利于登陆部队展开；二是敌人的海防部署薄弱，兵力少；三是离山区近，偷渡部队登陆被琼纵接应上来后，能够迅速转入山区。

根据这些条件，同第1总队和县委的同志研究，初步选到了登陆点。

但是，这两个县的敌人已经全部封锁了沿海的港口和船只，不准渔民出海捕鱼，我们在临高新盈港的交通船也被敌人封锁了，我从这里已过不了海。

惟一能偷渡的地方是澄迈了。

——摘自：符振中《接应大军过海来》

# 第二章

# 英明决策战海南

∧ 1949年11月，叶剑英（左三）与邓华（左一）等在广州检阅入城部队。

毛泽东英明决策：积极准备，解放海南岛。15兵团司令员邓华将担任主帅。

林彪思虑，金门之战的失利教训，毛泽东和他想的是同一个问题。"积极偷渡，分批小渡与最后登陆相结合"的战役指导方针出台。

薛岳吹嘘"伯陵防线"固若金汤。

## 1. 未雨绸缪，决策登陆

1949年10月14日解放南方大都会广州市，43军127师参加了入城仪式，中共华南局书记叶剑英主持入城式。站在他身旁的是四野15兵团司令员邓华。那时候他还不知道，南中国海的一场大战将让他担当主帅。

老人们都说，邓华这个人军政全优，开始是做政治工作的，团政委、师政委都干过；抗战以后，他就改做军事工作。军事工作各个阶段，很多时候他是司令员兼政委，军事工作他有一套，政治工作他也有一套，他是我军少有的军政兼优的高级干部。

他的生平有这样的记载：1910年生，湖南郴州人，早年积极参加爱国学生运动。他在《论青年人生观》一文中写道："青年人当舍身报效祖国，挽救国家危亡，解放亿万生灵涂炭！"1927年3月加入中国共产党。1928年1月参加湘南起义，后随朱德、陈毅到井冈山。曾任中国工农红军纵队政治部组织科科长、军教导队政治委员、团政治委员、师政治委员等职，参加了中央苏区历次反"围剿"和长征。到陕北后，任红一军团第2师政治部主任，红1、红2师政治委员，率部参加了直罗镇、东征、西征和山城堡战役。

抗日战争全面爆发后，任八路军第115师685团政治处主任，参加平型关战斗。后任115师独立团政治委员、晋察冀军区第1分区政治委员、平西支队司令员兼政治委员，参与领导开辟平西抗日根据地。1938年5月任八路军第4纵队政治委员，与司令员宋时轮率部到冀东开辟抗日游击根据地。1940年起，任晋察冀军区第5分区司令员兼政治委员、第4分区司令员，参加了百团大战。1944年到延安，任陕甘宁晋绥联防军教导第2旅政治委员，后入中共中央党校学习。

抗日战争胜利后，任东北保安副司令兼沈阳市卫戍司令、辽西（后改辽吉）军区司令员，率部参加秀水河子战斗和四平保卫战。1947年起，任东北民主联军辽吉纵队、

> 百团大战期间，时任八路军副总指挥的彭德怀亲临前线指挥作战。

**百团大战** —————————————————————————————————◄—

　　1940年8月20日，晋察冀军区、第129、第120师在八路军总部统一指挥下，发动了以破袭正太铁路（石家庄至太原）为重点的战役。战役发起第3天，参战部队已达105个团，故称"百团大战"。从8月20日至12月5日的3个半月中，八路军共进行大小战斗1,824次，共计毙、伤、俘和投诚日伪军达46,480人。百团大战粉碎了日军的"囚笼政策"，增强了全国军民取得抗战胜利的信心，提高了中国共产党和八路军的声望。

> 洪学智，1955 年被授予上将军衔。

< 抗日战争时期，邓华（前排左）与晋察冀军区司令员聂荣臻（前排右）等人合影。

## 洪学智 ———————————————

安徽金寨人。土地革命战争时期，任红四方面军第 31 军第 93 师政治部主任，红 4 军政治部主任等职。抗日战争时期，任中国人民抗日军政大学第 3 大队一支队支队长、抗大第五分校副校长，苏北盐阜军区司令员，新四军第 3 师参谋长等职。解放战争时期，任辽西军区副司令员，黑龙江军区司令员，东北野战军第 6 纵队司令员，第四野战军第 43 军军长。

东北野战军第 7 纵队司令员，第 44 军军长，第四野战军 15 兵团司令员，兼广东军区第一副司令员，率部参加辽沈、平津、湘赣、广东等战役，组织指挥了海南岛战役。1950 年参加抗美援朝，任中国人民志愿军第一副司令员兼第一副政治委员，协助彭德怀指挥第一至第五次战役。1952 年起任志愿军代理司令员兼政治委员。1953 年任志愿军司令员兼政治委员。

1954 年回国后，历任东北军区第一副司令员、代理司令员，人民解放军副总参谋长兼沈阳军区司令员，军事科学院副院长等职。1955 年被授予上将军衔。1980 年 7 月 3 日在上海病逝。

在历次革命战争中，邓华南征北战，为民族的独立和解放建立了卓著功勋。

据邓华部下回忆：四野前委的命令下达的第二天，即 1949 年 12 月 15 日，邓华司令员、赖传珠政委、洪学智副司令员来到作战室，第一次正式研究渡海登陆进攻海南岛作战问题。邓华有个习惯，他一进作战室，就走到挂在墙上的作战地图边，仔细地看着，手指着一个个地名思考着它们的相互关系，并不时将大拇指与食指叉开量量他们之间的距离。地图上已标明第 40 军、第 43 军军部及各师、团的位置，他只略为看了一下，即集中注意力看雷州半岛的大小港湾情况，雷州半岛南端与海南岛北端、琼州海峡各地段的距离。海南岛北部、西北部、东北部各地段的地形情况。然后他问作战科长杨迪，你们对如何实施渡海作战，考虑了没有？

杨迪是个聪明伶俐的人，他胸有成竹地回答，我和作战科的同志们初步研究，渡海作战，首先要考虑的是船只问题，就是用什么样的船来载渡；第二就是气象问题，海水涨潮、落潮，海峡海水的流向，天上的风向变化等；第三是雷州半岛的港口及其附近岛屿的情况，现在只知道有一些小渔港，渡海船只只能依靠这些小渔港停泊；第四是海南岛沿海的情况，还没来得及了解；第五是后勤保障问题；第六是两个军干部战士的思想转弯和对大海的认识问题；第七是海上训练问题等等。我们还有很多问题还没有想到。我已派人到广州图书馆去找了这方面的书籍资料，还没来得及看。我想等我们进一步研究后，再向首长们汇报。

邓华听了这一番话，就自个儿思考着，没有再问。

洪学智副司令员说，渡海作战的首要问题是船只问题，现在广东沿海渔船不少，我们可以征集渔船，载运部队渡海。可是渔船都是木帆船，是靠风力和人力航行的，航速很慢，还要风向是向南刮的北风、东北风，才能顺风航行。

**杨　迪** —————————————————————————————————

湖南湘潭人。抗日战争初期，入延安抗日军政大学第一分校第四期学习。1939年3月，进中央军委一局任参谋。以后，历任八路军排长、连长、总部作战参谋、作战股长、副科长等职。解放战争时期，任东北民主联军团参谋长、团长、43军司令部作战科科长、第15兵团司令部作战科科长、13兵团司令部作战处处长等职。

邓华听完洪学智的话，接着说，是啊，我在10月中旬接到毛主席和四野前委准备令我们兵团进行渡海进攻海南岛战役的预令后，这段时间我就在研究思考这个问题，我也是首先想到了老洪讲的渡海的船只问题。也想到了你们作战科提出的那些问题。这些问题都对我们采取什么样的战役作战方针与什么样的作战样式很有关系。现在我军在陆上作战是采取大迂回大包围的作战样式，抄到敌人后面，一举歼灭敌人一个集团，比如这次广西战役歼灭白崇禧集团，四野首长就是这样打的。可是我们这次是渡海登陆作战，情况就完全不同了。就不能采取大迂回大包围的作战样式了。因为我们不能靠两条腿走路，而是要靠乘船过海。

他接着点着了一支烟，吸了一口说，刚才老洪说乘坐渔民打鱼的船，我们想到一块了。我想渔船在海上打鱼，不是一大群船只在一起，而是十几艘，至多十来艘在一起打鱼，我们部队乘坐渔船渡海，就要伪装像打鱼的样子。因此，就不能使用大部队乘大批的渔船，我们可以使用小部队扮作渔民打鱼，偷渡到海南岛上去。

他停顿片刻又说，我们为什么想到这样做呢？主要是岛上有冯白驹同志领导的琼崖纵队，有根据地这个有利条件，我军小部队偷渡，他们可以接应我军登陆，然后带领我小部队进入根据地，只要第一批小部队偷渡成功，我们就可再派小部队偷渡，用这种方法，送到海岛上一个师的兵力，我们再实施大举渡海登陆，就有了强有力的接应部队了，我军大举登陆时，使敌人处于内外夹攻之势，这样我军就可以稳操胜券。请你们想一想，我们采取这样的办法行不行？

洪学智说，我同意小部队偷渡的办法，据我看这个办法行得通。一是岛上有冯白驹同志可以接应我们，二是敌人现正在整顿部队调整部署，薛岳也不会想到我们会采取用小部队偷渡，我们现在也只有采取这个办法，除此再没有别的好办法了。我们又不能像第二次世界大战时，美国军队打日本军队那样，在海、空军的支援下，用现代化的渡海工具登陆。

赖传珠政委说，我同意老邓和老洪讲的这些办法，这次渡海作战是没有先例可以借

**冯白驹** ————————————————————————

海南琼山人。琼崖革命武装和根据地创建人。抗日战争时期，任广东省民众抗日自卫团第14区独立队队长、琼崖抗日游击队独立总队队长、琼崖军事委员会主席、琼崖人民抗日游击队独立纵队司令员兼政治委员等职。解放战争时期，任中共琼崖区委书记、琼崖临时人民政府主席、人民解放军琼崖纵队司令员兼政治委员等职。

鉴的，完全靠我们自己来创造。三野打金门岛失利，除其他原因外，我看还有两条，一是金门岛小，敌人兵力多，战斗力强；二是岛上没有我党、我军接应。我们打海南岛的情况和他们就不一样了，我上面讲的这两条就比他们有利，我们要充分利用和发挥这些对我有利的条件。我们可以建议四野总部立即将两个军向雷州半岛开进，一方面肃清半岛上的残敌和土匪，一方面部队靠近海边就好了解、熟悉大海和海峡的情况，并进行海上训练。

夜已经很深了，但15兵团的三位首长却兴致盎然。作战科长在一旁说，听了首长们的研究，给我启发很大，采用小部队乘木帆船偷渡过海，这在战争史上是没有先例的。我们小部队分批偷渡过去，这不仅对接应我军大举登陆有利，而且对目前支援琼崖纵队反敌人的"围剿"，也是很有利的，有我军小部队登陆海南岛，那给琼崖纵队和岛上的人民鼓舞是会很大的。邓华司令点了点头，表示了认可。然后说，我们已经形成了初步意见，以我们三个人的名义，发个电报给四野前委和中央军委。赖、洪表示同意。

1949 年 12 月 15 日，邓、赖、洪给四野前委和中央军委的电报大意是，对海南岛登陆作战与他处不同，海南岛上有我党领导的琼崖纵队这个很有利的优越条件，但重要的是船只的准备，其次是对付敌海、陆、空的扰乱。为加强准备工作，建议以 43 军、40 军各以一个主力师现在即进驻雷州半岛，肃清残敌，在对海南岛作战准备期间，以两个军采取小部队偷渡办法，先运过一部分部队配合当地武装，以便接应两个军主力登陆，主力大规模登陆作战时，拟第43 军、第 40 军各以 1 个师为第一梯队齐头并进，在海口东西两个方面登陆，以便互为支援，分散敌人力量，使登陆作战易于成功……

## 2. 难忘的金门炮火

广西战役结束以后，林彪的思想一点儿也不轻松。解放海南岛一役，毛主席把任务交给了他，他把任务又交给了邓华，虽然他在作战指挥上心胸坦荡，有一贯放手部下的作风，但在具体步骤上他又谨小慎微，思虑有加。在四野司令部的作战室里，他在同司、政其他首长议过关于广西战役给中央军委的报告后，又将 15 兵团关于夺取海南岛的作战建议看了一遍，在他的思虑中，有一个阴影，挥之不去，那就是不久以前，我三野部队攻打金门失利的情景。

1949 年 10 月 1 日，中华人民共和国诞生了。但国民党残兵败将还有 200 多万，7 个主力集团，分布在东部沿海地区、中南地区和西南地区，台湾及东部沿海地区已成为国民党最主要的战略基地。其海空军的 200 多艘舰艇和 300 余架作战飞机也在此虎视眈眈。

就在我人民解放军解放上海总攻的前一天，毛主席和中央军委曾指示三野总部，解放上海之后即可迅速进兵东南，提早入闽。所以，三野第 10 兵团战上海之后，迅速撤出上海，在苏州、常熟、嘉兴一带集结休整，并进行紧张的入闽作战准备。

一时间，东南沿海成了整个世界为之关注的热点。

在人民解放军横渡长江之前，中央军委尚未将解放台湾问题纳入行动计划。占领南京之后，中央军委根据国民党兵力部署的现实，决定立即研究解放台湾的问题。解放台湾，首先需要解决两大问题：一是迅速建立一支近期可以使用的空军；二是扫清屏护台湾的外围，占领攻台出发阵地。

1949年7月10日，毛泽东致信周恩来，

**我们必须准备攻台湾的条件，除陆军外主要靠空军。二者有一，即可成功，二者俱全，把握更大。我军空军要压倒敌人空军，短期内，例如一年是不可能的。但仍可考虑选派三四百人去远方学习6至8个月，同时购买飞机组成一支攻击部队……**

根据毛泽东的指示，空军司令员刘亚楼提出了一个比毛泽东原设想更大的计划：通过向苏联人购买作战飞机和突击培训飞行员，一年内建成一支较国民党空军略占优势、拥有300至500架作战飞机的人民空军部队。这一计划得到了毛泽东的同意。

解放台湾前的另一项重要任务就是扫清屏护台湾的外围，占领攻台出发阵地。为此，第三野战军司令员陈毅将其属下的15个军、60多万人的4个兵团进行了战略划分：将第24军调往山东攻击由美军和国民党联合驻守的青岛；第7兵团准备解放舟山群岛；第8兵团警备宁沪杭地区并进行剿匪；最强的主力第9兵团在苏南休整训练准备用于以后的渡海攻台；第10兵团则负责进军福建，占领攻台出发阵地。我10兵团向福建沿海挺进后，捷报频传：8月17日，解放福州，歼灭国民党2个军9个师共3.9万人。福州解放后，国民党军的一个团逃到闽江口的马祖岛据守。

9月中旬，我10兵团28军，几乎未经激烈战斗，就轻松地解放了福建沿海最大的岛屿平潭岛以及大、小练岛、南日岛、湄州岛，歼灭守岛国民党部队9,000余人。

10月15日，我10兵团开始攻击厦门，经过两天两夜浴血奋战，于17日上午9时，全歼了国民党厦门守军2万余人，为我军渡海作战写下了成功的第一页。

厦门大捷对10兵团特别是叶飞司令员是一次巨大的鼓舞，叶飞司令员应厦门市委的请求，命令10兵团部由同安渡海进驻厦门，协助厦门市委主持接管工作，并命令兵团后勤部在10月底以前，筹措大米200万公斤，柴草300万公斤，以保证部队和厦门市民的生活供应，攻击金门的战斗交由第28军前指执行。

进攻金门的任务由我28军82师全部、84师251团、29军85师253团及87师259团共6个团的兵力担任。

28军是1947年4月由原八路军山东渤海军区的地方武装升级组建的华东野战军第10纵队发展起来的。

29军原是1945年11月由原新四军苏中地方武装建立起来的第7纵队，1947年初升为华东野战军第11纵队，主力北撤山东后留在苏中敌后进行游击战争。

在解放战争中，28军脱颖而出，以善守著称；29军以前缺乏打大仗的锻炼，在进攻上海时，三野的首长有意将其布列于主攻方向，使其积累一些经验。总的说来，这

∧ 1949 年 10 月 17 日，我军攻占厦门市。图为某部将胜利的红旗插上厦门岛。

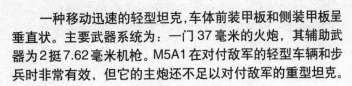

### 美制 M5A1 坦克 —————————————————

　　一种移动迅速的轻型坦克,车体前装甲板和侧装甲板呈垂直状。主要武器系统为:一门37毫米的火炮,其辅助武器为2挺7.62毫米机枪。M5A1在对付敌军的轻型车辆和步兵时非常有效,但它的主炮还不足以对付敌军的重型坦克。

< 据守在金门岛上的国民党军炮兵。

　　两个军的官兵已具备了攻坚作战的能力,但这两个军和全军其他部队一样,没有两栖作战的训练,而且,被胜利激励着的部队也没有对两栖作战的困难进行充分的论证,更为严重的是,指战员们根本不了解潮汐、船舶等因素在两栖作战中的影响力。

　　国民党驻守金门岛的是第22兵团第5军和第25军以及刚从台湾调来的第201师,拥有8个团2万人。其中,第5军原是国民党的"五大主力"之一,不过,第5军的老部队已在淮海战役中全军覆没,现在的第5军是其残余及征召新兵重新组建而成的,且在厦门战役中,其166师已基本被歼,剩下的第5军军部和第200师约3,000余人据守在小金门。第25军是一个屡战屡败的部队,早在淮海战役第一阶段,该军即被歼于碾庄,后在福建重新建军,又在我进攻福州的战斗中基本被重歼,残部逃到金门时仅缩编成一个团,之后,国民党空军又将机场警卫部队编成40、45两个师,与原25军残部一起重新成立了25军。

　　刚刚从台湾调至金门的第201师是原青年军部队,是抗日战争末期蒋介石以"十万青年十万军"为口号组织起来的,其待遇、装备均较其他部队优越,被蒋介石视为心腹嫡系。

　　此外,金门岛还有一支装甲部队,即国民党战车第3团第1营。该营于1949年初组建,其主要成员均是从双堆集包围圈和华北战场上逃回的装甲兵人员,该营拥有重15吨,配置一门37毫米炮的美制M5A1坦克21辆,是反登陆作战强有力的力量。

战前分析，国民党在大金门岛和小金门岛各驻军 17,000 和 3,000 人，其中，新兵又占多数，只有 201 师和战车营是较有战斗力的部队。当时，金门岛上虽然抢修了一些防御工事，但这些工事防御能力并不强大，多是成一线配置的野战土木工事。

28 军前指受命攻金后开始了渡海作战准备工作。然而，由于国民党从大陆沿海撤退时，对渔民的船只大肆破坏和掠夺，所剩渔船寥寥无几。这使我军准备渡海作战船只发生困难。直到 10 月 24 日才搜集到集中一次可航渡 3 个团约 8,000 人的船只，这离 10 月 18 日下达的进攻金门作战的部署命令的总攻时间：10 月 20 日已推迟了 4 天。

10 月 18 日下达了作战部署命令，其时，兵团包括叶飞司令员在内的不少领导到达厦门才 4 天时间，命令要求：以我 28 军 82 师全部、84 师 251 团、29 军 85 师 253 团及 87 师 259 团共 6 个团的兵力分两个梯队进攻，以迅雷不及掩耳的动作直插小金门。这一命令所要求准备的船只实际上直到真正发起总攻时也未征集完成。

由于无法筹措到一次性渡运 6 个团部队的船只，第 28 军前指作出了如下一个过于理想化的预想：第一梯队登陆 3 个团，纵使有部分损失，船只返回时第二梯队、第三梯队还可以再航渡 3 个团，这样总共可有 6 个团大约 13,000 人登陆。

这预想未曾料到，这些新筹措船只的船员大多是外地人，内航道不熟，又未经统一施训，故指挥调度十分困难。也未考虑敌情和海情的变化，敌人随时可能的增援，更未考虑国民党海、空军较为强大的作战能力。况且，在厦门之战结束时，金门守军已经得到了胡琏兵团 18 军的增援，岛上国民党总兵力已达 30,000 人。

国民党总部不仅命令胡琏兵团 18 军增援金门岛，而且还不断派兵增援，这一态势已为 10 兵团领导所觉察。当解放金门的计划上报到主管华东野战军作战事宜的粟裕副司令员那里时，粟裕曾特别强调了如下三点：（1）以原敌 25 军 108 师 12,000 人计算，只要增敌 1 个团也不打；（2）没有一次载运 6 个团的船只不打；（3）要求苏北或山东沿海挑选 6,000 名久经考验的船工，船工不到不打。然而，过于轻敌的 28 军领导和 10 兵团领导却轻率地认为，只要能在大规模增援之敌还未立稳脚跟前攻占小金门，就能赢得战役的胜利。

> 粟裕，1955 年被授予大将军衔。

**粟 裕** ——————————————————————————————

湖南会同人。土地革命战争时期，任红 12 军 64 师师长，红 4 军、11 军参谋长，红七、十军团参谋长，红军北上抗日先遣队参谋长，挺进师师长，闽浙军区司令员等职。抗日战争时期，任新四军第 2 支队副司令员，新四军江南、苏北指挥部副指挥，新四军第 1 师师长兼政治委员，苏中军区、苏浙军区司令员等职。解放战争时期，任华中军区副司令员，华中野战军司令员，华东野战军副司令员，第三野战军副司令员等职。

第一梯队仓促登陆。一场并没有经过细致研究，又缺乏渡海船只的两栖作战就这样在24日晚7时开始了。28军第一梯队登船完毕后，军前指曾一度犹豫，再次向兵团请示：是否按原计划行动？而怀着捕捉战机的兵团领导传来不容变更的指示：决心不变！

24日深夜潮涨之时，由28军82师244团、84师251团和29军85师253团组成的进攻金门第一梯队分别从莲河、大嶝岛、后村等地起航，原计划中的82师指挥所因船少而未参加第一梯队的登陆作战，由于渡海前各部队没有进行协同演练，所以，登陆船队一离开码头，即与上级指挥所失去联系，而且在航渡中遭到国民党炮火拦截时，登陆船队间又缺乏协同作战的经验，一些船只在航渡中已被打散。

尽管如此，我第一梯队的3支登陆部队在25日凌晨2点分别登陆成功。左翼244团在金门岛蜂腰部北岸琼林、兰厝间登陆成功，抓获国民党官兵100余人，占领了敌十多个碉堡；中路的251团先头营在金门岛西北部的安歧以北、林厝以东顺利登陆后，后续营的登陆却遭到敌炮火的猛烈袭击，伤亡近1/3；右翼253团在西北角的古宁头、林厝间顺利登陆后，随即向敌发起进攻，于拂晓前攻占了古宁头滩头阵地。

我第一梯队登陆是较为顺利的，但只有右翼的253团3营巩固了团的登陆场，后来的事实表明，253团3营巩固的登陆场，为整个登陆部队后来坚持3昼夜的抗击创造了极为基本的条件。

3支登陆部队没有统一的指挥，在有几个人打几个人的仗，不等待，不犹豫，向里猛插的战术思想支配下，兵分几路向纵深处猛插狠打，在突破了敌第一道防线之后，于拂晓前攻至西山、观音亭山、湖尾、湖南高地及安歧、埔头一带，之后，又乘胜向敌第二道防线发起了猛烈的进攻。

第一梯队登陆成功之前，28军前指已分别安排了3名军部参谋负责组织船队返航。临行前，28军副军长握着3位参谋的手说：你们别无其他任务，你们的任务就是组织和督促船队抵滩登陆后迅速返航，切记！切记！一定要迅速返航！

可是，登陆部队成功登陆之后，船队却没有返航。

原来，第一梯队船只登陆时，在早晨2点钟左右，是涨潮的最高峰，国民党军原先设在海滩的障碍物多被潮水覆盖，许多船只冲到障碍物的上面，船底被挂住了，部队被迫在障碍物中下水，而船只却一时难以动弹，加上当时敌人的火力较猛，船工们纷纷躲避，各船抵滩也有先有后，3位参谋的叫喊声被巨大的枪炮声淹没了，只有等待我军攻占了滩头阵地后，才能将到处藏身的船工召回返航。可谁也没有想到，我军还未站稳滩头，大海就已开始退潮，而且退得极快，当3位参谋发现退潮时，潮水已经退到10米开外。

这几十艘返航的船只在离开金门岛时，就遭到敌滩头的排炮袭击，不少船只被击

## 两栖作战

海军陆战队或陆军部队搭乘舰艇，从海上向敌方控制的海岸实施的登陆攻击作战，它包括两栖进攻、两栖佯动、两栖袭击等。其目的是要登上敌方海岸，占领并巩固沿岸地段（主要目标）或对敌人沿岸目标实施袭击（突袭），为尔后陆上作战创造有利条件。

## 扫雷舰

专用于搜索和排除水雷的舰艇，有舰队扫雷舰、基地扫雷舰、港湾扫雷艇和扫雷母舰等。主要担负开辟航道、登陆作战前扫雷以及巡逻、警戒、护航等任务。扫雷舰艇自20世纪初问世以来，在战争中得到广泛使用。20世纪70年代以后，一些国家相继研制出了玻璃钢船体结构的扫雷舰船、艇和扫雷具融为一体的遥控扫雷艇、气垫扫雷艇等，大大提高了排扫高灵敏度水雷的安全性。

沉、击伤，后来，船队又遇到了国民党海军军舰的拦截，从古宁头返航的船队又莫明其妙地误驶入敌军舰潜伏区，后又被我军情报船误认为国民党的增援船队，被我军布置在厦门湾、石码一线的远程炮群全部击沉。

25日上午6时，萧锋副军长，85师师长兼政委朱云等心急如焚，已经放亮的天空下一片惨烈的景象，指挥员们隔海看到了在敌军轰炸和炮击中燃烧的船只，原定运送11,000人登岛作战的第二、第三梯队计划已经难以实施。无可奈何之中，他们向兵团领导请求援助。请求立即派船只支援，可此时哪里还有什么船只？

我军的强打猛攻给国民党的守军以极大的杀伤，为了保住台湾岛的前沿阵地，为了给台湾岛留下一个屏障，蒋介石决定不惜一切代价守住金门岛。

25日凌晨4点，国民党海防第2舰队司令黎玉玺少将受命率舰队旗舰"太平"号自澎湖基地开往金门岛增援。黎玉玺到达金门之前，已令驻守金门岛的国民党海军进行海上封锁，敌"202"号扫雷舰、"南安"舰驶入古宁头西北岛沙水道，炮击我登陆部队，而"楚观"、"联铮"、"淮安"等舰和"203"号扫雷艇、"15"、"16"号炮艇等则开至大小金门之间，守护大金门的四侧后方。

蒋介石在派海军封锁海面的同时，于25日凌晨4点30分派胡琏兵团的18军118师、19军14师、18师52团和11师的一个团在坦克和炮兵的配合下从暹罗湾登陆。当时，解放军登陆部队离滩头阵地已达十多里路，胡琏看到这一情况，下死命令将该兵团主力18军投入战斗，来了个反包围，又派迂回部队占领了解放军滩头阵地，切断解放军后撤的退路，并用炮火将解放军登陆部队因潮水退却而搁浅的船只全部击毁。

解放军244团团长刑永生带领全团战友一直顽强战斗到25日中午12点，在全团官

∧ 我军战士正加紧海上训练，准备投入到解放厦门、金门的战斗中。

兵大多牺牲的情况下仍坚守阵地。251团的主力则一直与敌激战到下午3点。之后突出重围，与古宁头的253团会合。

251团副团长冯绍堂带领固守林厝的两个班的战士，苦战了整整9个小时，打退了敌人的7次进攻，后来，为保存实力，主动突围到古宁头，与253团会合。我军三支登防部队在敌强我弱的情况下一齐会合至古宁头与敌激战。整整一天一夜，我官兵滴水未进、粒米未入，而数倍于我军的敌人则仗着人多势众、不断地轮换着包围解放军登陆官兵，就这样，战斗一直坚持到25日的黄昏，官兵们借助于夜幕才又赢得一个有利的作战时机。至此，解放军3个团的登陆兵力已损失半数以上，据岛上步话机的报告，第244团仅剩700多人，第251团剩下1,200多人，第253团剩余人数较多，但弹药却十分缺乏，而国民党军队在黄昏前又投入较多兵力，企图将解放军首批登陆部队全歼于古宁头，后被解放军借助夜幕打退。

整个金门岛战役，10月25日晚至26日天亮前的一夜是决定整个战斗成败的关键一夜，关于这一夜的重要性，国民党第19军军长刘云瀚于1980年1月在台湾出版的《中外杂志》上发表了题为"追述金门之战"的文章，其中写到：

到了10月25日入夜以后，成为最危险的一夜。因为我军经过了整天激战，所有的控制部队都投入战场，除伤亡相当大外，且多感疲劳；甚至胜负之数还未易言。幸好由于匪军没有船只，无法继续航渡来援，所以我们能够平安渡过这最危险的一夜。

当时，面对隔海的金门岛我10兵团和28军前指的指挥员心急如焚。10兵团领导机关一面研究作战对策，一面再度派人搜罗船只。虽经多方努力，所汇集的船只只够载运4个连的兵力。28军前指的领导认为，以如此少的兵力"添油"式地增援，于事无补，还不如派船去尽量多撤运一些人回来。可兵团领导这时仍求胜心切，认为还有挽回局面的一线希望，基于此，28军前指决定由已内定为82师副师长的第246团团长孙玉秀率该团两个连及85师的两个连增援金门第一梯队登陆部队，并决定由孙玉秀负责整个登陆部队的指挥。

25日夜间，国民党部队最为担心的就是解放军进行后援，因而派飞机在海面上巡逻，并投掷了大量的照明弹，"太平"号旗舰也率两艘炮艇往返巡行于古宁头以北的海面上，拦截一切从大陆来的船只，并不断向大陆及古宁头方向炮击。

面对如此困境，孙玉秀带领4个连的官兵，不顾炮火的袭击，机动灵活，利用夜幕的掩护躲过了国民党海空军的巡查，终于在25日凌晨3时分别在湖尾乡和古宁头登陆成功。

4个连分成两部分，从湖尾乡登陆的是孙玉秀带领的246团的两个连，他们一登陆即歼灭了国民党军1个营，随后又向双乳山一带推进，并积极与第一梯队取得联系。从古宁头登陆的85师259团的2个连，一上岸就进了国民党部队封锁区域，他们只得利用火力占领了几个碉堡，然后依据这些碉堡顽强抗击了整整一天，打退了国民党部队的一次次进攻，直到26日夜间弹尽粮绝而失利。

26日凌晨，我第二梯队登陆的孙玉秀与第一梯队登陆部队取得了联系，当时，第244团团长刑永生、第251团团长刘天祥和第253团团长徐博都向军前指报告，说部队受到很大鼓舞，并一致拥护孙玉秀统一指挥。

在孙玉秀的带领下，246团的两个连很快突破了敌人的封锁，来到古宁头，与第一梯队会合，不过，由于第二梯队增援人数实在太少，众寡悬殊且四面受敌而无法改变战局。

26日，是我进攻金门岛将士极为悲壮的一天，天亮后，岛上的情况急剧恶化，经过休整的国民党驻岛主力部队又一次在海空军的掩护下向古宁头、林厝、埔头一带猛烈反扑，据当天上午接到登陆部队传来的报告，我251团、253团现存人数不过数百人。

**坦克炮** ———————————————————————————

安装在坦克上，按坦克的特殊要求所制成的火炮。分线膛炮、滑膛炮和半滑膛炮，具有威力大、命中精度高和火力激动灵活等特点。通常安装在旋转炮塔内，以直接瞄准射击的方法与敌方坦克及其他装甲车辆作战，也可用以压制敌方反坦克武器、摧毁野战工事，歼灭敌人有生力量。现代坦克炮多为大口径、高膛压火炮并配有尾翼稳定脱壳穿甲弹和采用综合式火控系统控制。

26日上午，国民党第12兵团司令胡琏赶到金门，和汤恩伯等一起到前线督战。国民党军步兵对古宁头久攻不克，胡琏、汤恩伯等要求台湾派飞机对村中建筑猛轰狂炸，再用坦克炮和火箭筒逐一抵近民房射击，即使如此，在我军顽强的巷战、肉搏战的坚持下，敌3个师的兵力经过整整一天反复冲击，也未能冲破我军的阻击。

26日深夜，早已弹尽粮绝，两昼夜未进粒米的我登陆部队已难以支持，孙玉秀、刑永生、刘天祥、田志春、徐博、陈立华在一个山沟里举行了临时作战会议，鉴于我军登陆的10个营已伤亡5,000多人、已没有完整的连和营，决定将所存部队分为几股打游击，同敌人周旋到底。

22时，28军前指在毫无办法可施的情况下，电告我登陆部队，为保存最后一分力量，希望前线各级指战员机动灵活，从岛上各个角落，利用敌人或群众的竹木筏及船只，成批或单个越海撤回大陆，我们沿海各地将派出船只、兵力、火器接应和抢救撤回的人员。

26日深夜之后，28军前指与登陆部队的联系逐步中断。27日凌晨，我253团团长

∧ 国民党军第12兵团司令胡琏。

徐博来电说,该团1营600多官兵已在古宁头全部牺牲,剩余的150多人和244团的70多人正准备到海边找船,这是253团最后一次来电,之后就音讯杳无了。251团团长刘天祥最后一次同军前指通电说,我的生命不长了,为了革命没二话,祝首长好。新中国万岁!共产党万岁!毛主席万岁!……刘团长的话还未说完,耳机内传来一阵爆炸声,刘团长光荣牺牲了。

26日午夜,我登陆部队在夜幕的掩护下向北突围,在海边寻船未获的情况下向东南方向转移,准备到山区与敌人长期周旋,以等待后续部队的到来。到27日下午,这部分官兵被敌发现,随即突围至双乳山附近,再度与敌遭遇,激战中,我官兵边战边再次完成突围。

然而,我完成突围的官兵遭到了国民党海军军舰的炮击,这些军舰绕到古宁头北面海上,用舰炮向地面炮火射击不到的死角轰击,在敌海陆武器的夹击下,我有武器的官兵一直战至牺牲,没有弹药的官兵被俘,至27日上午10时,金门战斗基本结束。

金门战斗结束后,我少数突围成功的官兵仍坚持在山区打游击战,一直到28日下午,我军官兵仍在山崖、浅滩处与敌军周旋,在246团团长孙玉秀的带领下,悄然到达沙头,遗憾的是,在沙头附近再度被国民党军队合围,在突围无望的情况下,孙玉秀负伤后宁死不屈,牺牲在战场上,其余战士全部被俘。我244团团长刑永生负重伤后被国民党军队包围,被俘后不久即牺牲。我251团团长刘天祥牺牲后,政委田志春率50人打游击,终因弹尽粮绝被俘。我253团政委陈立华在打游击中被包围,战至最后牺牲。另据台湾出版的战史称,253团团长徐博隐蔽在山洞一个多月,靠夜间出来到农田中挖番薯过活,后经国民党部队反覆搜山而被俘。

至此,我登陆部队包括船工、民夫在内的9,086人,无一个投降,除部分被俘外,大都壮烈牺牲。据我军战后得到的消息,国民党军总计伤亡9,000余人。

金门之战的失利,引起了全军、全国震动,这次失利在我军战史上也是极其罕见的。

天渐渐暗了下来,工作人员拉亮了电灯。林彪想到这里,又踱回办公室桌前,拿起第15兵团给他和毛泽东关于海南岛作战的建议电报文稿,他仔细地看了一遍,又轻轻放在电话机旁,然后习惯性地踱起步来。林彪沉思许久,手里攥着的几颗黄豆,一颗也没有吃。

就这样默默地过去半个小时，都知道他的这个习惯，谁也不敢去打扰他，终于，他下了决心，对站在不远处的参谋人员说："立即发给毛主席。"

## 3. 身在异国，决策千里

风起云涌的1949年底，互为对手的两位历史人物都离开了中国大陆。一位是蒋介石，12月10日，从成都双流机场乘美龄号飞机逃往台湾，一去不复返。一位是毛泽东，12月16日，乘火车到达苏联首都莫斯科，开始长达两个多月的访问。

然而这两位身在异国他乡的对手和同胞，都在关注着海南岛的战局。

**1949 年毛泽东出访苏联** ———————————————————————————

1949年12月16日，毛泽东抵达莫斯科对苏联进行访问，商谈两国的重要政治问题，了解苏联的经济和文化建设。1950年1月，周恩来奉命到达莫斯科，参加双边会谈。2月14日，两国政府签订了《中苏友好同盟互助条约》及其一系列协定。毛泽东在临别演说中高度评价了中苏两国人民的团结和友谊。这次访问加强了中国和苏联两个社会主义国家之间的友好合作，对促进中国的社会主义建设，维护远东和世界和平起了积极作用。

新中国成立伊始，全国人民投入到紧张而热烈的经济建设工作。与此同时，中共中央决定毛泽东出访苏联，其主要任务是：参加斯大林70寿辰庆祝活动；就两党两国之间所关心的问题交换意见，并具体商议与解决有关两国利益的若干问题；商谈和签订两国之间的有关条约、协定等。

毛泽东偕陈伯达以及汪东兴、叶子龙、师哲等于12月6日从北京出发，16日到达莫斯科。

莫斯科的冬季，天寒地冻。一路风寒又患感冒的毛泽东，在紧张的外事工作中，仍然关心着中国南疆的战事。

18日，苏联，莫斯科郊外姐妹河斯大林第二别墅。

毛泽东坐在沙发上，正聚精会神地看着林彪发来的电报。他的目光停留在如下文字上：

对海南岛作战准备，在休整期中采取小部队偷渡办法，先运过一部分部队配合当地武装，以便接应主力之登陆。主力大规模登陆作战时，拟第43、40军各以一个师为第一梯队齐头并进，在海口东西两个方向登陆，以便互为支援，分散敌人力量，使登陆

**作战易于成功……**

据知情人回忆，林彪致电中央军委及毛泽东主席，阐述攻取海南作战计划后，毛主席在莫斯科并没有立即复电。

究竟是什么原因让毛泽东忧心忡忡，反复权衡呢？

实际上毛泽东和林彪担心的都是同一个问题……

1949年10月17日，第四野战军第15兵团解放广州后的第三天，毛泽东即致电林彪：

……使15兵团易于攻取海南岛，消灭残敌，平定全粤。

当时，从广东溃败下来的国民党军残部已逃到海南岛，连同岛上原有部队，共计10余万人，经重新整编，并依靠岛上50余艘舰艇、40余架飞机，在国民党海南防卫总司令薛岳的指挥下，组成所谓海陆空立体防御体系——"伯陵防线"，企图阻止人民解放军渡海登陆。此时，第四野战军正在广西境内作战。

欲解放海南，必先平定两广，11月中旬，邓华麾下43军从广州出发向西迂回，千里奔袭，投入粤桂边战役，痛击国民党白崇禧部，解放两广内陆后，迅速向沿海地区集结。

12月初，随着广西战役的基本结束，四野前委开始着手进行攻打海南岛的准备工作。鉴于四野第15兵团所属的第48军尚在赣南，第44军还要卫戍广州及肃清广东省残匪，只有43军可用于海南岛作战。于是，林彪电告正在访苏的毛泽东，拟增派第12兵团的第40军参加海南岛战役。同时决定，派李作鹏的43军与韩先楚的40军一道，并配属加农炮兵第28团、高射炮兵第1团和工兵一部，共计10万余人，组成"渡海兵团"，由中共华南分局书记叶剑英统一领导，由第15兵团司令员邓华、政委赖传珠、第一副司令员兼参谋长洪学智组织指挥，"采取小部队偷渡"的办法，渡海作战。

从12月16日起，在莫斯科的郊外，毛泽东反复思索了两天之后，终于于18日早晨，摁灭了手中的烟头，起身来到宽大的写字台边，用毛笔草拟了给林彪的电报：

林彪同志（中央转）：10日14时电悉。庆祝你们歼灭白崇禧的伟大胜利。同意你的部署，即陈赓略作休整即入云南，四野入桂各军休息 20 天，大部分散剿匪，另以 43 军及 40 军准备攻琼崖。渡海作战完全与过去我军所有作战的经验不相同，即必须注意潮水与风向，必须集中能 1 次运载至少 1 个军（四五万人）的全部兵力，携带 3 天以上粮食，于敌前登陆，建立稳固滩头阵地，随即独力攻进而不要依靠后援。因为潮水需 12 小时后第一次载运船只方能返回运第二次，而敌可用海空军切断我之运输，故非选择时机 1 次载运 1 个军渡海登陆，并能独力攻进，建立基地，取得粮食，便有后援不继，遭受重大损失之危险。三野叶飞兵团于占领厦门后，不明上述情况，以 3 个半团 9,000 人进攻金门岛上之敌 3 万人，无援无粮，被敌围攻，全军覆灭。你们必须研究这一教训。海南岛之敌，可能较金门敌人战力差些，但仍不可轻敌。请告邓赖及 40 军、43 军注意，并望你向粟裕调查渡海作战的全部经验，以免重蹈金门覆辙。

收到毛泽东的电报后，林彪即日致电邓华、赖传珠、洪学智等，下达了"准备趁北风季节攻取琼崖"的预备令。

在广州市中山路梅花村，有一座小洋楼原来是广东军阀"岭南王"陈济棠的公馆。广州解放后，这里曾为 15 兵团司令部，也就是解放海南岛战役的决策中心。

15 兵团的主要首长有：兵团司令员邓华，兵团政委赖传珠，兵团副司令员兼参谋长洪学智等。接到毛主席和四野首长的电令后，兵团首长十分兴奋，认真研究准备。大家都认为这一次战役能不能打好，要看战役准备工作是不是做得充分。而这次战役的准备工作，与过去任何一次战役准备工作大不相同。需要一边进行调查研究、了解情况，一边进行各项准备工作。这需要比较长的时间，至少需要二三个月的时间，才可能完成。广东的北风季节，是在当年 12 月至翌年 3 月之间，而当时 40 军、43 军仍在广西进行肃清残敌的作战，要到 12 月底才能进驻雷州半岛，1950 年 1 月才能开始进行渡海作战的准备工作。

邓华、赖传珠、洪学智经过慎重考虑，于 12 月 27 日，致电四野和毛泽东。电报指出："一次运一个军的兵力登陆是巨大的组织工作，需要相当长的时间进行调查研究，准备物资，收集船只，进行演习等等。以季节论，在旧历年前动作为有利；以准备工作论，恐时间来不及。如延至年后（即 2 月 17 日后），又恐转刮南风，困难增加。因此兵团的方针，尽一切努力争取旧历年前动作，但又不为季节所限，而要以是否准备好为标准，以免仓促莽撞，造成过失。"并希望"派一部空军直接配合"。

12月31日，毛泽东致电林彪：邓、赖、洪27日电已悉，同意"在旧历年前攻取海南"。同时指示："邓、赖、洪应速到雷州半岛前线，亲自指挥一切准备工作，并且不要希望空军帮助。"

1949年12月底，兵团在两个军进驻雷州半岛后，即电令两个军加紧备战，力争在旧历年前，即1950年2月17日前，完成渡海作战的准备工作计划。

然而，因准备时间紧迫且无法争得空军支援，渡海兵团的登陆准备工作遇到了很大困难。

▽ 1949年12月至1950年2月，毛泽东、周恩来出访苏联时，周恩来代表中国政府在《中苏友好同盟互条约》等条约和协定上签字。

40军与43军在准备工作展开后，遇到的都是新问题。兵团首长与司令部研究，为确保第一次1个军的兵力登陆成功，计算需要1,000多只木帆船和数千名船工、舵手。两军官兵们都是北方人，进驻雷州半岛后看了茫茫大海，产生了对大海的恐惧心理。这就需要有时间做好思想政治工作和进行海上训练等等准备工作，在一个半月的时间内是难以解决与完成好准备工作的。

兵团司令部在研究了气象情况后，了解到旧历年后到4月20日谷雨季节以前，还是会有东北风可以利用的。这样可以延长两个月的准备时间，在准备时间中，我军即

∧ 1949 年毛泽东出访苏联，这是他在莫斯科时留影。

可实行小规模的分批偷渡，4月中旬谷雨前大举渡海登陆。

邓华、赖传珠、洪学智研究后，即于1950年1月5日，报告四野和中央军委：根据以上情况，旧历年前要完成此次大规模渡海作战之准备工作，事实上来不及，必须向后推迟。

四野首长收到兵团邓、赖、洪1月5日电报后，于1月6日将这份电报转报党中央和毛主席。林彪在电报中说，我们对渡海作战亦无经验与体会，尚无确定意见。

1950年1月10日，毛泽东从莫斯科给中央和四野回电：

既然在旧历年前准备工作来不及，则不要勉强，请令邓、赖、洪不依靠北风而依靠改装机器的船这个方向去准备，由华南分局与广东军区用大力于几个月内装置几百个大海船的机器（此事是否可能，请询问华南分局电告），争取于春夏两季内解决海南岛问题。

毛主席还说，海南岛与金门岛情况不同的地方，一是有冯白驹配合，二是敌军战斗力较差。只要能一次运2万人登陆，又有军级指挥机构随同登陆（金门岛是3个不同建制的团又无一个统一的指挥官，由3个团长各自为战），就能建立立足点，以待后续部队的继进。请15兵团与冯白驹建立直接电台联系，并令冯白驹受邓、赖、洪指挥，把琼山、澄迈、临高、文昌诸县敌军配备及敌海军情况弄得充分清楚，并经常注视其变化。同时由雷州半岛及海南岛两方面派人（经过训练）向上述诸县敌军进行秘密的策反工作，诱几部敌军于作战时起义，如能得到这个条件，则渡海问题就容易得多了。在目前条件下，策动几部敌军起义应该是很可能的。此事应请剑英、方方、冯白驹诸同志特别注意。华南分局应加以讨论，定出具体的策反办法，并于三四个月内获得成绩。

毛泽东电文中提到的冯白驹，是琼崖纵队司令员兼政委。琼崖纵队是以1927年9月海南岛农民起义队伍为基础组建的，是海南岛有20多年武装斗争历史的共产党部队。这支人民武装经历了长期艰苦卓绝的斗争考验，终于创立了以五指山为中心的革命根据地。到1947年10月中央军委授予它"中国人民解放军琼崖纵队"的番号时，其已辖3个总队共10个团约2万人的作战力量。至1950年初，已解放了占全岛面积2/3的广大地区，成为支援我军渡海作战部队登陆海南

的坚强力量。有琼崖纵队做内应，是海南岛作战的最有利条件。

在这封电报中，毛泽东又鼓励四野渡海兵团树立赢得海南岛作战的信心。确实如毛泽东所说的，进攻海南岛尽管在某些方面比进攻金门困难，可是也有有利条件。海南岛上的国民党军（特别是过去的粤军精华第62、第63、第64军）在中国旧军队中战斗力虽属上等，但都是在被歼灭后刚刚重建的，装备和训练都不如胡琏部。刘安琪兵团的第32军和新建的第4军在国民党军中也只属于战斗力中等的部队。

海南岛战役是一个非常特殊的战役，我军所有指挥员都没有对大型岛屿渡海登陆作战的经验，一切都靠从战争中学习战争，边实践边总结。毛主席对海南岛作战非常关心，每次电令都不是原则性指示，而是非常详细具体，可操作性很强。对于党中央、毛主席的指示应该怎样执行？是"理解的执行，不理解的也要执行"，还是实事求是，在服从的前提下提出自己的合理化建议？第15兵团司令员邓华和政委赖传珠同志，在如何执行上级命令的问题上，为我们树立了一个典范。

兵团于1月12日收到四野总部转来的毛主席的复电，林彪、邓子恢等人于1月11日致电邓、赖、洪，决定将渡海作战时间推迟几个月，并令兵团及两个军认真落实毛主席的指令，研究制定渡海作战方针和部署，充分作好战役准备工作。

那一天阳光灿烂，邓、赖、洪三位领导高兴地来到作战室，围坐在圆桌旁，开始研究贯彻落实毛主席的指示。

邓华说，这下可好了，我们的意见被毛主席和四野首长接受了。这样就有了充裕的准备时间，而且可以有机动灵活运用的空间了。他要求将毛泽东的电令转告两个军，将渡海时间推迟两个月，但要求两个军仍积极准备。

赖政委和洪副司令员都同意邓司令员的意见。但他又说，毛主席要我们搞几百条机器船，我们到哪儿去搞机器呢？你们想过没有呢？毛主席电报中说了要请华南分局和广东军区想办法，我想我们一方面向华南分局、广东军区叶剑英同志和方方同志汇报，同时直接去武汉向四野首长当面汇报。请你们考虑行不行？

赖政委说，那我们两个人去向叶剑英和方方同志汇报，请老洪去武汉向四野首长汇报请示。

邓华微笑着说，老洪，就请你去武汉走一趟，当面向四野首长汇报请示，可以将我们的想法讲清楚。要到香港去买机器，这是要银元或港币的，我们兵团可拿不出来呀！

洪学智笑道，那好吧，是你们两位指定要我去武汉汇报，我就去跑一趟。作战科的同志帮我把有关资料和地图准备好，我立即就走！

关于以小部队乘木帆船分批偷渡过海，到海南岛上去，这对提早解放海南岛是至关重要的问题。

据杨迪老人回忆，从兵团1949年12月中旬受命，一直到1950年3月初实施第一批偷渡，对这个问题，邓、赖、洪首长经过不断研究，逐步明确，最后定下决心，用了将近2个月的时间。

**邓子恢** ————————————————————

福建龙岩人。1928年与郭滴人等领导了龙岩后田农民起义。土地革命战争时期，历任闽西红军第7军19师57团党代表，中共闽西特委书记兼红12军政治委员。抗日战争时期，任新四军政治部副主任、主任，第4师政治委员等职。解放战争时期，曾任中共中央中原局第三书记兼中原军区副政治委员，第四野战军兼华中军区第二政治委员等职。

1950年1月3日，林彪、邓子恢、谭政、萧克、赵尔陆致电邓、赖、洪并告叶剑英、方方：你们考虑可以先派出少数兵力，例如一个营，携带电台，偷渡一次，取得经验，到达琼崖后则与游击队会合，打游击。并说，是否有引起敌人对琼崖增兵的可能，亦请考虑到。

兵团收到四野总部的复电后，邓、赖、洪首长都很高兴。邓华说，四野总部已同意我们实施小部队偷渡，我们在抓紧渡海准备工作的同时，即要43军先作偷渡的准备，40军也可以同时作偷渡的准备，我们再将渡海作战的诸问题，发个电报给四野总部。

1950年1月5日10时，四野首长复电指出，目前尚未进行一次偷渡，偷渡究竟困难到什么程度、有利到什么程度，均尚未发现，故目前必须实行偷渡，才能打破此种疑问，才便于更加有把握的确定尔后之作战。1月6日，四野首长又电曰，你们可试派人员去海南岛与冯白驹会合进行侦察。

恰在这时，一位心情振奋、意气风发的中年人正在琼岛澄迈泥泞的小路上疾走。此人姓符名振中，是中共老资格的党员冯白驹领导的琼崖纵队参谋长。

他此行是奉召去马村见冯白驹。

冯白驹，1903年出生，广东琼山人。1925年入上海大学，翌年加入中国共产党。历任中共琼山县委书记、工农民主政府主席、琼崖特委书记。1930年，他领导组建琼崖工农红军第2独立师，同国民党反动派进行了艰苦卓绝的斗争。1946年全面内战爆发，他领导琼崖革命根据地人民进行了不屈不挠的斗争，粉碎了敌人的"围剿"，保存了革命的力量。1947年5月任中共海南区党委书记。同年奉中央军委之命，将琼崖抗日游击独立纵队改编为中国人民解放军琼崖纵队，任司令员兼政治委员，部队约2万人。另外还有三个县的革命根据地，及分散在各县的小块根据地和游击区。

琼崖党和红军在同大陆隔绝及反动派的残酷围攻下，不屈不挠，浴血苦战，23年红旗不倒，在中共党内传为佳话。经历千难万险和磨难的琼崖指战员为内应，显然是琼岛解放的极有利条件。

符振中赶到马村，在草寮中见到了冯白驹。两人寒暄之后，冯白驹直截了当地说："解放军主力已经在雷州半岛集结，上级指示我们派一位领导干部，去广州向15兵团汇报海南的情况，提出我们关于解放海南的作战意见，协助大军主力渡海。我们经过研究，觉得你去比较合适。"

"坚决服从组织上的决定。"符振中答道。

"好！"冯白驹拍拍符振中的肩膀，对符振中说，"时间紧迫，你要抓紧动身。见到邓华、赖传珠等首长后，转达我们两点建议：一是趁敌人防线还在部署中，先偷渡一部分兵力过来；二是如果偷渡条件不成熟，也可先派一批干部，并运一部分枪支弹药过来，充实琼纵的战斗力。"

符振中领受任务后，便积极通过社会关系，搞到渡海船只。

1月下旬，符振中避过国民党海军的拦截和陆、空军的监视，到达雷州半岛，被118师的同志接送到40军指挥所。

邓华听到这个消息非常高兴，说冯白驹同志能够派少数同志偷渡过海，那我们实行小部队偷渡一定会成功的。

为了统一对广东方面的军事领导，中央军委于年前11月决定广东军区与第15兵团合并，中共华南分局书记叶剑英任广东军区司令员兼政治委员，邓华任第一副司令员，洪学智任副司令员兼参谋长，肖向荣任政治部主任。合并后，第15兵团并未撤销建制，仍是原班人马，邓华、赖传珠、洪学智仍是第 15 兵团的领导人。

　　1950 年 1 月 25 日，符振中与韩先楚一道到广州，向叶剑英、邓华、赖传珠、洪学智等人汇报了海南敌我双方情况，并提出了渡海作战的建议。翌日在中共广东军区党委会上，确定了两个团先行偷渡海南岛，然后接应主力部队登陆的方针。


## 4. 毛泽东雄才大略

　　武汉的冬季并不太冷，有阳光的照射，四野司令部里暖洋洋的。

　　林彪接到叶剑英的电报后，详细听取了专程来武汉的洪学智的汇报。

　　洪学智开门见山："我这次就是向林总要钱来的，改装机器需要大笔经费，兵团和华南分局都解决不了。"

　　听了这话，林彪转身看了一眼站在一旁的邓子恢。邓子恢一筹莫展，说："我们也没钱啊。新解放区千疮百孔，到处需要钱补窟窿。"

　　可能是鉴于海南岛战役战场情况复杂，渡海作战缺乏经验，决定让洪学智赴京，向中央军委汇报。

　　洪学智到北京后，向朱德、聂荣臻等详细汇报了海南岛的敌我态势以及我军的作战方针。

　　关于买机器船的问题，由于国家财政也很困难，朱总司令要聂荣臻和有关部门商量，看能筹措多少外汇资金。同时让他回来后，向叶剑英报告商量，请华南分局设法筹措一些。

　　洪学智从京返回武汉，又到四野总部，将在北京的情况向四野首长汇报了。

　　洪学智回到广东后，把中央军委的指示分别向四野司令部、广东军区党委作了传达。四野总部答应让后勤部政委陈沂帮助解决买机器船的问题。根据中央军委的指示精神，邓华负责指挥海南岛战役，并组建解放海南指挥所（即前指）。

　　会后，邓华司令笑着说，老洪啊，你这趟去武汉、北京跑得很好，使上级了解了实际情况和我们的决心意见，特别是四野总部派陈沂同志来解决买机器的事，这件最困难的事有陈沂同志来，就比要我们去办好多了。

　　赖传珠政委说，老洪，等陈沂来了，就请你陪着他，抓落实。本来我们只想征集木帆船，现在毛主席要我们搞几百只机器船，这可是件大事。在短时间内是不是可以搞到这么多机器船，我心里还是没有多大把握，现在只有抓紧工作，想尽一切办法向这个方向努力。

　　邓华司令接着对作战科长说，把毛主席和四野首长的电报命令转发两个军。令他们

∧ 领导广东省琼崖人民坚持斗争二十余年的琼崖纵队领导人。司令员兼政治委员冯白驹（左三）、副政委兼政治部主任黄康（左二）、第一副司令员吴克之（左四）。

按照上级的电令执行，同时要抓紧征集渔船，一点也不能放松。

1950 年 2 月 1 日，新解放的广州市区，天空格外晴朗。

第 15 兵团首长在广州召开有第 40 军、第 43 军和琼崖纵队领导参加的作战会议。中共华南分局书记、广东军区司令员兼政委叶剑英参加会议并作重要指示。

邓华司令员宣布开会后，叶剑英传达了中央军委、四野林彪司令员关于海南岛战役的指示，分析了形势。当宣布今天到会的还有琼崖纵队的马副司令员、符参谋长时，全场顿时响起一阵掌声。这掌声，是对琼崖战友的欢迎，是向高举红旗23年不倒的琼纵指战员及根据地军民的敬意。接着，叶剑英请符振中介绍海南的敌我态势及战场情况。符振中汇报时，问题出来了。他是海南人，汇报时怕大家听不懂海南话，便用普通话汇报。殊不知，符振中的普通话是海南人的"普通话"，大家听了后均交头接耳，互相询问，看样子谁也没有听懂。叶剑英见状，便对他说："我是广东人，听得懂海南话，你用海南话讲，我给你做翻译。"一席话，说得大家都笑了。

符振中汇报后，叶剑英讲话，着重阐述了中央军委确定的海南岛战役的作战方针。随后大家围绕如何贯彻中央军委的作战方针展开讨论。与会者的发言中分析了敌我形势、战役特点及敌我双方的各种有利和不利因素，一致拥护首先采取以夜间分批小部队偷渡，加强琼纵军事力量，改变岛上敌我形势，再配合我大军强行登陆，一举解放海南岛的作战方针。会后，第15兵团将会议拟定的作战方针和作战方案向四野林彪、邓子恢等报告。

此时，在武汉市区的四野司令部里。林彪、邓子恢等仔细研究了第15兵团的报告，认为总的来说，作战指导方针正确，方案切实可行。由于当时占据沿海诸岛的国民党空军经常派飞机轰炸上海等大城市，以及其他交通枢纽和重要设施，毛主席、党中央要求尽快解放海南岛。为此，林彪在答复第15兵团时，明确地说：由于敌人利用现有诸海岛及台湾，对我内地城市、交通进行轰炸，增加我方困难。因此，不歼灭诸海岛及台湾之敌，则全国绝不能安居，城市的建设速度亦不及敌之破坏速度。因此，我军必须克服一切困难，坚决歼灭海南岛之敌，这是一个完成革命和使全国进行建设与走向繁荣的必须条件。因此，应把这一作战方针视为一个坚定不移的方针，我全体指战员均须明确坚定地建立此种决心，切勿存在含糊马虎的观念。关于海南岛战役，远在莫斯科的毛泽东已有多次电报指示。尽管如此，林彪仍一丝不苟地把海南作战方针及方案再报中央军委及在莫斯科的毛泽东。

2月17日，即毛泽东结束访苏的同一天，他又根据中共中央转到苏联的四野渡海兵团的报告发出指示。

雄才大略的毛泽东在给林彪的这封电报中，既指出了攻打海南岛的兵力部署，又明确提出了战役发动的时间，还就海南岛我军的策应以及瓦解敌军工作作出了明确指示。值得注意的是，两次电报中，毛泽东尽管谆谆告诫林彪，要认真研究三野10兵团攻打金门而全军覆没的教训，但都指出海南岛之敌"战斗力较差"。而对于敌军大肆炫耀的所谓海南岛"伯陵防线"，毛泽东、林彪均不屑一顾。


## 5."伯陵防线"的"固若金汤"

海口市五公祠，薛岳的海南防卫总司令部就设在这里。

五公祠是清末为祭祀唐宋年间被贬谪到海南岛的李纲等五位历史名臣所建，素以"海南第一楼"而著称。

薛岳，字伯陵，绰号"老虎仔"，1896年出生于广东乐昌。

他毕业于保定陆军学校，曾任孙中山的警卫营长，参加过北伐战争，抗日战争时曾指挥过长沙会战，号称"百战将军"。

∧ 1950年2月1日，叶剑英在广州主持召开广东军区和四野15兵团军以上干部会议，讨论渡海作战问题。

薛岳是蒋介石的嫡系将领，坚决反共的顽固派，曾与红军和解放军为敌，被中央人民政府列为缉拿的战犯之一。

1949年12月1日，国民党琼崖保安司令薛岳坐镇海南岛。蒋介石任命他为海南岛防卫总司令，节制岛内海、陆、空三军。此时，他手中握有从大陆逃来的余汉谋部、海南行政长官陈济棠的部队和原驻岛部队三方兵力。辖有陆军5个军共19个师；另有海军第3舰队及海军陆战队1个团。配备有各型舰船50余艘；空军一个飞行大队，有战斗机、轰炸机和运输机45架。

薛岳制定了一套防御计划。

他下令在海南岛沿海沙滩构筑了大量防御工事，妄图阻止解放军跨海登陆，并把守军编为环岛的四个防备区，构筑碉堡，他把这一陆海空组成的立体防线用自己字号命名为"伯陵防线"。

当年曾受琼崖纵队派遣，渡海送过敌军情报的琼山山区区长林栋老人说，他这个"伯陵防线"上面修碉堡，下面修地堡，部队都部署在海岸这一带。他们怕解放军打过来，布防以后，船只不许出海，渔民不许捕鱼，一旦发现海面有船就开枪，白天还用飞机侦察，用军舰巡逻。

海南防卫司令部的三军总兵力约为10万人。虽然在全中国迅速被解放的隆隆炮声中，海南守敌已成惊弓之鸟，惶惶不可终日，但是，薛岳自恃有海峡屏障，又占据着海空军优势，加紧部署构建环岛立体防御工事，以图长期固守。

薛岳的海南防卫总司令部在岛上的兵力分布为：以32军为主编成第一路军，重点担负琼东区的防卫任务；62军、暂编13师、教导师和琼北要塞纵队编为第二路军，担负琼北区的防卫任务；4军、64军编为第三路军，担负琼西区的防卫任务；63军、琼南要塞纵队和海军陆战团编为第四路军，担负琼南区的防卫任务。而其海空军的主力大部配备在琼北地区，以在战事爆发时立即封锁解放军的进攻通道琼州海峡。

为了保证后方安全，薛岳还命令岛上守军加紧"清剿"我琼崖纵队，并摧毁该纵队的根据地和游击区。

薛岳在琼岛构成了环岛立体防御体系后，曾得意洋洋声称他这个"伯陵防线"固若金汤。

但是，退守海南的薛岳，心情一直不好。日本投降以来，国民党政治破产，经济危机，兵败山倒，政权崩溃，眼见到了山穷水尽的地步。即便如此，他对蒋介石再次起用他，仍是抱着感激之情的。薛岳坐在办公室的藤椅上沉思，直到参谋长李扬敬向他报告，各部长官均已到齐时，他才站起来，习惯地整理了一下军容，向会议室走去。

一楼大厅，用屏风临时隔断而成的会议室中，坐满了各部队师以上军官。他们中有海南防卫总司令部副司令欧震，第4军军长薛仲述，第32军军长李玉堂，第62军军长罗懋勋，第63军军长莫福如，第64军军长容有略，以及海空军的将领、直属师团的军官等。薛岳步入会议室时，将领们全体起立。待他站到自己的椅子前时，才示意大家坐下。薛岳环视了一下到会的人员后，即请参谋长李扬敬讲解、布置"海南防总的防卫计划和兵力部署"。

在座的所有国民党高级将领，谁也不相信李扬敬闪烁其词的"伯陵防线"固若金汤。尽管有空军的作战飞机22架，运输机20架，以及海军的舰艇50余艘，但都同守岛主力一样，均是残兵败将，大多数官兵被人民解放军以摧枯拉朽之势赶到这里，如漏网之鱼，惊魂未定。赶修的工事，也仅仅是为了应付海南总头头们的检查，所谓"立体防御"的环岛防线，根本挡不住解放军的凌厉攻势。

薛岳在李扬敬讲完后，清清嗓子说："目前正值多事之秋，党国正是用人之时。我们受总裁栽培，理应报效党国，即使肝脑涂地，也在所不辞。"随后，为了给部下们撑腰打气，他又吹嘘了一通陆、海、空军构筑的立体防线"坚如磐石"，只要大家以党国利益为重，精诚团结，和衷共济，一定能把海南建成反共复兴基地云云。

说完这一席话，他见在座的高级将领们个个面无表情，自觉扫兴，说了声"散会"后，便起身离去。

**国民党第64军军长容有略** ——————————————————

广东珠海人。国民党陆军中将。黄埔军校第一期毕业。抗日战争爆发后，任国民党军事委员会参议，第九战区干部训练团大队大队长，第10军参谋长，第190师师长。抗战胜利后，任国民党军事委员会参议兼上海保卫总团总团长，徐州"绥靖"公署军务处长，第4军副军长，第64军军长。1949年任海南特区警备副司令，海南防卫总司令部第三路副司令、司令，海南解放时撤逃到台湾。

**国民党海南防卫总司令部副总司令李扬敬** ——————————————————

广东东莞人。国民党陆军中将。保定军官学校毕业。曾任国民党第63师师长，第3军军长，抗日救国军第3军军长。抗日战争爆发后，任军事委员会军事参议官，湖南省府委员、民政厅厅长，广东省政府委员兼民政厅厅长。抗战胜利后任广州市长，海南防卫总司令部副总司令兼参谋长等职。1950年后去台湾。

❶我军某部战士们正在散兵掩体内阻击敌人。

❷ 我军某部正在向前线进发。
❸ 群众架好浮桥，帮助我军部队顺利通过。
❹ 我军攻占前沿阵地后，继续向纵深发展。
❺ 我军正通过浮桥向前进军。

# 邓 华
（时任第四野战军第 15 兵团司令员）

　　我军虽强，但既没有大规模登陆作战的经验，又没有在海上同敌机、敌舰作斗争的有力武器。

　　如何渡过海峡、削弱敌机、敌舰的作用？

　　会议讨论中，大家觉得，只有夜间小批偷渡，敌人不易发觉，才可使敌机、敌舰无法发挥作用。

　　海南岛比较大，登陆点多，又有琼纵接应，小批偷渡是可以上去的。

　　只要上去几批与琼纵会合，增加岛上力量，就能接应我军主力大规模强行登陆。

　　因此，会议最后确定了渡海作战采取"积极偷渡、分批小渡与最后登陆相结合"的战役指导方针。

　　同时根据上级指示，决定登陆工具以改装机帆船为主。

——摘自：邓华《海南岛战役作战经过》

★★★★★

# 韩先楚

（时任第四野战军第12兵团副司令员兼第40军军长）

毛泽东指示说：渡海作战与我军过去所有的战役、战斗不同。

必须注意潮汐和风向，必须充分准备船只，求得一次能载运足够的兵力。

敌前登陆的部队，要建立巩固的滩头阵地，要能独力进攻，不依后援；要研究渡海作战的经验。

野司首长指示，要细心研究渡海的各种办法，训练海上战术和自己的水手，要以渔民为师，深入调查研究海情……

——摘自：韩先楚《跨海之战》

# 第三章

# 大军集结雷州半岛

∧ 我43军某部正在进行滩头登陆演练。

解放军狂飙突进的步伐戛然而止。两支四野的主力部队，组成渡海兵团在雷州半岛全线展开。

海上无船不算兵，大海航行靠舵手，迅速解决"桥"和"船"的问题。

物质准备固然艰巨，思想准备工作也不轻松。

## 1. 起航的舵手

1950年初，木棉花盛开的时节，雷州半岛，大军云集，海边帆樯如林，43军127师和40军118师进驻与海南岛一水之隔的徐闻县，这里两千年前是海口丝绸之路的出发地，此时成为解放军跨海作战的桥头堡。

40军老战士徐国夫师长还记得，正当12兵团从广西东面大迁回白崇禧集团，来到梧州浔江岸边，被滔滔激流所阻，部队正焦灼之际，忽见梧州码头江湾里驶出一支船队，急速而来。原来是年仅26岁的15兵团司令部作战科长，不久将成为海南战役前线指挥所负责人的杨迪，奉命率领一个营护送的船队，迎接兄弟部队过江。今天我们记录解放海南岛的许多细节，也都是从杨迪将军的亲历中得来的。

据杨迪老人回忆，1949年12下旬，第40军、43军向雷州半岛开进的时候，当时的雷州湾还很荒凉，只有沿海几个小渔港和半岛中线的海康、徐闻县城、海安港附近有居民。127师在穿越无人居住的茂密丛林时，夜间一个班外出巡逻，遇到一只老虎，这完全出乎战士们的意料，怎么海岛上还有老虎呢？因为措手不及，一个战士被扑过来的老虎抓伤了。班长很机灵，命令大家躲在椰子树下，用冲锋枪把那只老虎给打死了，当然，大家还喝了一顿虎骨汤！

那时候的雷州半岛还是处于落后状态的，是一片没有被开垦的处女地。兵团将这个情况通报了两个军，要求开到雷州半岛前沿的118师、127师，组织部队深入到丛林的边缘，用火力惊吓那些野兽，把它们赶到广西境内的大山中去，这是一段小插曲。

组成渡海兵团的第40军和第43军，都是有光荣历史的英雄部队，它们同第38军、第39军、第41军一样，都是第四野战军的头等主力。第40军的前身是东北野战军第3纵队，系抗战胜利后进入南满的八路军山东部队组成，成立后在东北解放战争中战绩卓著，是有名的"旋风部队"。

∧ 北伐期间，叶挺独立团的官兵在武昌城下挖战壕。

## 叶挺独立团

　　北伐战争中，共产党人叶挺率领的国民革命军第4军独立团。成员以共产党员和共青团员为骨干，英勇善战，被称为"铁军"。北伐前夕，在中共两广区委军事部长周恩来建立的铁甲车队基础上组编而成。1926年5月，作为北伐先遣队开赴湖南、湖北前线。在汀泗桥、贺胜桥等战役中立下殊勋，被誉为"北伐先锋"。国民革命军占领武昌后，该团扩编为国民革命军第24师，以后参加了南昌起义。

　　第43军的前身是东北野战军第6纵队，该部是人民解放军历史最悠久的部队。该军第127师最早的前身是1925年成立的国民革命军第4军第34团（后改称独立团，由叶挺任团长），是中国共产党最早建立的一支武装力量，后来参加过南昌起义和井冈山会师，红军时期就是红四军和红一军团的骨干部队，进军东北后也是主力之一，号称"铁军"。

**井冈山会师** ————————————————————————————— ◀

　　1928年4月，毛泽东率领的秋收起义部队与朱德、陈毅领导的部分南昌起义部队在井冈山胜利会师。5月4日两支部队正式组成工农革命军第4军（随后改称工农红军第4军），朱德任军长，毛泽东任党代表，陈毅任政治部主任。辖3个师，6个团，约1万人。这次会师，壮大了井冈山革命根据地的军事力量，对尔后红军和土地革命战争的发展具有重大的意义。

∨ 革命圣地——井冈山。

这两支部队过去虽然从来没有水战的经验，但是部队的军事素质较高，士气高昂。渡海兵团认真研究了金门作战的教训后，在海边又进行了较长时间的实地演练，因而很快就较好地掌握了以简陋的器材渡海作战的要领。

但是，如何跨越琼州海峡登陆海南岛，成为擅长陆战的解放军面临的一道难题。

老人说，兵团首长在受领渡海进攻海南岛的作战任务后，邓华司令员、赖传珠政委和洪学智副司令员，一整天围坐在作战室，研究如何贯彻执行我军从来没有执行过的新任务，他们首先想到的就是渡海的船只问题。

邓华说，我们是陆军，在陆地上行军、作战全凭两条腿，现在要渡海作战，我们不能像《水浒传》中浪里白条张顺那样，在水上行走，必须要乘船才能渡海，现在的任务就是搞船。

洪学智说，对，渡海作战，没有船只，白瞪眼，我看立即命令两个军进驻雷州半岛后，就迅速去搞船。40军在半岛西侧一直可以到钦州湾一带去找船，43军在半岛的东面，一直可以延伸到广州珠江三角洲一带去找船。

邓华是位有较高文化素养的高级指挥员，他把大家无意中说出的渡海作战没有船，有再多再好的兵也没有用，概括为一句话，"海上无船不算兵"，从此这句话就成为两个军的干部、战士积极去搞船的动员口号。

当时的情况是，广东沿海的渔船都被国民党军队抢走，乘船逃到海南岛去了。雷州半岛没有被抢走渔船的渔民，受渔霸和地主的胁迫，都逃避分散到沿海不知名的海湾和附近的岛屿上去了。要在很短的时间，在广大的海域中征调几千只木帆船，任务是十分艰巨的。

开始由于对当地情况不了解，部队就分散到沿海去征调船只，遭到渔民拒绝。有的部队就采取强征的办法，结果军民双方产生了误会和隔阂，两个军都没有征调到几只船。

这件事情反映到叶剑英那里，叶剑英在忙碌的党政事务中，腾出手来，解决军务大事。这之后，在组织领导上，以广东的党、政、

军各方面的力量，组织了支援委员会，负责组织领导渡海作战的船只准备工作。中共华南分局在叶剑英的领导下，成立了由叶剑英、方方、古大存、邓华、赖传珠、洪学智等16人组成的支前委员会，下设支前司令部、船只准备委员会、物资供给委员会、策反工作委员会、雷州半岛支前委员会、海南支前委员会。

各军、师均组织了船只、船工征集委员会，并具体划分了各自的区域，规定了数量和完成的时间。在实施方法上，根据任务缓急，针对不同地区、不同对象，采取不同的征船方式。比如，第40军开始采取抓船的方法，凡是港口船只一律武装看守，海上来船一律堵截，因此造成了沿海船只的恐慌。为此，他们改用动员雇请的方式，而对一些地主土匪隐藏的船只经动员仍不归来的，则采取武装袭击的办法。

曾任南线支前司令部船舶处处长的周立人说，当时兵团遇到的首要问题是缺乏渡海所需要的船只，为此中共华南分局指示成立了各级支前委员会，征调渡海船只。

**古大存** ————————————————————————

　　广东长乐人。土地革命战争时期，任工农红军第11军军长，中共陆丰县县委书记，东江特委军委书记，东江工农武装总指挥部总指挥等职。抗日战争时期，任中共广东省委委员兼统战部部长，中央党校一部主任等职。解放战争时期，任晋察冀中央局党校校长，中共中央西满分局常委兼秘书长，中共中央东北局组织部副部长。

支前司令部就成立了一个船舶处，船舶处就是负责征调船只的，渔船、交通船、什么船都要，当时的情况是，国民党在海口的飞机每天都来好多群，除了炸陆地之外，海边凡是看见船就炸，为什么炸船呢？就是不让你过去。

原徐闻县白龙乡支前指挥所所长何家凯说，那个时候船民有一部分有顾虑不理解，他就把船开到偏僻的地方藏起来。我当时是白龙乡乡长，组织了两百多人支前工作队，沿海每一个村都要走到，挨家挨户跟他们做思想工作，开座谈会，忆苦思甜，这样呢，经过做工作，船民都把船献出来了，也参加了渡海作战。

通过这种方式后，一部分一部分地把船民发动回来，又通过他们带动船工全部回来，这个时间有一个多月。

原徐闻县西区支前司令部政委陈栋说，3月下旬，广东省人民政府、广东军区司令部、广州市人民政府、华南经济委员会，根据叶剑英的指示，发布关于支援海南岛作战的联合通令。林彪特派四野后勤部参谋长罗文，率100余名干部赶赴广东，协助广东军区进行战役的后勤保障工作。经过努力，共征集船只2,600多艘，船工14,000余人，动员民工近97万人，筹粮1,875万公斤，筹款100万银圆，动员牛车45,000余辆，为部队运送了大批粮食及武器弹药。对其中损坏的、不适用的船只，都放回去了，还有少数逃跑了。实际上用于渡海作战的船只共有1,000余艘，基本上保证了海上训练和分批偷渡、大举登陆的需要，保证一次运载10万以上部队登陆，为渡海作战的胜利奠定了坚实的物质基础。

如今在徐闻县包宅村的海边，还保留着一条当年模样的帆船，当时在这样一条船上要乘载30多名战士，顶着狂风恶浪枪林弹雨横渡琼州海峡，这需要的不仅是勇气，也需要航海的本领。

船是慢慢征集起来了，但缺少驾驶船只的舵手和船工，他们一是受渔霸、地主的欺骗；二是我军征集的渔船不是去出海捕鱼，而是要去海南岛打仗，打仗是要死人的，渔民从没打过仗，怕的要命，有的家属拖后腿，不让她们的丈夫、儿子出海，就都躲起来了。

邓、赖、洪首长又在作战室反复研究这个问题。认为可以拿出一部分银圆来，雇请舵手、船工。邓华司令员说，这只是一种办法，即使雇请来，他们是渔民，是老百姓，要和我们同舟共济渡海作战，上了船我们的干部战士都交给他们了，我还有些不放心呢，到要驾船冲锋强行登陆时，他们害怕起来了，那怎么办？那不是前功尽弃吗？

当然首长们还是想到也要用我们自己的干部战士，自己训练一批舵手和船工。邓华说，命令两个军挑选机智灵活，勇敢无畏，又熟悉水性的干部战士，以团为单位，各抽集50名到100名，按照船上的分工，分别进行专业训练，采取速成的办法，每人掌握一门技术。大海航行靠舵手，有水手没舵手还是出不了海，必须迅速抓好这项工作。他让司令部起草一份电报，一是雇请舵手和船工问题，请后勤分部给两个军一批银圆实报实销；二是令两个军以团为单位挑选适合的基层干部、战士办训练班，向渔民拜师学艺。

雇请舵手、船工和两个军自己训练水手的工作就这样迅速展开了。

按照兵团的指示，两个军与当地地方支前委共同努力，做了大量细致的思想说服教育工作，终于较快地征集雇请到近4,100名船工、舵手，他们大多数是贫苦渔民，性情豪爽、讲义气，但他们毕竟是从旧社会过来的渔民，各有各的码头、帮派和旧习气，他们认为没有他们，即使有了船也无法航行，加上我军来自北方，语言不通，生活习惯也不一样。如何做好这些船工、舵手的工作，使他们

∧ 我军战士跟当地渔民学习摇橹技术。

能自觉地、心甘情愿地和我们同舟共济、同生死共患难，就是一项复杂和艰苦细致的工作，而且是只能做好，不能做坏。

通过一段时间的共同生活，使船工、舵手认清了我军对他们的确是真诚地平等对待，的确是人民的子弟兵。我军的诚意，感动了这4,100名阶级兄弟，真正地达到了心连心。他们和我军的战士，干部结成了知心朋友，绝大多数表现积极负责，耐心向我军传授航海技术，使我军干部战士很快学会了驾驶木帆船航海的本领。

两个军共抽调200名司机首先进行驾驶机帆船的训练，着重训练在航行中根据各种情况操纵机器变换速度，训练与篷帆手、舵手密切协同。各部队都挑选了一批作战勇敢，并且有一定海上常识或识水性的战士和基层干部，以团为单位，组成水手训练队，聘请老舵手老船工当老师。经过3个月的训练，两个军各培训出水手2,500名。学会了撑篙、划桨、摇橹、抛锚、拉帆、落篷、提放分水板、看风识浪、潮汐、掌舵和海上作战的多种战术以及对机器的使用和故障排除、维修等。我军自己训练出来的水手和机帆船驾驶员，在航行中遇到紧急情况，都能沉着地驾驶船只完成任务。他们成为保证我军顺利渡海登陆作战的一支重要力量。

这些舵手、船工、水手和我军自己训练出来的水手和领航员，在渡海登陆作战中，坚决听从命令，沉着地驾驶船只运载登陆部队渡海航行；我军登陆后，他们有的拿起牺牲同志和伤员的武器，与登陆部队一起冲锋；有的主动参加战场后勤工作，抢救伤员，烧水送饭，给予登陆部队很大的支援。他们有的英勇牺牲，有的光荣负伤，有的立功受奖，他们为解放海南岛立下了不朽功绩。

特别是琼崖纵队克服重重困难，从海南岛偷渡送来了100多名水手和领航人员，还有70多艘船只，他们熟悉我军预定登陆地段海域情况，这对引导我军偷渡和大举渡海登陆成功，起了重要作用。

## 2. 物质准备任务难上加难

凡是参加过渡海作战的老人都说，解放海南岛真是困难重重。我渡海部队不仅面临航渡距离远，水流急的困难，且登陆点均在我军炮兵射程之外，我方无法对渡海部队进行火力掩护；而国民党军的军舰

∧ 从广州到雷州半岛，到处是民众搭建的欢迎解放海南的牌楼。

则能驶至中流，对我渡海部队实施轰炸拦截。同时，岛上国民党军有 40 余架作战飞机，可随时从空中直接支援守岛的国民党军。而我空军部队刚刚组建不久，短期内难以投入实战，因此我渡海兵团必须在完全没有空军掩护的情况下，以木帆船为渡海工具，以陆军单一兵种独自向敌陆海空三军立体防御发起进攻。你想，将有多大的压力和困难啊！

然而，困难吓不倒我渡海大军。在这种十分困难的条件下，四野首长和渡海兵团指挥部积极贯彻毛泽东的指示，想方设法，认真进行渡海登陆的各项准备工作……

毛主席在莫斯科的时候，就致电中央转林彪，说，请令邓、赖、洪不依靠北风，而依靠改装机器的船这个方向去准备，由华南分局与广东军区用大力于几个月内装置几百个大海船的机器，争取于春夏两季内解决海南岛问题。

这里必须把为什么只用木帆船，而不能落实毛主席装置大海船的指示，作一简要交代。

**登陆艇** ————————————————————————————

运送登陆兵和武器装备到敌岸登陆的艇只。排水量为 10～500 吨，区分为大、中、小三种型号：小型登陆艇满载排水量 10～20 吨，续航力约 100 海里，能装载 30 名登陆兵或 3 吨左右物资；中型登陆艇满载排水量 50～100 吨，续航力 100～200 海里，能满载坦克 1 辆，或登陆兵 200 名，或物资 10 吨；大型登陆艇满载排水量 200～500 吨，续航力约 1,000 海里，能装载坦克 3～5 辆，或登陆兵数百名，或物资 100～300 吨。

当渡海部队确定了以机帆船为主要渡海工具后，四野首长即派野战军后勤部政委陈沂和后勤部参谋长罗广文携巨款南下广州，征集船只，购买机器。但当时广东一带因遭受国民党退踞台湾前的疯狂掠夺，较大一些能使用的机器已被抢掠一空。于是，陈沂决定去香港、澳门，在那里利用一些社会关系，会同有关部门购买一些登陆艇。他们在华南分局派员陪同下，去找香港地下党，帮助采购机器和登陆艇。到了香港以后，却令人失望。由于二次世界大战中，日本侵略军占领香港后将香港掠夺尽无，英国重新统治后，没有那么多的机器制造业，也没有那么多航运的船只，更没有登陆舰艇之类的作战物资。

陈沂在香港的工厂码头看了几天，没有看到适合于渡海登陆用的船只与机器，国民党的特务却很快发现了他的行踪，他们会同港英当局和美国情报机关，联合控制港澳地区可能有机器或船只的厂商，使陈沂无法买到所需物资。最后陈沂仅买回一些罗盘针、防晕船药和救生圈，以及一辆水陆两用汽车。但就是这仅有的一辆水陆两用汽车，还不能用。当时渡海兵团司令员要亲自和作战科一起试航，汽车开到珠江里，差点出了事故。这件事被副司令员知道了，逮着作战科长批评得不轻。

那时候华南分局也非常着急，叶剑英和洪学智亲自去了黄埔造船厂了解情况，那里也造不出来渡海的船只。我渡海兵团倒是派人收集到了100余部旧机器，并送往黄埔造船厂，以备改装机帆船。但征集到的这些机器，不是因过于老化不能使用，就是因马力太小带不动船只。费了九牛二虎之力，总算改装了几十艘机帆船，而这些，对于渡海登陆作战来说不过是杯水车薪。

洪学智回来向邓华汇报，邓华失望地对大家说，装海船的机器，什么办法都想尽了也弄不到，这个法子只有放弃了。看来我们还是要依靠木帆船渡海，现在两个军已征集到一批木帆船，小部队偷渡的船只是够用了。不过我想还是要想办法装置一些机帆船，航速快一些，用作指挥船和通信联络船。还有敌人的海军舰艇来阻拦我木帆船时，如果没有炮火反击敌舰艇，我们这些木帆船可能大部分都会被敌海军舰艇击沉。

对此，兵团司令部已经和渡海部队研究出了办法。就是将各军缴获的美式10轮大卡车的发动机拆下来，装备到木帆船上，这个发动机马力大，应该能带动船只航行。但是兵团3个军只有40到50辆，而且都在炮兵团拉榴弹炮，卸下了发动机，连炮也动不了了，炮兵们会舍得吧？

洪学智说，为了迅速解放海南岛，要求各军做出一点牺牲也是必要的。我想他们会顾全大局的。

第43军把10轮卡车的发动机，装在木帆船上，航行试验成功了。兵团即下令各军拆卸10轮卡车上的发动机，各军毫无意见地照办，并迅速将卸下的发动机装车送到雷州半岛的两个军。

部队用卸10轮卡车的发动机和收购柴油机的办法，为木帆船安装上汽车发动机，两个军共改装了机帆船120艘，用作指挥船和联络船，又将部分木帆船改装成"火力船"：选择其中质量较好的机帆船共40艘，在船上用木板和沙袋加固，安装57毫米口径和37毫米口径的战防炮，提式山野炮和重机枪等，改装组成护航船队，专门用来和敌人的军舰作战。

为了协助渡海部队组织火力船队，15兵团除将44军的战防炮营和48军的战防炮连调来，四野总部还将46军、47军、49军的战防炮营或连调来，把步兵小炮及高射机枪固定在船上，经过多次试航、试射，造出了"土炮艇"，组成了一支"土舰队"。经过改装的"土舰队"，作为"指挥舰"、"通讯舰"和"护卫舰"，为海南岛战役的胜利奠定了坚实的物质基础。

▽ 在渡海作战的准备时期，我军指战员为避免晕船每天坚持荡秋千。

就这样，在四野总部、兵团和两个军，及广东省委各级地方组织的大力支援和帮助下，在叶剑英的亲自关心过问下，部队渡海最重要也是最为关键的"桥"和"船"的问题，在两个月内解决了。

10万大军渡海南是一项艰巨复杂的工程。那时候的雷州半岛一片荒凉，部队所需要的各种作战物资，从吃穿用和打仗的弹药都要从广州运来，而当时的交通很不方便，雷州半岛从湛江经海康、徐闻到海安港250公里，只有一条地方土公路，河流又多，还没有桥梁。从广州至湛江600公里也是土公路，河流横断，汽车都要靠人力摆渡。四野后勤部很快在广州开设了后勤分部，沿途开设了兵站，在雷州半岛各县开设了医院、抢救所，专门调来工兵团修路，还开通了从广州至湛江的海上运输线。在800多公里的运输线上，仅用2至3个月的时间，在极端困难的条件下，即完成了10,000吨以上的物资运输与分发，有力地保障了两个军的海上训练和渡海登陆作战的顺利进行。

后勤保障的事例举不胜举，亲历者都还记得蚊子和蛇的故事。

北方人最怕蚊子咬，雷州半岛的蚊子成群结队地漫天飞，盯上人就咬；蛇大的可怕，像竹竿一样长短。有人这样形容它们的厉害，"蚊子大的像锅盖，三个大蛇一麻袋"。当时部队大都住在临时用阔树叶搭的棚子里，虽然挂了蚊帐，晚上还是成了蚊子攻击的目标。后勤和医务人员看到这种情况，心急如焚，还没有打仗，如果先就产生传染病可就麻烦了。一时又买不到防蚊药，医务人员就去找当地老百姓，看他们是怎么防蚊子的，结果找到了很多种办法，连队还搞了很多艾蒿叶枝，一到晚间就在棚子外面烧烟熏蚊子，这样就避免了疾病的发生。

南方蛇多，无论是白天黑夜，草丛里田埂上到处都有蛇，晚上爬到草棚里，床铺上，水蛇还不要紧，要是毒蛇就要人命，弄的大家很害怕。战士们都说，我们从北方打到南方，没有被敌人吓住，在湖南、江西大热天被蚊子咬得打摆子，可把我们整苦了；冬天到雷州半岛，还这么热，不仅被蚊子咬，又加上蛇来进攻。经常有战士训练一天累坏了，往床上一倒，感到凉凉的，一看一条大蛇盘在床上，吓得直叫唤，浑身起鸡皮疙瘩。因为事先教育过，热带的蛇，你不打它，它就不咬你，如果动它，它就咬人，被毒蛇咬伤了，就有生命危险。真有点谈蛇色变的感觉，当然，老百姓会告诉你怎么对付蛇的袭击。

在电影中我们看到过四野大炮的威力，当苏军把大炮冠以"喀秋莎"的爱称时，战士们也给我军的加农榴弹炮与高射炮起了个名字，叫"太阳花"。

加农榴弹炮兵第28团是在第四野战军炮兵纵队中很有名气的一个主力团，该团在东北解放战争初期是用缴获的日式野炮、山炮装备起来的。后来缴获国民党美式装备越来越多，也越来越好，该团是第一个用美式105口径加农榴弹炮组成的重炮团。

1950年1月下旬，团长徐昭率这个团来雷州半岛参战，炮兵阵地选在雷州半岛南端的东南面海岸突出部、中部海岸突出部、西部海岸突出部，以营为单位组成了3个炮群，中部炮群与东、西两个炮群可以火力交叉，最大射程可达13至14公里，炮弹正好可以打到琼州海峡中线附近的海面上。这样，琼州海峡中线以北海域，便都在我军炮火控制之内。此前，敌人海军军舰总是开到雷州半岛沿海水域，来轰击骚扰我军的海上训练。当敌军遭到我重炮的猛烈轰击后，敌军舰再也不敢趋进我军炮火射程之内来了。我军各部队这下可以没有顾虑地乘船出海训练。

## 喀秋莎

苏联卫国战争时期使用的一种火箭炮的习称。该炮1941年6月装备部队，1941年7月投入作战使用。当时由于保密原因，没有直接称呼火箭炮的型号。操炮战士由火箭炮发射架上标示生产厂家的字母K，称其为"喀秋莎"，并在部队中迅速传播。此类炮装有轨式定向器，可联装16发弹径为132毫米的尾翼式火箭弹，最大射程约8,500米。

## 加农炮

加农炮身管长、初速大、射程远、弹道低伸、变装药号数少，适用于对装甲目标、垂直目标和远距离目标射击。射角通常不超过45°，射击死角区较大。海岸炮、坦克炮、反坦克炮、航空炮、高射炮和舰炮等，也属于加农炮类型。加农炮配用的炮弹有杀伤弹、爆破弹、杀伤爆破弹、穿甲弹、碎甲弹、破甲弹，一般为定装式炮弹。

高射炮兵第1团，所装备的也是缴获国民党军的美式高射炮，该团的任务一是保护港湾和船只的安全；二是负责掩护近海我军的海上训练；三是掩护炮兵阵地的安全。在我军高射炮兵团没有到达前，敌人的飞机白天总是要飞到沿海来袭击我军的港湾和海上训练的船只。当我高射炮兵部署好后，敌机飞来时，高射炮兵对敌机一阵猛烈的射击，敌机就再也不敢低飞，更不敢接近沿海了，敌机害怕我高炮火力将其击落。

加农炮兵团本来是强大的进攻兵种，这次则充当了防御保护作用的强大火力武器。它与高射炮兵在雷州半岛掩护渡海部队的海上乘船训练中，起了很大的作用。虽然他们没有渡过海去，当时也没有船只能装载这些大炮，但他们同样在登陆作战中，立下了不朽的功勋。

还有工兵第1团，开赴雷州半岛后，在当地支前委员会支持下，组织民工参加协助修路，迅速修通从湛江经海康、徐闻至海安的纵贯半岛的公路，还修建了兵团前指到两军前指及118师、127师两个师的简易公路，保障了后勤物资能够用汽车迅速运送到部队，保障了兵团前指随时可以乘车迅速到达第一线师、团检查了解工作。在解放海南岛战役中，工兵第1团也立下了汗马功劳。


## 3. 坚决打好最后一仗

物资准备的任务固然艰巨，思想准备的任务也不轻松。物资准备，是开动脑筋、流血流汗就可以解决的。而思想准备的艰巨任务，却尖锐地摆在从基层连队直到兵团首长们的面前。

部队刚接受渡海登陆解放海南岛的任务时，全体指战员都异常兴奋。中央军委、毛主席和四野首长把南下的最后一仗交给我们，是对我们的最大信任，大家都感到无比自豪。

但是从东北一路杀来的"东北虎"，大多数人没有见过大海，他们在陆上横扫大半个中国从不畏惧，可是面对汹涌澎湃的大海，心里却有些发毛。

其中118师所隶属的40军原为东北野战军3纵，这支部队在辽沈战役中主攻锦州，打得敌人闻风丧胆，被称为"旋风纵队"。而127师所属43军乃是大革命时期"叶挺独立团"的传人，素有"铁军"之称，这两只四野劲旅都是英勇善战的队伍，但初次见到大海却让他们心里没了底。尤其是在没有进行深入的思想动员和政治教育的情况下，练兵活动便已开始，以致部队中一度思想混乱。

听一听他们在沙滩上，椰林下，课前饭后是怎么说的：

南下打头阵，全国胜利压后阵，都是命啊！

九死一生，这回可要革命到（海）底了！

不识水性的"东北虎"们思想出了问题。

王金昌老人当时是379团3营副营长，他说，面对汹涌澎湃的大海，又是最后一仗，各种顾虑颇多，这是很自然的。我军不仅没有渡海作战的经验，而且绝大多数同志连大海都没有见过，海船更没有坐过，看到海浪滔滔，木帆船在海上随着风浪时隐时现，大起大落的情景，产生了许多疑虑。大家心里揣摩，议论也就有了。他记得刚到海安码头，东北人一看这大海，一眼望不到边。这东北人就说，来这里喂大鱼了。他说要打海南岛，一不会水，二没坐过船又晕船，到了海里一看就吐，打海南岛那不是喂鱼了！开始说打到广州就是底，打到广州解放了广西，又要解放海南岛，这下子底儿在海底了。

由于没有航海经验，很多同志心中迷惑不知所措，不仅没有信心，而且产生恐惧大海的情绪。还有一种情绪，就是埋怨。说什么我们南下进军在前边，战争结束在后边，都是命啊！有的战士吃饭时，拿筷子指着鱼说，现在猛吃鱼吧，将来叫鱼吃咱！还有的说，革命革了七八年，还没有见过老婆的面，现在到了享福的时候，牺牲了不值得啊！即使在部分干部中，也存在着这样那样的思想问题。我们团有个连的一个排长说，我是二八（意即二成活八成死）。连长说，我是三七。副连长说，我不是二八，也不是三七，我是把死放在头里！指导员最后说，我不说，我是把死放在心里！部队中普遍产生不敢乘坐木帆船，而依赖等待乘坐大的机器船渡海的思想。

从恐惧到无畏，这是当时要迅速解决的思想问题。为此，兵团上下开展了思想动员和政治教育工作。

做思想政治工作，邓华和赖传珠都是老手。为解决部队反映出来的思想倾向，专门

∨ 四野炮兵第 2 师 28 团开赴雷州半岛途中。

∧ 参加渡海作战的某部战士，将机枪架在竹排上练习水上射击。

召集政治部的同志研究解决办法。政治部汇报了登陆部队接受攻琼任务后，主要有三种思想反映：第一，能够正确认识任务的光荣性和艰巨性，决心以积极的态度克服困难，坚决完成任务，在最后一次战役中立功。第二，盲目单纯地依赖上级，认为上级有办法，用不着自己操心，幻想敌人逃跑、投降，并且我们的飞机军舰一定参战。第三，厌战享乐，认为战争即将结束，革命基本胜利，渡海作战太复杂，无经验，困难多。机关汇报完部队思想情况后，肖向荣主任说，我们准备组织两个工作组到两个军去，和他们一起共同研究如何来迅速做好干部战士的思想工作，首先是要做好干部的思想工作。我们全体政工干部和机关干部都要和部队一起生活，一起训练，在生活训练中了解干部战士的思想，有针对性地做好思想工作，解除干部、战士的顾虑，从而树立渡海作战的斗志与信心。

赖政委听完汇报后指示说，你们下去和部队一起生活训练，根据具体情况做针对性思想工作，这是一个好办法。我认为现在思想政治工作的主要任务，就是要迅速克服干部、战士对大海的重重顾虑，增强部队指战员的信心与勇气，树立大无畏的革命精神，使全体指战员都敢于下海，敢于乘木帆船在海上与风浪搏斗，一定要战胜大海，渡过海去，解放海南岛，打胜最后一仗。

邓华司令员说，在对干部、战士进行思想政治教育的基础上，必须迅速从实际上解决没有航海经验、心中无数的问题，才能树立起胜利的信心。你们到部队后，和两个军的同志研究一下，兵团提出"艺高人胆大"的口号，号召各参战部队，积极学习海上知识，循序渐进地学游泳、练技术、练战术，广泛开展出主意、想办法的军事民主运动，使部队学会在海中游泳，逐渐熟悉大海，适应海上活动。这样也就会克服对大海的恐惧心理，渡海夺取胜利的信心也就会随之而增强，而更加巩固。

赖政委还说，你们刚才说要首先抓好干部的思想工作这是正确的，要这样去做。但对部队首先要抓好阶级教育，我们的干部、战士，包括解放战士，他们都是苦大仇深的，有一肚子苦水，让他们忆苦诉苦就一定会激发他们的革命斗志，我们入关的口号是打倒蒋介石，解放全中国。我们不只是解放大陆，沿海岛屿都是中国的，我们还要使岛上的贫苦人民早日得到解放，要先把大道理讲清楚，然后联系实际再讲清小道理，解决具体的思想问题。

兵团领导认真分析了形势和部队的思想状况，统一了认识后，决定以干部为重点，先行一步，克服错误思想和模糊认识。具体做法是：利用五至七天时间，军召开团以上干部参加的党委扩大会，师召开营以上干部会，团集训连排干部；内容是联系党性和责任心，查思想准备，查物资准备，然后围绕"你对这次任务是否采取积极负责的态度？""存在的错误思想对执行任务，对党、对自己有什么危害？"等问题，经过暴露个人思想、深挖问题根源、提高认识，然后每个干部作出个人思想鉴定，并把个人的计划、决心交给党委审查备案。上述做法收到明显效果。

对干部的思想教育，两个军虽然方式、方法有所不同，但目的是一样的。40军采取召开各级党委扩大会的方式。43军3月份停止了一切军事训练，专以思想教育为中心。首先是以团为单位，集中干部轮训，采取先报告分析当前部队思想情况，然后选读澄清思想的文件，进行讨论，检查个人思想，开展批评与自我批评，展开思想斗争，最后进行总结。

深入的政治工作激发了干部的责任感，引导他们把精力全部集中到积极完成渡海准备工作上来。干部思想做好了，接下来，便是统一基层战士的思想认识。仍然是老办法以从阶级教育入手，树立将革命进行到底的决心。

原43军127师政委宋维栻说，赖传珠政委不愧为军队卓越的思想政治工作专家。他在思想教育中，坚持从实际出发，不空喊口号，不上纲上线，实实在在，扎扎实实，较好地解开了一些干部战士的思想扣子。

对部队广泛进行形势与任务的宣传教育，并对战士中的一些思想顾虑和埋怨情绪，进行耐心的思想教育，说明海南岛是我国的南大门，解放海南岛不仅有重要的战略意义，而且又是长期遭受苦难的海南人民的迫切要求，以此启发战士高度的责任感与荣誉感。

同时在部队中普遍进行对任务的认识与保持光荣、发扬光荣教育，说明解放海南岛是中南地区最后一次战役，参加这战役无尚光荣；及时传达练兵中出现的先进人物和事迹，提高和鼓舞部队士气；提倡把工作做到船上去；每批渡海出动前，都做充分的思想动员，开展杀敌立功竞赛活动。我们师还根据部队的思想情况，召开了各种会议，进行了两周的思想教育，启发部队保持与争取光荣，强调干部分工负责，以身作则，提倡增长知识和提高本领，坚定海战信心，开展"出主意"、"想办法"活动。

部队还积极开展各种文艺活动，激发战斗意志。兵团演出队从广州来到前线，给部队干部战士演出《血泪仇》、《钢骨铁筋》、《刘胡兰》等剧目，海南岛渡海来的琼崖纵队9团政委符志洛同志，给部队介绍海南岛人民在党的领导下，坚持20多年武装斗争的艰难光荣的历史和海南岛人民在国民党反动派统治下，过着悲惨的生活，日日夜夜盼望我军渡海去迅速解放他们。符政委特别介绍了琼崖纵队一支特殊的队伍，就是红色娘子军连队的英勇事迹，她们是一批苦大仇深的阶级姐妹，不甘忍受恶霸的欺辱，参军打仗，推翻阶级压迫。这都进一步激发了战士对国民党反动派的阶级仇恨，增强了迅速去解放海南岛阶级兄弟姐妹的迫切感情。

单印章是原127师379团政委，他说，登陆部队广泛开展了以思想教育为重点的各种活动。当时主要就是宣传全国的大好形势，宣传解放海南岛是解放全国的最后一仗。当时是这么想的，以后没仗打了，这一仗你要不立功就没机会了，政治教育反反复复进行，表态，挑战，写血书，当时我那里各个连队写血书的情景，我现在还记得，血书放在桌上，苍蝇都往上落，有的，则一个巴掌按到纸上，都是血，决心确实大。

强有力的思想政治工作，提高了登陆部队的思想觉悟，激发了部队革命英雄主义精神，增强了部队的战斗激情，消除了种种顾虑，部队思想面貌焕然一新，为夺取海南战役胜利打下了坚实的思想基础。

大家表示："为了解放海南岛，完全向前，决不后退！""坚决打好这一仗！"不少战士把写好的家信、照片交给党组织，说："我如果'光荣'了，这封家信寄给我家里，这张照片就送给烈士纪念馆保存！"有的干部战士咬破手指，用鲜血把决心书写在战旗上交给团党委，表示："这面用鲜血染红的战旗，我们一定要把它插在海南岛上！"

解决思想问题，除了进行必要的政治教育外，最有效的办法就是让战士们了解大海、熟悉大海，使他们由恐惧大海到热爱大海，树立敢打必胜的信心！

于是，一场规模空前的海上大练兵，伴随着广泛的思想动员开始了。

① 我军抢滩登陆作战。
② 激战中的我军某部战士。
③ 我军战士冒着敌人的炮火，向国民党军阵地发起冲击。
④ 我军某部指战员集结在突破口准备投入新的战斗。

## 邓 华

（时任第四野战军第 15 兵团司令员）

渡海作战关键是渡海工具，为了改装机器船，兵团和地方在广州收集了百余部改装船的机器送到前方，但大部分因为太旧和马力小而不能使用。

修好了的 12 艘登陆船在送到前方时，也都坏在途中。

野司派人到广州会同地方有关部门到港、澳购买登陆艇，但只买到一些防晕药、罗盘针、救生圈等。

两个军根据广州会议精神，自力更生改装了部分机器船（第 40 军 50 多艘，第 43 军 40 多艘）。

部队到达雷州半岛后，立即积极征集船只。

地方政府成立了支前委员会，由地方、军队共同组织船工、船只收管委员会，动员争取了大批船工，征集了大量船只，并修补了一些坏船。

第 40 军打下涠洲岛后，又夺回了 300 多只又好又大的木帆船。经过两个多月的努力，共征集了 2,000 多只木帆船，为解放海南岛作了充分准备。

——摘自：邓华《海南岛战役作战经过》

★★★★★

# 杨 迪

（时任第四野战军第 15 兵团司令部作战科长）

　　薛岳是国民党中的死硬派，指挥能力较强，对海南岛守敌有相当的控制能力，较快地将逃到岛上的残敌进行了整编和组织岛上防御。

　　但是，守敌大多是在大陆上遭到我军歼灭或严重打击后，逃到海南岛的残兵败将拼凑起来的部队。

　　他们惊魂未定，立足未稳，兵员不足，斗志涣散，内部派系斗争复杂，这些部队布防在环岛 1,200 公里的海防线上，逃到岛上的时间还不长，永久性工事还未来得及构筑，沿海空隙甚多。

　　敌空军人员贪生怕死，很怕我军的高射炮火；敌海军则缺少作战经验。总的来看，敌军士气低落，战斗力不强，薛岳还没有料想到我军会很快组织渡海登陆进攻。

——摘自：杨迪《回忆广州作战会议》

# 第四章

# 小木船敢打铁甲舰

★★★★★

∧ 20世纪40年代，蒋介石与薛岳（前排左一）等人合影。

十万将士翻江倒海，隔海相望却是另一番景象。

把陆军训练成海军陆战队，碧海丹心，小木船敢打铁甲舰。

研究掌握海天气候变化，过海侦察敌情，活捉敌情报人员，险中求胜，慎重选择登陆场。

## 1. 毛主席的队伍真是神兵

正当我十万将士在雷州半岛翻江倒海之时，隔海相望的海口五公祠，国民党海南防卫总司令部，却是另一番景象。

薛岳的手里拿着一份文件，那是台湾的国民党国防部的指示，明令他"应速加强整编，以现有兵力积极肃清内共，并严密海防，拒止外共入侵"。自年前蒋介石任命他为海南防卫总司令以来，已经几个月了。经过自己苦心孤诣的经营，防卫体系已大体部署就绪。按照"伯陵防线"绘制的巨大地图，就悬挂在他办公桌对面。薛岳踱到地图前，副官迅即将黑色天鹅绒遮幕拉开，展现在他面前的简直就是固若金汤的铜墙铁壁啊！

琼东防区：李玉堂任司令，率第32军的4个师、海南警备第1师、琼北要塞司令部，共计2.3万余人，编为第一路军，担任琼东自木兰港至南部乌石港约340余公里地段的防务。军部驻嘉积。

琼北防区：李铁军任司令，率第62军的3个师、暂编第13师、教导师，共1.4万余人，编为第二路军，担任琼北自木兰港至林诗港约150余公里地段的防务。军部驻澄迈。

琼西防区：容有略任司令，率第4军3个师、第64军3个师、海南警备第2师，共1.3万余人，编为第三路军，担任琼西自林诗港起至领头港止的360余公里地段的防务。第4军军部驻那大镇，第64军军部驻加来镇。

**国民党第十"绥靖"区司令李玉堂** — — — — — — — — — — — — —

山东广饶人。国民党陆军中将。黄埔军校第一期毕业。1931年任国民党第3师师长。抗日战争爆发后，任第8军军长、第10军军长、第27集团军副总司令、第27集团军总司令。抗战结束后，任山东兖州第十"绥靖"区司令官。1948年7月，在津浦路中段战役中所部被人民解放军全歼，其孤身一人化装潜逃。

琼南防区：陈骥任司令，率第63军的3个师、海南警备第3师、琼南要塞司令部、防总直属特务团、通信兵团、干部训练团，共1.7万余人，编为第四路军，担任琼南自乌石港起至领头湾西南300余公里地段的防务。军部驻榆林。

按照薛岳的命令，各防区中抽调5个师为预备队，执行战役机动作战任务。另外，在海口分别成立了海军指挥部、空军指挥部，但海军第3舰队和空军的4个大队统归薛岳本人直接指挥。按照他的命令，海空军的任务是：加强巡逻，封锁琼州海峡。

薛岳的目光停留在琼西地区。

那是根据情报判定的冯白驹领导的琼崖纵队的指挥机关主要活动地区。这支活动于五指山区的队伍，历尽艰难，可谓千锤百炼，已经发展到2万余人，约10个团，并控制了全岛约2/3的地区和人口。这是一支植根于琼崖沃土的部队，从干部到战士，生于斯，长于斯，军民一家，亲密无间。他们熟悉地理，掌握民情，从风俗习惯到语言、生活、军

**谭伯棠**

海南临高人。1926年12月，任国民革命军新编第2师秘书。大革命失败后，在江西先后担任国民党新淦县、永修县和峡江县县长。1930年6月，任国民革命军第八路军总指挥行营政训处股长；1933年任国民革命军第1集团军总司令部咨议。1948年1月，加入中国民主同盟。1949年受中共华南分局指派到临高进行策反活动，为解放海南提供了重要的情报。事泄在海口被捕，1950年4月22日被杀害于五公祠。

民毫无二致。这支部队本来就是拿枪的琼崖百姓。想到这里，蒋介石的"积极肃清内共"的话又浮现在他的脑海中。"外共"固然是重兵压境，而"内共"却是心腹之患呐。于是，他要通了第64、62军的电话，命令他们在防务部署就绪后，立即向冯白驹部发动进攻。

从1950年2月起，薛岳为"肃清内共"，牢牢控制海岸线，以10余个团的兵力向琼崖纵队发动攻击，目的是首先将琼纵压迫到五指山区，防止与"外共"里应外合，或至少防止对邓华部的策应。这次围攻，薛岳下令空军配合，以当地游杂武装作为先头部队，实行残酷的烧光、杀光政策。至3月，薛岳部先后向儋县、临高、加来、那大等琼纵活动地区以及新民、澄迈解放区发动进攻，并先后占领了屯昌、南间、黄岭、仁兴、美厚等集镇。

为"肃清内共"，薛岳亲自圈定黑名单近200人，命令特务、军警按名单所列名字抓人，对被捕的共产党员残酷屠杀，有的砍头，有的装入麻袋、笼内扔到海中。他还搞株连政策。1950年初，海南文昌籍人士林延华、张光琼、符爱春等通电接受中共八项条件，宣布起义，薛岳便将所有文昌籍的林、张、符三姓人士列入审查、迫害范围。

3月，中共华南分局派香港进步人士谭伯棠潜回海南，以清明节回乡扫墓为名，在

临高进行策反活动，事泄被逮捕于海口，22日被枪杀于五公祠。

薛岳像一只固守孤岛的困兽，似乎感到时日不多，已经杀红眼了。曾于湛江参加张光琼起义的国民党官兵张泰煜等人也不幸落于其手，被他残杀。一时间，便衣特务、军警宪兵出没于街头集市的茶馆、饭铺，盘查行人，搜捕"可疑分子"，琼岛笼罩在一片白色恐怖之中。

与其针锋相对的是冯白驹确定的方针。在邓华的统一部署下，琼纵从2月份即展开了迎接渡海登陆部队的准备工作。部队以五指山根据地为依托，积极开展反"清剿"的斗争。他们在地方武装、解放区群众的支持配合下，先后挫败了国民党军8个师的进攻。与此同时，冯白驹以第1、3、5总队和独立团为主力，在地方武装的配合下，进至琼西、琼北地区，在第15兵团确定的登陆地区、国民党重点防御区开展游击战和破袭战，摧毁敌人修筑的防御工事，破坏其交通、通讯设施，牵制薛岳的兵力，打乱其防卫部署。冯白驹还以区党委的名义，指示各解放区党组织，发动民兵、群众，积极筹措粮食，建立后勤保障线，组织担架队，为接迎解放军登陆部队做好准备工作。

与此同时，隔海相望的雷州半岛，大规模海上练兵运动更加扎实地开展起来。这两支从黑土地上杀出来的劲旅，惯于陆地作战，而渡海作战是个新课题。为此，两个军以大海为操场，以船为课堂，以船工为教员，苦练航海技术。为了克服晕船，指战员们下海练冲浪，练泅渡，以适应海上生活。为掌握驾船基本方法，大家苦学勤练撑篙、摇橹、划桨、拉帆、掌舵、抛收锚、提放分水板等本领。为了掌握海上作战的战术技术，部队以单船为单位，反复演练上下船、船上工事砌筑、火力配置、射击要领、登陆冲锋等动作。以营或以团为单位，演练多船起渡的组织准备、战斗秩序排列、队形运用、联络方法以及指挥动作等。

步兵训练的重点和内容，一是上下船的动作、次序和船上的排列，锻炼不晕船，使用救生圈，船上射击，强调沉着冷静；二是强调单船动作，独立作战；三是多船联合演习。对于各种火炮，则是经过充分的研究论证之后，解决了船上架设、准确射击和步炮协同等问题。

在包宅村海边至今还竖立着一块渡琼作战训练基地的石碑。回首55年前在这片空旷的海滩上人声鼎沸，翻江倒海的热闹景象，使人不禁感叹无比。

沙滩上，椰林边，红旗猎猎。127师、128师驻地帆樯云动，战士们一大早起来，或单船，或船队，在海上练习十八般武艺。傍晚归来，干部战士成群结队来到渔村，在船上，在房内，走访常年累月和大海打交道的老渔民、老船工，千方百计搜寻《航海手册》和潮汐表等有关资料。军师团营各级指挥所都移到了海边，房屋不够用，就临时搭草棚，首长和战士吃住在一起，同学习，同训练。海上、船上、滩上，处处是课堂，片片是战场，"把陆军变成海军"，"做大海的主人"，战斗口号一浪高过一浪，响彻训练场的每个角落。

127师379团红5连指导员呼永生说，一个就是解决不会水的问题，一个人搞了4个竹筒子，前边背两个，后边背两个，就晚上下海游水，这是一方面。第二个问题就是晕船问题，晚上下海就坐那个小船上到海里去晃，晃来晃去，不但晕船还吐。

咱们北方的同志啊，十有八九呕吐，最后吐黄水，吐黄水就拿咸菜疙瘩咬一咬，那也干，每天都练。

刚开始训练时，100人里有80人头昏呕吐，出一次海生一场病，更有甚者，遇上风暴还会弄得人倒船翻、桅断篷破。为了克服晕船，战士们想出了各种办法，打秋千，转圈，以适应航行颠簸的环境。实践中，大家摸索出了一套防止晕船、沉船的办法：上船前吃饭适量，乘船时沉着冷静，瞄准远处一个相对固定目标看，战士们还自制小帆船模型，摸清楚看风使舵的规律。一旦船漏可用木板、钉子、棉花、木塞进行修补，即使翻船也可借船上物品漂浮，一根3米长的桅杆能浮起8个人，自制的竹筒救生圈也能带人漂上岸。

聪明的士兵结合陆战经验，还找到了海上攻击敌人的办法。他们发现，风浪中行驶的木船，随浪起落需八九秒钟，中间有三四秒钟的相对稳定时间，只要快速瞄准和击发，眼、脑、手合一，就能准确命中目标。

127师379团政委单印章说，结合海练，结合提高技术，增强信心，不会用船的会用了，船上射击不准的练几天准了，可以瞄准射击了。

战士们很快适应了海上作战。

迈出了最艰难的第一步后，部队情绪更加高涨，广大官兵发扬不怕疲劳、连续作战的顽强作风，伤病员不肯下船，战士们不愿休息，指挥员更是时刻都在思考，有时吃着饭，也把筷子往碗里一插当帆船，以饭桌为海面，研究起航海队形来。

经过50天的海上训练，战士们不仅克服了晕船，熟悉了水性，掌握了观测海流风向、划桨、掌舵等海上航行技术，也学会了不少

∨ 我军战士正练习攀高，修绳索的本领。

作战本领。就连水上编队、通信联络、抢占滩头阵地等战术问题也迎刃而解了，这种奇迹让船老大们佩服得竖起了大拇指，说："毛主席的队伍真是神兵！"

## 2. 海战史上的奇迹

1950年初，除了敌人飞机一些零星的骚扰外，琼州海峡处于大战前令人紧张的寂静中，就在部队加强思想动员，进行海上练兵的节骨眼上，出现了43军128师382团4连用小木船打败敌军舰的战绩，这件事在整个渡海参战部队中掀起波澜，极大地鼓舞了士气。

创造这一辉煌战果的仅是一位副排长和他率领的8名战士。

副排长名叫鲁湘云。

2月21日，鲁湘云带领8名战士出海训练，不料到了海上风停了，小船在海上难以行动，他们就在船上过了一夜。第二天拂晓，刮起了强劲的东北风，鲁湘云忙招呼大家扯篷返航。这时战士王金秀突然发现在木船的西南方向有一个黑乎乎的东西，他忙喊鲁湘云：排长，你看那是什么家伙？

鲁湘云仔细地观察了一会儿，波涛汹涌，只能辨认出是一条船，不像是渔船，会不会是敌舰呢？鲁湘云心里思忖，要是碰上敌舰就糟了。于是他叫大家把军帽摘下来，并叫升篷的战士将船帆落下了一半。小船继续前进，他们很想避开那条船。过了一会儿，那黑乎乎的家伙居然开了过来，果然是一艘敌舰！当时，鲁湘云和他手下的8名战士心中有点紧张，但谈不上恐惧。鲁湘云想，他娘的，木船能不能跟敌人的铁甲舰干呢？他想问大家，可是谁的心里也没数。8名战士的目光都投向了鲁湘云，仿佛在询问他，怎么办，排长？

鲁湘云咬了咬牙说，一不做，二不休，咱们今天豁上了，跟它干！

于是，战士们从船舱里取出了家伙什，1挺机关枪，4支冲锋枪，3支步枪，还有1个枪榴弹筒。大家心里都明白，敌人的兵舰上有炮，有重机枪，还有坚硬的铁甲。

敌舰向小木船逼近了，1,000米，500米，400米——猛烈的炮火向小木船轰轰射来，弹片击中了船上的篷绳和锚车，只听哗啦一声船篷掉了下来，把船都压倾斜了，舵也被打坏了一块，小船好像不能动弹了，战士们都傻了眼！

敌人的气势更加凶猛，高射机枪平射过来，子弹打得海水直翻。但却很难击重小船，因为木船小海浪大，木船在海浪中不停地起伏，好像一个漂浮物，敌舰的火力很难把它打倒！

鲁湘云可看出了敌人兵舰的弱点，他抹了一把脸上的海水，咸咸的，骂了一句敌军舰，又对大家说，沉住气，等它开到咱跟前，给它一个措手不及，狠狠地揍它！

敌人真的以为木船被打坏了，边射击边靠了过来，当敌人离小木船不到150米的时候，他们停止了射击，炮手离开了炮位，机枪手离开了枪位，得意忘形地站在甲板上，向着鲁湘云他们喊话，共军弟兄们，快投降吧，你们跑不了啦！不投降就要掉进大海里喂鱼虾啦！

　　鲁湘云在心里骂，龟儿子，等着瞧吧！

　　敌舰越来越近了，可以看清楚舰上有4门炮，2挺高射机枪，敌人有的戴船形帽，有的穿海军服。当官的在舰桥上指手画脚，当兵的则拖拉缆绳，看样子想把小木船拖回去领赏呐。

　　3班副操起冲锋枪，说，副排长，打吧！

　　鲁湘云挥手制止说，别慌，再靠近些，机枪瞄准指挥台上的那个胖家伙，其余的人瞄准甲板上的人，听我的口令再打！

　　军舰离小木船只有50米了，鲁湘云突然怒吼一声："打！" 8个人同时开火，敌舰上的胖军官被一颗子弹穿透了胸膛，当场中弹毙命，甲板上戴船形帽的水兵倒下去一大片！

　　敌人遭到突然袭击，纷纷窜进舰舱，铁甲舰调头驶离木船，然后在木船火力射程之外停止射击，打了20分钟炮弹，却效果不佳，木船太小了，一会儿跃上浪头，一会儿跌入浪谷；技艺不精的敌人见大炮打不中，就开足马力，企图撞碎木船。

　　鲁湘云识破了敌人的阴谋，对把舵的战士说，敌舰想撞沉我们了，你放机灵点儿，眼睛盯住它，注意把好方向。

　　就在舰船快要相撞的一刹那，把舵的战士向右猛力扳舵，军舰擦身而过，还没等鲁湘云喊口令，战士们乘机将手榴弹纷纷投上军舰，在一连串的爆炸声中，甲板上开出火花，铁甲舰拖着滚滚浓烟朝远处驶去。

　　木船打败了军舰，创造了海战史上的奇迹！这一成功的战例，大大增强了以木帆船渡海的信心。铁甲舰也没有什么可怕的，几颗手榴弹就把它打跑了，陆地上的战术在海上也照样管用！

　　捷报传来，渡海兵团全军振奋。

　　后来，八一电影制片在电影《碧海丹心》里重现了这场战斗场面。

　　小木船打败了敌人军舰，他们被命名"英雄船"。鲁湘云还当了电影《碧海丹心》的军事顾问。

　　练兵活动中发生的打敌军舰的事迹，对取得海南岛战役的胜利产生了至关重要的影响。

∨ 鲁湘云和战友们创造了木船打兵舰的奇迹，增强了渡海作战的胜利信心。这是我军战士在苦练船上射击本领。

邓华指示各部队，必须坚决向敌舰展开斗争，只有勇敢地向敌舰进击，才能将敌舰威风打下去。

经过大规模的战前准备工作，兵团指战员心中都有了底，对于即将迎来的战斗充满了必胜的信心。

但是，面对滔滔大海，不少人还是怀疑自己，我们能够以木帆船冲破敌人飞机军舰的海上封锁，渡过海峡吗？

## 3. 起渡的关键所在

南海风云变化无常，琼州海峡潮起潮落。渡海登岛作战，必须遵循自然规律，时刻研究掌握天上、海上的气象变化，这是渡海作战定下起渡决心的关键。

为此，兵团前指进行了深入的研究：第二次世界大战、太平洋战争中，美军进攻日本侵占的岛屿，开始由于气象海情掌握不准，而吃了亏。兄弟部队对金门岛的渡海进攻，因为对海上潮汐没有掌握好，第二梯队要渡海时，正是退潮，无法起航。雷州半岛和海南岛东部是南海，西部是北部湾，天上的气象变化很不相同，海上的变化也很不同，特别是琼州海峡的天上、海上变化是扑朔迷离，冬季多北风、西北风、东北风；而春季多东北风或有北风，有时东南风，谷雨后，就是 4 月 20 日左右，风向就会变为南风或东南风，间或有东北风，风向是多变的。开春后，雷阵雨说来就来，说去就去，有时暴风骤雨，有时风平浪静。琼州海峡的海上更怪，雷州半岛这边涨潮，而海南岛那边却是退潮，雷州半岛这边退潮，海南岛北岸则退潮，但这有利于起渡、登陆。海峡 30 至 50 公里宽的海面以中线为界，中线以北海水向东流，中线以南海水则向西流；中线以北海水向西流，中线以南海水就向东流。到海岸边乍一看，似乎只是白浪滔天，波涛汹涌，其实海中，海水变化难测，不知道什么时候，在什么海区会发生暗涌或旋涡等等。海峡潮水，农历初一、十五涨大潮，大潮前，约 3 天左右叫伏流期，这时候海峡海水较平稳、变化不大，海水流速也较小，海峡中线以南海水向东流较少些，向西流较多些，航行中如果发生停风，也便于摇橹或划桨前进。总之，天上、海上的气象、水文情况变化多端，很复杂。如果不把天上、海上的气象以及海情变化搞清楚，并掌握它变化的规律，渡海大军就难以克服与解决航行中可能遇到的各种问题，而不敢越雷池一步。

老天爷挡不住我军解放海南岛的决心。洪学智亲自组织指导一支气象队伍，从广东省和雷州半岛各县，选派了一些气象专家和气象人员，加强了当地气象台站的工作。兵团和两个军，各师、团挑选一批有知识的干部，再邀请当地一些经验丰富的老船工在

∧ 我军高炮部队向雷州半岛进军。

雷州半岛各县及南端各港口组织了气象水文组，设置了简单的试风、测潮水和海水流向的设备，并与当地气象站充分协作，具体分析研究、掌握风向、潮汐和水流的规律。每日将测试分析情况报军和兵团前指。这些气象水文组的同志非常勤奋，夜以继日地工作，他们一边工作一边学习，两三个月后都成了专家，对海峡天上、海上的气象，风向、潮汐和水流情况了解得很清楚，并从中摸出了它们的规律，及时保证了海上训练的顺利进行，减少或避免了由于天上、海上气象情况的变化而造成的事故损失。

气象对兵团前指和两个军定下渡海决心，选定起渡时间，海上编队航行及登陆地段的选择，起了很重要的作用。

据老人回忆，兵团与40军、43军，一方面积极准备渡海的各项准备工作，同时积极进行侦察、了解、选择，解决在海南岛哪儿登陆，对我军最为有利的问题。

要了解海南岛上的详细情况，就必须派人过海去现地观察，这是一项艰巨困难的任务。兵团司令部与琼崖纵队联系，请他们派人偷渡过海，领我军侦察员过海去侦察。

琼崖纵队及海南岛的地下党即派来干部从雷州半岛西南角登陆，到40军驻地取得联系，随即带领侦察干部偷渡，将海南岛西北部的情况了解清楚。

一个风黑浪高的夜晚，40军118师官兵截获了一艘形迹可疑的渔船，并从船上自称商人的男子身上搜出一把左轮手枪。经审问，"商人"终于亮明身份，原来他是琼崖纵队9团政委符志洛，是受纵队司令员冯白驹的委派，偷渡过海带领我军侦察员的。

老人对那段岁月记忆犹新。他说，我那时背个七九步枪，戴个竹笠，用竹编的笠，穿个短裤，没什么鞋，用那个车轮胎搞的懒汉鞋，背个草席，草编的席，晚上睡觉的。木瓜也吃过了，番薯叶也吃过了，革命菜（野菜）也吃过了，衣服呢，也没有，没有衣服换，睡呢，就睡在外面大树底下。我们纵队的干部战士都是这样，薛岳派兵，满山遍野地"搜剿"我们。

有一天突然通知我乘一条小船躲过国民党军舰的封锁，渡海到达徐闻海岸，我在船上是商人打扮，避免国民党军的搜查，在一个渡口被咱们的大军战士抓住了。到了师部我才明说，受冯白驹司令的派遣，随船带来了海南岛作战地图、密码和几名领航员。

**左轮手枪** ————————————————————————————————————

　　多发装填式非自动武器，结构简单，携带方便。其主要特征是：装有一个回转式圆筒弹仓，内有6~7个弹膛，圆筒在枪管的周围与击发机关相联系。当扣动扳机时，圆筒随即转动并使下一发枪弹到位。可杀伤100米以内的目标，为近距离防御武器（现已被自动手枪取代）。除了军用左轮手枪外，还有民用左轮手枪和射击运动专用左轮手枪。

由琼纵的同志带领偷渡过海，遇上敌巡逻舰艇盘查，他们讲的是海南话，就便于蒙混过去。一次，由琼纵敌工干部带领，我偷渡过去的人员在一家酒馆里活捉了薛岳防卫司令部情报处少校参谋李佩元，从他嘴里弄清楚海口至临高角地段，敌人的防御部署和工事构筑情况。

43军方面就不一样了。因为海口市是敌人重要防御地区，琼崖特委与大陆粤桂边区党的海上联系都是从海岛西北部过海到雷州半岛西部或北海、钦州湾，而不走海口市方向，我地下党遭到破坏，琼崖纵队也不便向海口市附近平原地区活动。因此，43军不能直接得到海南岛来人带领过海。只能通过海南岛西北部偷渡来的同志，间接地了解一些情况。

1950年2月中旬，在兵团司令部作战室，邓华、赖传珠、洪学智，召集作战、侦察科长，专门研究渡海航行路线与登陆海南岛地段选择问题。

邓司令说，我们已经选择确定先实施小规模分批登陆，然后再实施大举登陆。现在要确定在海南岛哪里登陆。最近,琼崖纵队已经有人来领我军人员过海进行了几次偷渡侦察,你们把侦察了解的情况进行了研究吗?

作战、侦察科长都回答说进行了研究。

邓司令又说,国民党军在海南岛防守的重点在海口市及其附近海岸的要地。薛岳这个反共能手到海南岛担任防卫司令后,他即对海口市及其附近我琼崖地下党进行了大搜捕,使我地下党遭到严重破坏。我想我军的偷渡是不能从敌人重点设防地段登陆,必须选择敌人防守的薄弱部。你们研究了,认为从哪儿偷渡登陆比较合适一些呢?讲给我听听,你们谁说呢?

作战、侦察两位科长私下里已经商量好了。所以作战科长就说,我们两个根据首长的意图进行了研究,有几点建议,我先汇报吧。

作战科长指着地图说,我军第一批是以一个加强营实施小规模的试探性质的偷渡,为了不要让敌人发觉我军的意图,因此,要尽可能在距离海口市和敌人主要设防地区远一些的地段渡海登陆。我们的意见是,第40军加强营,可以绕到海南岛西北部儋县以西白马井地段登陆,这样在海上航行距离虽然要远一些,但我军一个营只乘坐十几艘木帆渔船,趁敌人还没有封海,可以和海南岛出海打鱼的渔船混在一起,装作打鱼的,敌人巡逻的海军、空军不易发觉,敌人也料想不到我军十几只船会绕到临高角以南的儋县西海岸去登陆。我军绕至儋县以西登陆还有个好处,就是距离琼崖纵队第1总队活动地区很近,便于接应,登陆后即可迅速进入根据地。

邓司令点头说,有道理,那么43军加强营从哪儿渡海登陆呢?

作战科长指着地图说,43军加强营要从海南岛东北部这登陆不仅困难很大,而且海上航行也很困难,都是在海口市敌人海、空军巡逻的重点海域和空域,而且必须从海上绕经海口市以外海面,才能到海口市东南登陆。该军加强营要从硇洲岛起渡,黄昏起航要经过20多个小时的海上航行,到第二天的下午才能到达海口市以东海面,文昌县东北海岸登陆。

赖传珠政委说,在海口附近,海上航行这么远,这真是很冒险的作战行动,还有别的办法没有啊?

作战科长回答说,因为有大海的限制,实在没有别的办法,我们想到了,这是一着险棋,我们也想到了在陆地上很多战例,往往险棋会出其不意,而使我军获得成功。我军以木帆船,渡海作战本身就是一个冒险的作战行动。

邓华司令说,43军所处的位置,就是敌人海上、海岛防卫的重点地区。我们采取东西两岸同时偷渡,很可能给敌人造成错觉,以为我军在海口方向是佯动,牵制敌人,而主力则在海岛西北部登陆。我们只有险中求胜了,别无良策。老洪你有什么意见?

洪学智说,我也在想怎么偷渡,40军那边好办一些,43军这边的确没有别的好招,

只有冒一下险了。

赖政委说，打仗嘛，就是要有冒险精神，我相信43军能够冒这个险，也能够取胜。

邓司令说，既然我们都这样想的，那我们就决定：40军加强营绕至儋县以西白马井地段登陆；43军加强营冒险从海口市以东文昌县东北赤水港一带登陆。他让作战科长再与两个军的司令部商量一下，看他们有什么更好的意见。

然后他又问，那么第二次偷渡到海南岛哪儿登陆呢？

作战科长仍然是指着地图说，我们研究，第二批偷渡仍是小规模的，还是不从海峡正面航渡、登陆，使敌人搞不清我们的意图，我们建议，第40军第二批偷渡部队，可以不再绕到儋县了，可选择在海南岛西北角的临高角一带登陆，这一地段仍是敌人的防守薄弱部，而且海上航行的距离短多了，只要是顺风、顺流，一个夜晚的时间就够了。可是43军第二批偷渡，仍无其他路线可以选择，我们认为不宜选择比第一次登陆地段更向南了，那不是冒险而是太危险了。只有选择更接近海口市的航线。我们选择的航线与登陆点是从雷州半岛东南端博赊港起航，直航海口市以东，北创港与塔市之间强行登陆。优点是航程近，只要风向顺，风力好，海上航行4至5个小时即可到达对岸，不必在海上航行20多个小时，缺点是正在海口市正面，敌海空封锁较严，陆上公路交通较方便，使敌军易于增援，但是我们认为，虽然很冒险，但也可能险中争取不很险，因为敌人不可能想到我军敢于从他鼻子底下渡海登陆。根据侦察了解，敌人部署在这一带的部队战斗力是很弱的，我们可以令琼崖纵队独立团及第1总队一部，偷偷地到达我军预定登陆地段附近潜伏。我军利用夜间航行，一夜到达，突然登陆，可以给敌人以措手不及的打击，险中求胜。在琼纵的接应下可以迅速进入我琼纵游击区。

邓华和洪学智走到地图边，仔细地看地图，邓华习惯地用手的大拇指与食指叉开量地图上的距离。赖政委也走到地图旁，他们研究着、商量着。

随后，邓华司令对两个科长说，偷渡就采取你们讲的路线与登陆地段，你们将我们预定的第二次偷渡的设想，迅速通知40军与43军，要他们认真地进行研究，提出意见来。

他思考了一下，接着又说，大概我们只有两次偷渡了。季节不等人呀，我们必须在4月份谷雨前实施大举登陆。大举登陆就是我军从海峡正面利用夜暗，在风向、潮水和海水流向对我都较有利时，直接向海南岛北岸正面登陆，但也要尽可能离海口市远一些。具体细节问题，你们作战科与侦察科要去很好地进行调查研究与协商，待兵团前指到达雷州半岛徐闻前线后，我们再详细研究。

两个科长同时回答：是！

---

< 赖传珠，海南岛战役时任15兵团政治委员。1955年被授予上将军衔。

❶我军某部通过川北之剑门天险，向成都挺进。

❷ 我军涉水过河向前线进发。
❸ 我军缴获的迫击炮和火箭筒等。
❹ 我军某部大军徒涉前进。
❺ 我军某部突击队，涉过水深三尺多的壕沟向前攻击。

**魏佑铸**
（时任第四野战军第43军政治部主任）

敌前登陆不同于陆地上的冲锋，组织和指挥都有特殊要求。

因为大船的船身距离海面较高，登陆时大家往下跳容易碰撞，速度也慢，而且容易造成队形混乱。

有个连队创造了一套登陆滑板，顺利地解决了这个问题：登陆人员按事前编好的序列，依次滑下去，因为指挥员率先下水，突击班、突击排可以在指挥员的率领下有组织地发起冲击。

实践证明，这个办法，既有利于迅速展开火力、减少伤亡，又保证了登陆一次成功。

——摘自：魏佑铸《雷州海上大练兵》

★★★★★

## 鲁湘云
（时任第 43 军 128 师 382 团 4 连 1 排副排长）

柴玉林的自动枪只打了一梭子就卡壳了，便连忙换了支步枪接着打。万殿深性子虽然急躁，可一打起仗来，就像个老猎人一样，自动枪托往肩上一靠，瞄准敌舰上的窗户就是两梭子，边打边喊："看你狗杂种还神气不神气！"

孟宪芝一边掌稳被打坏了的舵，不使船随波逐流，一边还沉着地向敌舰猛烈射击。王金秀两袖一挽，朝着敌舰骂道："你的大炮碰不着老子一根汗毛，现在该请你尝尝老子枪榴弹的滋味了。"说着，朝手心吐了口唾沫，一连四发枪榴弹，都在敌舰上爆炸了。一顿出敌不意的突然猛打，直打得敌舰上乌烟瘴气，血肉横飞。敌人一个个吓得蒙头转向，喊爹叫娘地把头缩回舰舱里去了。敌舰见势不好，一掉头，开足马力就跑。退到 400 多米远，敌人又慌慌张张打了一阵"泄气炮"，在我们木船周围升起几根水柱，就夹着尾巴向东南方向一溜烟地逃窜了。

——摘自：鲁湘云《木船打兵舰》

# 第五章

# "加强营"首渡琼崖

∧ 海南岛战役期间，我军在担杆岛登陆追击残敌。

邓华坐镇雷州半岛，韩先楚、李作鹏挥师渡海。

茫茫夜色中，首批偷渡的英雄船只驶向波涛汹涌的大海。突破海上"铁壁"，"伯陵防线"终于被撕开了口子。

克涠洲解放渔船，先锋营旗开得胜。两次偷渡，薛岳心惊肉跳。


## 1. 一个不眠的焦灼之夜

自从2月9日，渡海兵团将广州会议确定的"积极偷渡，分批小渡与最后登陆相结合"的战役作战方针及具体实施计划报告了四野首长后，15兵团领导都在着急地等待头目级批示，不知能否得到批准。因为兵团根据实际情况，修改了毛泽东要求的首先以一个军不依靠北风渡海的电令。然而，四野首长充分考虑了战场实际情况，迅速同意了兵团的决心与计划，并立即报告了在莫斯科的毛泽东，时间是1950年2月10日晚上。令人没有想到的是，毛泽东的回答也是异乎寻常地快。

那天晚上，还在苏联访问的毛泽东看到邓华和林彪的来电后，非常高兴，并对随同访苏的师哲说："四野找到了解决海南岛的办法了，不要空军参战，他们准备用木帆船分批渡海呢！"

12日，毛泽东致电林彪并转邓华：

同意43军以一个团先行渡海，其他部队陆续分批渡海。此种办法如有效，即可能提早解放海南岛。

毛主席批准了作战计划，兵团领导都兴奋无比。邓、赖、洪同时来到灯火通明的作战室，在宽大的地图旁，反复研究具体实施步骤。根据广州会议确定的作战指导方针，"派出少数兵力携带电台偷渡一次，取得渡海经验"的指示，邓华决定乘薛岳指挥"清剿"琼崖纵队，海防一线防御力量有所削弱之机，利用春末夏初刮北风的条件，安排40军1个加强营43军1个加强团的兵力，分别向琼东北和琼西北两侧地区进行偷渡。一为摸索登陆作战经验，二为加强琼纵的力量，为主力大规模登陆作战创造条件。

最后邓华下达命令，令第40、43军第一批偷渡部队于3月5日黄昏，同时起渡，

< 袁升平，1955 年被授予中将军衔。

并电告岛上冯白驹同志，请他令琼崖纵队派部队到我东、西登陆地段接应，并请他要当地地下党的同志全力予以帮助。还给40军和119师发报，命令该师以一个团于3月6日黄昏突袭北海以南的涠洲岛。并将下达给两个军的电令报告四野总部和中央军委。

广东海康县，第40军军部会议室里，第12兵团副司令员兼第40军军长韩先楚，政委袁升平，副军长解方、蔡正国，政治部主任李伯秋，以及第118师的领导，共同研究了渡海加强营的组织和登陆任务。

韩先楚，这位17岁时参加红军的高级指挥员，以多谋善断、打仗英勇顽强著称。在东北战场四保临江的激战中，他指挥第4纵队大败杜聿明。此后，他又调任第3纵队司令员，围歼国民党新5军，攻打锦州，追歼廖耀湘兵团，被称为"韩旋风"。

当参加会议的人员到齐后，韩先楚宣布军党委的决定和兵团首长的指示，决定加强营3月5日起渡。率领加强营渡海的是第118师参谋长苟在松和团长罗绍福。虽然40军调归15兵团指挥，仍是12兵团建制，但韩先楚强调，40军应该首当其冲。

3月5日，韩先楚乘车赶往加强营的驻地，雷州半岛西南的徐闻县角尾乡灯楼角。

灯楼角是琼州海峡西端军事要冲。位于中国大陆最南端北纬20°13′，东经109°55′，自北而南楔入琼州海峡约3公里，扼北部湾与琼州海峡进出口的咽喉，灯楼角古称"关窖尾"，"窖"即为两水分合处之意。清光绪十六年（1890年）法国殖民者在这里兴

> 邓岳，1955 年被授予少将军衔。

## 邓 岳  ▼

　　湖北麻城人。土地革命战争时期，任红军大学警卫排排长。抗日战争时期，任中国人民抗日军政大学第一分校区队长、干部营营长，冀南军区第 4 军分区参谋长，八路军 129 师新 4 旅 10 团副团长。解放战争时期，任东北民主联军第 21 旅副旅长，第 3 纵队 7 师副师长，东北野战军第 3 纵队 7 师师长。

建了首座导航灯塔，现仍残存西式石拱顶门廊。1994 年，省海洋局拨款修建了一座 10 层 36 米高的六角形灯塔。

　　我渡海兵团先锋营首渡海南将从这里启程。

　　当晚 7 时 30 分，韩先楚来到加强营整装待发的队列前，作了鼓舞人心的战前动员，并亲手将一面绣着"登陆作战先锋队"的红旗授予营长陈永康。

　　韩先楚亮开洪大的嗓门说："团结一心，誓死登陆，这是林总和兵团首长的指示，也是军党委对你们的要求。你们要以实际行动，发扬 118 师的荣誉，坚忍不拔，把这面红旗胜利地插到海南岛上去，我祝你们一路顺风！"

　　在韩先楚动员后，第 118 师师长邓岳下达出发令，加强营 799 名勇士分乘 13 艘木船，扬帆起航，乘夜色向海南方向驶去。

　　登陆地点是海南岛白马井地区。

　　此时，在广州市区的 15 兵团指挥所，正密切关注着两支部队起渡消息的邓华，心情突然沉重起来。

　　开始，作战参谋报告 40 军 118 师指挥所发电报告，352 团加强营已经起航，起航后，正是顺风、顺流，航行速度甚快的消息后，大家的脸上都表现出异常兴奋的样子。

　　当邓华司令问到，43 军 128 师 383 团方面的情况如何？起风了吗？

▽ 我军某部首长在起渡点进行战前动员，号召全体指战员在渡海作战中为人民立功。

专管气象的参谋，站在电话机旁，立即回答说，383团方向还没有起风。据刚才接到的预测报告，今晚起风的可能性很小。

大家听到这个情况后，一下子情绪发生了变化，都为383团方向不能按时启渡而担心。

这时候邓华司令员对作战科长杨迪说，你最近专门研究了气象，你对128师383团是否仍待风启航有什么意见？

杨迪也正想建议383团部队下船，今晚停止起航。因为他这段时间着重研究了雷州半岛和琼州海峡的气象、水文规律，如果黄昏以后还不起风，上半夜就很难起风了，下半夜肯定会起风。如果下半夜起风后，再起航，白昼正好航行到海口市的正前方，必遭到敌空、海军发现，对我渡海部队极为不利。所以他就毫不犹豫地回答，根据我对该方向气象水文的了解和研究，我建议，383团今晚停止起航。于是邓华对赖、洪说，命令383团停止起航，等待有利风向再定吧。

赖、洪表示同意。43军一个团的首渡计划因气象原因而流产了。

邓华即对作战参谋说，电话命令128师指挥所及43军，今晚383团停止起航，等待有利风向再定。

他接着说，128师383团不能与118师加强营同时起渡，从表面上看，打乱了兵团的作战计划。但是，我认为这样也有好处，可以使敌人产生错觉，118师加强营在海南岛西北部偷渡登陆后，敌人可能会产生错误的判断，认为我军不敢从海口市方向登陆，从而放松对海口方向的警惕，而将注意力集中到海南岛西北部，这样对我128师偷渡部队以后从海口市敌人鼻子底下航行到海口东南登陆就会有利一些。由此，也使我们更加深了对渡海作战气象的变化，对定下起渡决心有直接影响的认识。

这是一个不眠的焦灼之夜。

就在大家等待着前方消息而忘记了饥饿的时候，作战参谋急忙送来一条118师发来的暗语，说是午夜风停，落帆摇橹划桨前进，航速很慢。

邓华司令员坚定地对作战科长说，你去要电话，告诉韩先楚同志，发个暗语给苟在松，令他不顾一切，坚决靠人力摇橹划桨前进，必须要登陆上岛。

停了一会儿，他又说，如果半途而返，天亮后必然全部要被敌

舰炸沉海底。这句话只告诉韩先楚，请他根据情况掌握。我不想过多地干涉他的指挥。

在雷州半岛一线指挥的韩先楚在电话中说，请报告邓司令员，请他放心，352团加强营是40军战斗力最强的一个营，一定能渡过海去。

作战科长把韩先楚的话报告给兵团首长，邓华接着说，韩先楚同志坐镇指挥我就放心了。他是一位敢打硬仗的战将，在东北辽南新开岭首先歼灭国民党军25师，他任第4纵队副司令员时，在我军伤亡很大，最困难的关键时刻，就是他坚决要坚持打下去而取得胜利的。打仗打到敌我双方都很困难，部队伤亡很大，很不容易坚持下去的情况下，这就是考验指挥员的意志，考验指挥员能不能正确地判断敌我双方情况的时候了，这是与敌人指挥官较量毅力、心理与决心，谁能坚持最后5分钟，就能取得胜利。韩先楚同志就有这股劲，越是情况紧张，他越是头脑清醒、冷静。

他转身问作战科长，白天在海上航行，如果被敌人军舰、飞机发现那怎么办？你们研究过没有？

杨迪回答，我们与师里的同志研究过，如果被敌人军舰发现了，我军只有13只船，船上大部分人员进舱躲起来，只留少数人员化装成渔民打鱼，混到渔船中去。

侦察科长说，我们已经和琼崖纵队侦察部门联系，岛上的地下党员搞到了国民党军允许岛上出海捕鱼的渔船与敌飞机的识别信号。这次每只船上都发给了飞机识别信号的布板形状。如发现敌机，大部分人员进舱，在船上铺摆上飞机识别信号，并做出捕捞鱼的架势，是可以欺骗敌人的飞行员的。

邓、赖、洪首长听后表示满意地点了点头，说，这就使我们放心一些了。

波涛汹涌，一望无际。加强营的木帆船从灯楼角出来，乘着北风顺流而下。午夜时分，船队成三路纵队进入海峡中流，海浪翻滚，继续前进。6日凌晨，突然风停，船速减慢了下来。眼看原定的一夜船程即可抵达的计划无法实现，苟在松果断下令：摇橹、划桨前进！橹不够，战士们就用铁锹、枪托和木板划水。

天渐渐地亮了，苟在松举目四望，到处是一片白茫茫的大海，他焦虑不安地命令船队加速前进。

太阳露出了水面，天海一色，万里澄澈，能见度特别高，多雾的琼州海峡居然一丝云雾也没有，船队无遮无拦，轰轰烈烈地扑向"伯陵防线"。

上午9时，弯弯曲曲的海岸线终于出现在苟在松的视线里。

不一会儿，海面上突然发现敌人10多艘机帆船，接着又出现敌空军的4架飞机，在船队上空盘旋了一阵，投下4枚炸弹进行火力侦察。炸弹炸出了巨大的水花，都落在船队的边缘，激起一波涌浪，木帆船颠簸了几下，又恢复了平静。

苟在松立即命令船队做好战斗准备，同时要求大家沉着冷静，并让信号员打出识别信号。敌人的机帆船见我军打出他们的联络信号，便不再怀疑。加强营的指战员们乘机奋力划船，迅速混入敌人的船队中。天上的飞机转了一个来回，第二次向海面俯冲侦察时，判断不出这支船队是敌是友，只好返航了。

敌方船队见突如其来的船队加入它们的行列中，发现情况不妙，立即向岸上发信号报告，岸上炮兵见船队混在一起，分不清敌我无法开火；那4架飞机再次起航，飞临船队的上空，遇到了同样的问题，不知哪些船是我军，哪些是国民党军，也不敢贸然攻击。

敌人的岸炮火力和空中侦察都不奏效，船上的敌人人数少火力差，躲在船舱里不敢露头，他们寄希望于头顶上的飞机，于是在船头插上小红旗，我军的船也跟着插上小红旗。后来敌人又换上小白旗，我军也换上小白旗。经过两个多小时的斗智斗勇，中午13时，先遣营船队终于抵达白马井附近海面，正准备登陆时，被岛上守敌发觉，此时我军已无法隐蔽登陆意图，只得与之交手，在海面上开战了。

海面上，有敌2艘军舰对船队实施猛烈炮击，空中，10架敌机俯冲扫射，岸上1个营的敌军依托坚固工事进行阻击，妄图在我军尚未踏上沙滩之前，将我军歼灭于海上，加强营几面受到攻击，情况万分紧急。

苟在松、罗绍福当即命令部队强行突破。我先遣营的800壮士，面对血与火的生死考验，临危不惧，一面勇猛地进行火力还击，一面奋力划桨，直逼岛岸滩头，开始抢滩登陆。

教导员张仲先指挥先头的3只船，最先朝岸上的敌人发起冲锋。

他命令3只尖刀船，抢滩后，1连3排向西，占领村庄，3连3排向东，警戒敌援，3连2排直插纵深，与琼崖纵队联系。

敌人从天上、海上、岸上一齐向我扑来。霎时间，炮声如雷，水柱拔起，浪花飞溅，整个海面煞是壮观。

战士们猛烈还击，船被浪打得上下颠簸，枪炮很难固定和瞄准，他们就用满是血泡的双手端起枪、抱起炮筒发射。不一会儿，连续不断的射击就把炮筒烧得通红，战士们的手被烫焦了，他们忍受着血肉之躯无法忍受的痛楚，与敌人进行着殊死的搏斗。

许多战士倒下了。基准船上，傅世俊胸部受伤，但他紧握舵杆，推开了身边的战友，别管我，赶快登陆！

船距岸还有100多米，肉眼可以辨清水底的泥沙。张仲先高举盒子枪，同志们，不能再等了，大家跟着我冲啊！

司号员小赵听到命令，刚把军号放到嘴边，就中弹栽倒了，他用尽全身力气，躺在船面上吹响了冲锋号。

勇士们纷纷跃入齐腰深的海水，在船上迫击炮和重机枪的火力掩护下，涉水前进，如一阵海潮勇猛地向岸边卷去，很快就冲上了海滩，破除滩头障碍，和敌人争夺滩头阵地。

此时，火速赶来的琼崖纵队1总第8、9团也在敌人的背后打响了，枪炮声连成一片，岸上敌人受到两面夹击纷纷弃阵逃窜。

下午3时许，加强营全体发起冲击，指战员们奋不顾身向岸头冲去，发出震天动地般的喊杀声，一鼓作气全部登陆，迅速插入超头市敌守军阵地，与其展开激烈的战斗，击溃敌两个守备连。在琼崖纵队的接应下向五指山区挺进。

五指山像是五个指头，伸向了海南岛的整个南部地区，山上树林稠密，深处还有从来没有人踏足的原始森林。岛上的革命力量依托五指山，逐步向外扩展，到1945年8月，抗日战争胜利，他们在日本侵略者和国民党军的清剿、围剿斗争中，不断取得胜利，人民武装不断得到发展。由五指山北麓的琼中县为中心的根据地，并向以北的白沙、以南的保亭、以西的乐东地区，发展扩大根据地与游击区。

## 陈青山

福建惠安人。抗日战争时期，任琼崖民众抗日自卫团独立第1总队政治部宣传科科长、组织科科长，第四支队政治委员，琼崖人民抗日游击独立纵队政治部组织部部长。解放战争时期，任琼崖独立纵队先遣支队政治委员，中共琼崖西区地委副书记，琼崖纵队政治部副主任，第3总队政治委员兼中共琼崖东区地委书记，琼崖纵队政治部第二副主任兼组织部部长。

7日晨，我首批登陆部队同琼崖纵队政治部副主任陈青山、第1总队总队长陈球光率领的两个团胜利会师。同是战友，却相隔天涯，初次相见，分外激动备感亲切。

琼纵指战员激动地说："我们坚持了20多年，今年终于把你们盼来了！"

太阳慢慢收进了云层，晚霞透过窗棂，照进了15兵团作战室。

一天一夜都没休息的兵团首长，都在密切地注视着加强营和岛上敌人的情况。

怀着焦急心情等候消息的邓华，不时看一会儿地图，又瞅一下表，他手中的纸烟一支接着一支，不一会儿，烟头便塞满了烟灰缸。本就有些闷热的南方气候，再加上弥漫的烟雾，指挥所里的空气呛得人几乎睁不开眼睛。

只因为加强营的电台被海水打湿了，登陆后又与敌人发生激烈的战斗，没有及时发报，所以兵团指挥所一直等到7日黄昏，也没用前方丝毫消息，首长们能不心急如焚吗？突然，机要参谋跑进来大声报告："首长，加强营抢渡登陆成功！"

邓华跨前一步，迅疾把刚点燃的香烟扔到地上，接过40军转来的加强营成功登陆并与琼崖纵队部会师的电报看了一遍，大声而爽朗地命令："立即给林总发电！"

## 2. 木帆船再次撞击敌铁军舰

武汉，四野司令部。

正在踱步的林彪，自加强营渡海开始便没有说过什么话。他的脑海中浮现出四野主力近一时期的战况：广西战役进展顺利，平而关一战歼敌近7,000人，生俘敌兵团司令刘嘉树；解放了的地区，正在建设政权，剿匪反霸，到处是一派热火朝天的新生……海南方向呢？林彪的脑海中又出现了陈毅、粟裕的三野发起的漳厦战役，下漳州，夺厦门，真可谓风扫残云，势如破竹。但金门一战，登陆部队却惨遭失败，以至全军覆没。想到这里，林彪的脸色似乎更阴沉了。正当林彪脑子中的辘轳不停地转的时候，邓华的电报到了。

林彪的脸终于"阴转晴"了。他那少有的、只是在极度兴奋时才会出现的笑容，出现在他浓密而又微微下垂的双眉下，然而转瞬便消失了。他转过身来，面对邓子恢、萧克等领导人，似征求意见又像宣布决定："通令嘉奖40军渡海部队。嗯，还要嘉奖琼纵的部队。"

林彪的指示，很快传到叶剑英的中共中央华南分局和邓华的兵团司令部，于是，以华南分局和第15兵团名义分别发出嘉奖令。给渡海部队的这份电报说：

你们以大无畏的勇敢坚决精神，战胜了天险的海洋，并在敌前强行登陆，取得了大军与琼崖人民武装第一次胜利会师，开创了我军渡海登陆的首次光荣范例。你们的英勇行动，给所有准备渡海作战部队和长期艰苦奋斗的琼崖人民，都是一个极大的兴奋并大大提高了他们的信心，而将加速海南岛解放的全部到来。特传令嘉奖，并给所有渡海的指战员每人记大功一次……

电报中，强调了渡海部队"开创了我军渡海登陆的首次光荣范例"。而对琼纵的嘉奖，则高度评价其"长期艰苦努力奋斗的光荣传统"。的确，就林彪及其麾下的大将们来说，海南登陆会否避免重蹈三野攻打金门部队的覆辙，始终是压在他们心头的一块巨石。不论从哪个角度说，渡海作战成功了，这个胜利是巨大的，它第一次实现了人民解放军渡海作战的胜利。

之后，第15兵团传令嘉奖第40军118师352团1营，并给所有渡海的指战员每人记大功一次。

第119师师长徐国夫接到突袭雷州半岛以西海上的涠洲岛命令后,积极进行了准备,并决定以该师356团来执行突袭任务。

涠洲岛距北海以南25公里,只有25平方公里的面积。岛上有国民党军南路指挥所及海军陆战队1个连,共有700余人驻守,涠洲湾内还停有国民党海军2艘炮艇,他们控制了从大陆抢去的大帆船300多艘。涠洲岛被国民党军控制,使我渡海作战有后顾之忧,必须打掉这个在海上的钉子,特别是那300多艘大帆船,都是好船,我军要搞到这批船,可就解决渡海的大问题了。

118师加强营偷渡成功后,韩先楚军长立即下达命令,119师356团于3月6日黄昏后,奇袭涠洲岛,决不准守敌乘船逃跑,一定要将船只全部缴获。

3月6日19时,40军119师356团,在师长徐国夫的指挥下,由师参谋长夏克率领,乘木帆船87艘,从北海市以南的白虎头起航。为了迷惑敌人,他们采取海上训练方式,向东沿海岸不远的近海,进行编队航行训练前进。

356团在海上航行了六七个小时,突然转变航向,包抄到涠洲岛的南部,距海岸100米时,全团3个编队同时展开,向涠洲岛发起登陆进攻。这时,守岛的敌人及渔民正在睡梦中,这突然的登陆进攻是敌人没有想到的,敌人仓促应战,被打个措手不及。

7日4时,我1号木帆船炮船,首先驶进涠洲岛港湾,发现有敌一艘"海硕"号炮艇停泊在港湾内,我土炮船驶进距敌炮艇100米时,先向敌艇开炮射击,敌炮艇随即向我靠拢还击,将我土炮船击中起火,打断我船的桅杆和舵把,开足马力向我土炮船直冲过来,企图冲出港湾逃跑。我船上的干部战士,一面灭火抢修船只,一面用桨划船冲向敌舰,将敌炮艇击伤。双方战斗正激烈,我又有两艘土炮船赶来加入战斗,敌炮艇被我击伤后见势不妙,开足马力狼狈地冲出港湾逃跑了。

木帆船装上火炮打敌军舰,并将敌"海硕"号击伤,掩护我登陆作战,是继43军128师鲁湘云木船打军舰之后,又一次成功实践。兵团抓住这个成功战例,在两个军中进行了广泛宣传教育,活生生的事实,使渡海部队不再惧怕敌舰了,还敢于打敌舰了,渡海作战的信心和勇气倍增。

3月7日11时许,兵团接到40军和119师报告,我军已胜利结束攻占涠洲岛战斗,全歼守敌,并缴获被敌扣压船只300艘,都是大木帆船,保证了第40军渡海作战的需要,为渡海部队立了大功。

兵团指挥部首长十分高兴。邓华司令说,他们缴获了这么多的船只,还创造了土炮船打伤打跑敌军洋炮艇的胜利,应该给予嘉奖。

赖传珠政委说,我同意,请萧主任要政治部起草电报,通令嘉奖356团全团指战

> 徐国夫，1955 年被授予少将军衔。

## 徐国夫 ◀

　　安徽六安人。土地革命战争时期，任红9军政治部组织科科长、政务科科长、军政治部组织部副部长，红四方面军骑兵师第1团团长等职。抗日战争时期，任抗日军政大学队长、第一分校营长，八路军129师骑兵团参谋长、新编第8旅22团副团长。解放战争时期，任东北人民自治军第3纵队23旅副政治委员，第3纵队9师副师长、师长，第四野战军40军119师师长。

　　员，对打伤打跑敌军舰的我军土炮船，仍照上次对鲁湘云的嘉奖方式，给他们立功，并以该船连长、指导员的名字命名英雄船的称号和颁发奖旗。请40军政治部照此去办理。

　　我军潜渡部队登上海南岛以及涠洲岛夺船战斗胜利，吓坏了国民党海南守军司令薛岳，他不再吹嘘所谓立体防线了。急忙把"围剿"五指山的部队抽回，加强海南岛北部东西两侧的防御。国民党的另一个将领陈济棠极力反对薛岳的做法，主张力除内患，先消灭岛内的琼崖纵队和解放军的潜渡部队。

　　而薛岳坚持认为，如不加强两翼防御，将会有更多的共军潜入海南。薛岳是比陈济棠有远见的，但他只能估计解放军会再次潜渡，却无法预测解放军从哪个方向登陆。出乎他预料，解放军没再从海南岛东西两侧登陆，而是从国民党军防御的正面登陆。

∨ 1950 年 3 月 6 日，我军某部指战员登船向涠洲岛进发。

∧ 在解放涠洲岛战斗中，我军战士冒着敌人炮火向敌滩头阵地冲击。

## 3. 撕破敌人的"伯陵防线"

当兵团决定在3月5日，43军以一个团从雷州半岛东硇洲岛，40军以一个加强营从雷州半岛西南的灯楼角，同时起航时，40军方向因风向与海水流向都很好，该军加强营按时起航了。

而43军方向，部队在3月5日13时即上船准备起航，一直等到黄昏，天上、海上仍是风平浪静，根本没有起风的迹象，兵团司令员邓华果断地命令该团停止起航，等待起风。128师383团一直在等风，准备起航，可就是不起风，他们只有焦急地等待着。

就在43军等待的过程中，40军的加强营已于3月6日黄昏前顺利在海岛西北岸登陆成功，119师又渡海攻占了涠洲岛，他们就更加按捺不住了，急着要起航。

43军军长李作鹏、政委张池明考虑到40军加强营的偷渡，已经使岛上的敌人警觉起来，海口市的敌人一定会加强空中和海上的巡逻，海岸上的人也一定会加强防御和警戒，军领导为了第一次偷渡能够成功，即向兵团建议先不以一个团偷渡，改为一个加强营偷渡。

∨ 我军在涠洲岛战斗中，缴获了敌人船只300余艘。

> 张池明，1955年被授予中将军衔。

## 张池明 ◀

　　河南新县人。土地革命战争时期，任红27军第246团少共团委书记，红十五军团司令部作战科代科长等职。抗日战争时期，任八路军115师344旅作战科科长，冀鲁豫支队第2大队政治处主任，344旅687团政治委员，新四军第3师8旅兼盐阜军分区政治部主任等职。解放战争时期，任中共松江第一地委书记兼军分区政治委员，北满军区独立第2师政治委员，东北野战军第6纵队16师政治委员，第四野战军43军政治委员等职。

广州的夜晚，15兵团作战室里灯火明亮，邓华、赖传珠、洪学智围坐在海南地图旁，反复研究商讨43军的建议。

洪学智说，天老爷到关键时候也不助43军一臂之力，真是太可气了。为了保险和保证能使43军第一次偷渡成功，我同意李作鹏、张池明的建议，改为一个加强营先渡，从海口方面试试。

赖传珠说，情况在变化，我们也要随着而变化，43军偷渡部队要从敌人防御最注意的海口市附近登陆，在海上还要围着海口市绕过大弯，到海口市东南的海岸去登陆，危险性是很大的。我们要从最困难甚至最坏的方面去着想，怎么去克服、战胜这些难以想到的困难。为了把握起见，就让他们军先渡一个加强营。

邓华笑着说，要是诸葛亮能活到现在就好了。3月5日那一天晚上，请他到硇洲岛去祭北风，送43军383团渡海去。

他说完又好像是对自己说，当然，那是三国演义，实际上诸葛亮也祭不了东风，而是湖北武汉、蒲圻那一带冬季偶然会刮一次东南风的。周瑜是赤壁之战的统帅，他会研究如何渡江破曹的时机和战略战术。他和他的谋士们一定会研究气象，我的看法应该是周瑜及其谋士们研究气象的结果，并不是诸葛亮祭来的风。

赖传珠笑着说，你这位平剧迷，竟联系到诸葛亮借东风上来了。

洪学智说，司令员说的也是。

邓华说，我们现在脑袋瓜这根弦绷得太紧了，说个笑话，松弛一下嘛。

在这初春的夜晚，大家都会意地笑了。

有位127师的老人说，你也别说，在他的印象里，直到今天，凡是127师举行重大演习，天气总要出毛病，不知是老天爷有意考验这支铁军部队，还是海南登陆留下的后遗症，他说完就会心地笑了。

不管怎么说，四野的主力部队43军是不会落后的。在韩先楚的加强营渡海作战之后，李作鹏第43军的先锋营也取得了渡海登陆的胜利。

李作鹏，无疑是当时林彪麾下的一员大将。作为直捣天涯的最后一仗，林彪指定韩先楚、李作鹏的两个主力军担当此任，可见对他是十分器重的。

与韩先楚相比，李作鹏算是后起之秀。他1930年参加红军，在抗日战争和解放战争前期，他的名气并不大，原因是他主要干的是参谋工作，属于幕僚式的人物。他先后担任了抗日军政大学参谋训练队队长、八路军第115师司令部侦察科长、作战科长，山东军区司令部参谋长，东北民主联军司令部参谋处长等职。直到林彪主力壮大，时局大变之际，李作鹏才出任第6纵队副司令员兼第16师师长，算是一名真正的统兵大员。

出生于江西大山里的李作鹏，比其他四野的军长们较早领教过大海航行的滋味。

那是日本天皇宣布无条件投降之后，毛泽东下令在山东的罗荣桓率部奔赴东北，李作鹏随罗荣桓一道，经过山东东端的黄县，在龙口港登船北上，直驶大连。这次海上之行，时间不过十余小时，但大海的汹涌波涛和漫无边际却给李作鹏留下极深的印象。他虽然没像来自中央苏区的战友们那样在船上晕得东倒西歪，但胸中翻江倒海的滋味却比他喝醉了烧酒还要难受。而眼下，是他指挥的陆军渡海作战，对手是陆、海、空军种齐备的薛岳，又有兄弟部队在金门的惨痛教训，这就不能不令他格外慎重。人们从他那深色的墨镜上看不出他的眼神，但他的语气是坚定有力的："告诉徐芳春，暂停出发，待风向有利时开始！"

徐芳春，时任第383团团长，个子虽然不高，但有一双浑实的肩膀，看上去就是个能挑重担的人。李作鹏和政委张池明指定他组织先锋营，即383团1营，配属了九二步兵炮连，共1,007人。李作鹏所以下令暂停出发，原因是风向不对。如果贸然出发，不能按预期目标抵达彼岸，一旦受到薛岳陆、海、空军的打击，后果是不堪设想的。

3月10日中午开始时，雷州半岛东南海面，天阴下雨，风也刮起来了，敌人的飞机不能起飞，这无疑是先锋营的大好机会。李作鹏下令出发。于是，先锋营千余人分

**中央苏区** —————————————————————

土地革命战争时期，中国共产党领导的主要苏区之一。位于江西南部、福建西部，亦称"中央革命根据地"。1929年1月，毛泽东、朱德率领红4军主力离开井冈山，向赣南、闽西进军。4~6月，建立了于都、兴国、宁都、龙岩、永兴5个县革命委员会，统称为中央苏区。1931年1月，组成了以周恩来为书记的中央苏区中央局。9月，中央苏区范围扩展到20多个县境，并建立了24个县苏维埃政府。1934年10月中共中央被迫率中央红军撤离苏区，进行长征。

**徐芳春** —————————————————————————

山东临淄人。抗日战争时期，任八路军山东纵队班长、排长、连副政治指导员、连长、副营长、营长等职。解放战争时期，任东北民主联军第6纵队17师团长、第四野战军第43军128师383团团长，第43军教导大队大队长，129师副师长、代师长等职。

乘21艘木帆船，于13时从雷州半岛东硇洲岛拔锚起航，向海口市东南预定登陆地段赤水港乘风破浪航行前进。

这一次侧翼偷渡，虽然未遇敌海空军的海上袭击，却碰上了恶劣天气。出发时还是顺风顺潮，天又下着蒙蒙细雨，既便于航行，又便于隐蔽。但是，黄昏时分海风更大了，小山似的海浪把木帆船抛上浪尖，又狠狠地摔入低谷中，两只木船被翻腾的巨浪打翻，6艘木帆船的桅杆被狂风折断，船队也被滔天巨浪打散了。

1连1号船被巨浪打坏了一块船板，海水涌入船舱，副连长李相三鸣枪求救，可是各船都在巨浪中挣扎，无法靠近。李相三命令战士解开背包，拿棉被堵住漏洞，用身体顶住，一直坚持到登陆。

天黑后，船队队形散乱，无法联络，只好各自为战，以血肉之躯同海神搏斗了十余个小时，有的帆篷被狂风撕破，有的桅杆被折断，有的船舱被巨浪击穿。在指挥船上的徐芳春无可奈何，马灯点不着，旗语看不见。他想将此情况向岸上报告也不可能，起航时为了隐蔽没有架设电台，现在浊浪排空，船在海上疯狂乱舞，连人都站不住，架设电台谈何容易。

11日拂晓，天蒙蒙亮，风力减弱了，但浪涌仍然很大。徐团长举起望远镜朝海上观察，发现船队散布在宽阔的海面上，相距遥远。他的指挥船于上午9时在鹿马岭登陆。岸上的敌游动哨发现有条渔船靠岸，正在迟疑之际，一阵机枪打来，吓得抱头鼠窜。徐芳春顺利登陆，另有两条船也在附近靠岸。他立即命令架设电台，向军长李作鹏报告：我已登陆，详情待报。随后，他带着三条船上的100多人向海岸左侧前进，以便与其他登陆人员会合。

营长孙有礼指挥几条船在赤水港附近靠岸，在那一带与敌发生激战，他们突破敌滩头阵地之后，迅速钻入椰林向第一个集结地龙马镇前进。

经过20小时的艰难航行，除三艘船约百人失去联络外，其余均于11日9时在文昌东北的赤水港、鹿马岭至铜锣岭一带海岸登陆。

由于通信联络不便，只好就地分散隐蔽。负责接应任务的琼崖纵队独立团与当地群众一起，通过种种努力，设法将部队一批批带到预定集合地点。在此接应之下，登陆部队以勇猛动作，击溃了滩头阵地的敌人，一鼓作气突破敌守军一个团的封锁，部队迅速进入椰林，于12日晨到达文昌地区。徐团长、孙营长先后在龙马镇与前来接应的琼崖纵队胜利会师。清点人数，发现有18条船登陆成功。后来得知那三条下落不明的船，有一条船由于修船直至下午才登陆，在地方党组织的掩护下，几经周折终于归队了；另一条船登陆后与敌交战中大部损失；还有一条船始终下落不明，可能发生了海难。

据原43军128师"渡海先锋营"3连副指导员丁占祥回忆，1950年3月10日，先锋营2连在文昌东郊登陆时，遭到敌军重兵拦阻，除了连长带领两名士兵杀出重围外，该连近40人全部被国民党军队杀害，这些烈士的坟茔解放后一直无人过问，直至很多年后，丁占祥来海南寻访已故战友遗迹时，才在当地一些知情村民的帮助下，弄清了这些坟茔的具体位置，并作了妥善安置。

据《创造渡海作战的奇迹》一书记载：

在1950年4月16日我军主力部队正式登陆海南岛作战之前，曾先后组织两批先遣部队，分四次潜渡海南，作战兵团伤亡、失散，包括溺死在海中的烈士共4,500余人。

据了解，这些烈士牺牲的地点主要分布在海南岛沿海一带市县，其中相当一部分因下落不明，成为不为人知的无名烈士。这些无名烈士的坟茔，更多的，已成为被人们遗忘的角落。

第一批渡海先遣营的偷渡作战成功，不仅极大的鼓舞了渡海作战兵团的士气，而且为后续部队的偷渡及正面强渡都提供了有益的经验。

先锋营登陆后的次日，李作鹏、张池明致电徐芳春：

顷悉你们奋勇当先，排除万难，坚决执行上级命令，实行远距离航海奇袭，一举冲破近400里狂风大浪，击破沿海守敌之一切抵抗，胜利登陆，并迅速取得与琼崖人民武装会师。捷报传来，全军上下鼓舞振奋！……

我军两批偷渡部队的登岛，令吹嘘防御体系"固若金汤"的薛岳气急败坏，他忙调集了6个团的兵力进攻文昌，企图趁我43军渡海先遣营立足未稳之际，一举围歼之。

先遣营不久果然在潭门一带遭到敌暂编13师1个多团兵力的钳形包围，形势的确对我不利。

∧ 我军部队登陆后向纵深发展。

∧ 1946 年，薛岳在国民党制宪大会上发言。

徐芳春在收拢部队后，决心给敌人杀个回马枪。

战斗打响后，1 营 2 连连长李树廷发现敌 37 团的团指挥所就在附近山头时，立即派出 1 个排向其发动正面佯攻，而自己则带领 1 个班从侧面冲进敌团指挥所，当场击毙该团团长。敌兵失去作战指挥，首尾难顾，在我军战士们的奋勇拼杀中，争相逃命。

就这样，该营在琼纵独立团和当地群众的紧密配合支援下，不仅全歼了敌暂编 13 师 37 团的 1 个营，而且还击溃了这个师 39 团的进攻。

战斗结束后，这支第二批渡海先遣营部队，很快转往琼东根据地进行休整。

徐芳春的加强营渡海登陆获得全胜，第 15 兵团的首长们终于松了一口气。兵团指挥部迅速将情况向四野总部和中央军委发电报告。邓华面带微笑舒展了一下全身，对赖政委说，该给他们通令嘉奖了。

赖传珠说，仍按照 40 军渡海加强营一样通令立功嘉奖。40 军加强营是授予"登陆先锋营"，43 军就授予"渡海先锋营"的荣誉称号。

第15兵团通令嘉奖中写道：

你们以大无畏的勇敢坚决精神，开创了我军渡海登陆的首次光荣范例。你们的英勇行为，对所有准备渡海作战部队和长期艰苦奋斗的琼崖人民都是一个很大的鼓舞。并且大大提高了他们的信心，从而将加速海南岛解放的到来。特传令嘉奖，并给所有渡海的指战员每人记大功一次。并授予1营'渡海先锋营'和1营2连'渡海英雄连'荣誉称号。……

离休前任中国人民解放军军事科学院副院长的徐芳春中将，在回忆这次渡海战斗时说，这次侧翼偷渡的当夜，海面上风雨大作，狂风卷着巨浪肆虐，使先遣营船队的指战员们同样面临生死考验。在有的帆篷被狂风撕破、有的桅杆被折断、有的船舱给巨浪击穿的情况下，经过20小时的艰难航行，将士们终于在第二天（11日）9时左右在琼东北地区赤水港至铜鼓岭一带30公里的地段上分散登陆。

这次登陆成功的意义是重大的。它证明敌人琼东北的防御也是很脆弱的。敌海军优势也有其局限性，敌人无法对宽大的海峡实施有效的海空封锁。

在风浪很大的海上，只要措施得力，木帆船也是可以航渡成功的。它还证明，英雄的人民解放军不仅是陆上的猛虎，同时也是海上的蛟龙，是能够经得起大风大浪严峻考验的英雄集体。

第40、43军的两批渡海登陆作战是成功的，他们从不同方向和地点突破薛岳所谓"立体防御"，撕破了敌人号称固若金汤的"伯陵防线"，成功地登上海岛，取得了极其宝贵的经验。

我军两次偷渡成功，使薛岳脸色变黄，心惊肉跳。他刚去见了陈济棠、余汉谋，希望他们尽其所能，从物资方面助他一臂之力。谁知陈、余都是官场沉浮多年的老手，知道薛岳军心不稳，军饷更是捉襟见肘。还未等薛岳开口，他俩一唱一和，先是叫苦不迭，接着便给薛岳一大堆高帽子，什么"先总统中山先生的肱股之臣"呀，"北伐骁将"呀，"湖湘抗日威震中外"呀，等等。薛岳有苦说不出，心中暗骂一顿"这两个老奸巨猾的家伙"，便打道回府了。

他在办公室里左思右想，心情十分烦躁。当着李敬扬的面，薛岳在电话中狠狠地痛骂了李铁军等部之后，喊来了秘书。他要搞舆论、造声势了。于是，3月18日的《海口日报》发表了一篇自吹自擂、自欺欺人的报道：欣逢琼西大捷，实为迎接外援的大好时机，过去美国考虑援华的先决条件，是盼我们能在军事上有所表现，于今我们以事实来答复，的确是站得稳，守得住，相信因此一牛刀小试的军事成就，会使美国方面的疑虑随琼州海峡之浓雾而迅速消失。

❶我军某部进行实战演习。

❷ 我军攻上敌城头。
❸ 我军某部在战役前作战斗动员。
❹ 我军各部队纷纷举行誓师大会，指战员们振臂高呼"打到江南去，解放全中国！"
❺ 我军准备发起进攻。

## 韩先楚

（时任第四野战军第12兵团副司令员兼第40军军长）

　　我军两支渡海部队先后登上海南岛以及涠州岛夺船的胜利，吓慌了薛岳。

　　他不再大吹大擂"立体防线"了，急忙把"围剿"五指山的部队抽回，加强岛北部东、西两侧的防御。

　　陈济棠则极力反对他的做法，主张力除"内患"，继续"围剿"琼崖纵队和我潜渡部队。

　　薛岳坚持认为，不加强两翼防御，将会有更多的共军潜入海南。

　　这一点，薛岳比陈济棠有"远见"。

　　我军是在准备再次潜渡，但是这次潜渡的部署，出乎薛岳所料，不是从东、西两侧登陆，而是采取半潜渡半强攻的手段，从敌人防御的正面临高角一带登陆，以便通过此次潜渡摸清敌人正面设防的情况。

——摘自：韩先楚《跨海之战》

★★★★★

## 魏佑铸
（时任第四野战军第43军政治部主任）

　　在我军几次渡海时，正是这些护航队，以自我牺牲的精神，拦阻了敌军的舰队，保障了主力船队的海上航行。

　　他们的口号是："船破了有底，底破了有帮，就是只剩下一块船板，敌舰也休想跨过我们的防线。"

　　护航的英雄们，在实践中实现了自己立下的誓言。第399团9连1排组成的3只护航船，在琼州海峡阻击了3艘敌舰，打了3个多小时，保障团主力通过了40公里的海面。他们在战斗中充分表现了人民战士宁死不屈的精神，用鲜血写下了一曲悲壮的凯歌。

　　3条船上的48名勇士，最后得救生还的只有9人，其中8人还是负了重伤的伤员。

　　　　　　　　　——摘自：魏佑铸《雷州海上大练兵》

# 第六章

# "先遣团"强行登陆

★★★★★

∧ 邓子恢，时任第四野战军第二政治委员。

先遣团扬帆起航，15兵团前指移向雷州半岛。勇夺玉抱港，血战雷公岛，一场拼搏血战。风急浪高，又一个加强团向海南驶去，海战残酷而激烈，三只木船只有一人生还。龙虎坡阻击战，一时间弹如飞蝗，弹如雨下。

## 1. 15兵团肩负重任

第15兵团前沿指挥所，设在雷州半岛的最南端，徐闻县城东南6公里的赤坎村。这个村子离海安港码头不远，于渡海一线部队118师、127师之间，呈扁三角形的上端，相距10公里左右，直属工兵团还专门修了一条简易公路，从前指去两个师和各团都很方便。

已从莫斯科返回北京的毛泽东，以及去京参与中央军委领导工作的林彪，对于首次两个加强营的登陆成功自然是高兴的。对于解放海南岛，毛泽东和林彪的心情都是急切的。为加快战役进程，林彪电令邓华，将前指移向雷州半岛，这也是毛泽东的意思。

1949年12月31日，毛泽东致电林彪："邓、赖、洪应速到雷州半岛前线亲自指挥一切准备工作。"四野林彪、邓子恢遵照毛泽东的电示，于1950年1月12日，电告15兵团："我们意见邓华同志应率轻便指挥所去雷州半岛，以便就近研究情况和组织协同动作。"

邓华、赖传珠和洪学智就这个问题在作战室进行了几次研究。至于兵团前指为什么到3月中旬才前移的原因，据当事人回忆：第一、对海南岛的战役方针，兵团拟采取积极偷渡，分批小渡，最后大举登陆。1月10日，毛泽东指示要搞几百条大机器船，兵团为此事即派洪学智到武汉、北京汇报、请示。四野首长决定派后勤部政委陈沂去广州与华南分局和兵团商量到香港购买机器与登陆艇，在这种情况下，兵团领导不能离开广州；第二、两个军1月份才展开准备工作，兵团决定2月初在广州召开作战会议，研究贯彻执行毛泽东和四野总部关于进攻海南岛的多次电示、电令，兵团领导和司令部要为会议做好充分的准备；第三、2月12日，毛泽东复电批准第15兵团进攻海南岛的作战方针后，邓华司令员即准备率兵团指挥所前往雷州半岛。但中南军区兼四野在武汉召开会议，通知邓华、赖传珠去参加会议。1950年2月16日，四野首长致电40军、43军：

∧ 长征时期，时任红一军团第2师政治委员的邓华（前排右二）与他人在陕北留影。

目前，邓、赖和我们开会关系，均不能指挥你们作战。因此一切行动盼你们规定之。这样，2月份兵团前指还不能去雷州半岛；第四、3月上旬第一批两个军各以1个加强营实行偷渡，邓华、赖传珠请假从武汉回到广州，指挥偷渡。第一批偷渡成功后，邓华决心立即率指挥所前往雷州半岛，直接指挥两个军第二批各1个加强团的偷渡，并让前指先移，他仍返回武汉参加会议，于3月20日赶到雷州半岛南端赤坎村兵团指挥所。但政委和洪副司令留广州兵团部。因为赖政委要协助叶剑英同志处理军政委员会及军管会的事务，还要抓兵团的全面工作，洪副司令要指挥44军、48军肃清广东和江西南部的国民党军残部和土匪武装，还要抓支援进攻海南岛的后方保障工作。

第15兵团前指的开设，指挥所工作的展开，是根据邓华司令员的指示进行的。26岁的作战科长杨迪随同，并由他挑选人员，组成精干指挥所。洪学智看了他报告的指挥所组成人员名单，笑着说，你真会挑呀，个个都是干将，连警卫营的那个排也是最好的，我同意。这次邓司令员点名要你负责指挥所的工作。渡海登陆作战虽然第一批偷渡成功，取得了一些经验，但还远远不够，你要充分调动和发挥指挥所全体同志的积极性，认真努力把指挥所组织战役的工作搞好，很好地保证邓司令员的指挥。

赖政委接着说，这次渡海登陆作战，是四野在解放战争中的最后一仗，而且也是我军从来没有进行过的一仗，四野首长将最后的、艰巨的任务交给我们15兵团来执行，现在邓司令员到雷州半岛前线去亲自指挥这次战役。邓司令员要你负责兵团指挥所的工作，直接进行战役的组织工作。这是我们3个人对你的信任，相信你会完成好任务的。你一定要把工作做好，很好地保证邓司令员的指挥。

杨迪科长既激动又坚决地回答：请首长们放心，我一定全力以赴做好战役组织工作，确保首长指挥顺畅！

3月20日，邓华一到达赤坎村，便听取既设前指的情况汇报。马上召集118师、127师领导，共同研究决定加强团偷渡的起航时间，并直接与韩先楚和李作鹏打电话，征求他们的意见。

我第一批两个加强营先后偷渡登陆成功，与琼崖纵队胜利会师后，加强了岛上的我军力量，有力地支援了琼崖纵队反"围剿"作战。但同时也惊动了岛上的敌人，敌人立即抽调兵力加强海南岛北部、东西两侧翼的防御和海上巡逻，并以一部分兵力跟踪追寻我偷渡登陆的部队，企图围歼我军。在岛上地方党、军队和人民群众的掩护下，敌人没有达到目的。由于两个加强营登陆后，已进入琼崖根据地休整，兵力过小，还不能形成一支强有力打击或进攻敌人的力量。因此，趁敌人还在继续"围剿"岛上我军，还没有全力加强防御的有利时机，渡海兵团迅速实施第二批部队登陆，以加强岛上力量，支援琼崖纵队粉碎敌人的"围剿"。

雷州半岛，徐闻县赤坎村，第15兵团前指。我军正在召开实施第二批偷渡的前指会议。

据有的文章说，在这个会议上，是否实施第二次偷渡，还是直接大举渡海，正面攻击，兵团领导与军领导是有意见分歧的。其实这个意见分歧的目的是一致的，都是围绕怎样尽快解放海南岛，采取哪一种办法更有效。当然，兵团和军领导可能站的角度不同，想采取的方法也有所不同。这种意见分歧在四野部队也是正常。因此，四野部队有一条不成文的规定，下级可以越级向上反映自己的意见，这个不同的意见，也确实摆在了林总的案头上，但林总没有采纳。

邓华是个善于用谋的人。筹划战役、拟定作战方案，他一向深思熟虑，力求万无一失。我军两个渡海先遣营偷渡登岛后，虽然为此次海南战役提供了宝贵的海上作战、登陆抢滩以及突破敌军围追堵截等方面的组织经验，但要接应整个兵团的大规模强渡海峡登岛，仍然显得兵力过于单薄。为了争取时间，利用有利季节的有利风向，他决定仍然实行偷渡，乘两个加强营偷渡成功后的有利形势，再派出两个团，只是将兵力从各1个营增加为各1个团，实施第二次偷渡，以进一步加强琼崖纵队的接应力量，支援反"清剿"斗争，为主力大规模强渡海峡解放海南创造更有利的条件。

他指着地图，和其他领导边看边说，我军两个加强营偷渡成功后，岛上敌人虽然开始注意对海岛北岸的防御，但没有集中全力，敌人海岸防御工事正在构筑。我们判断薛岳这个狂妄自大的家伙，还在做他的美梦，认为他的固若金汤的立体的"伯陵防线"重点是在海岛北部，我军是不可能突破。现在我军在雷州半岛的第一线118师和27师都已准备就绪，趁敌人还在继续"围剿"琼崖纵队和追歼我登陆部队时机，完全可以实施较大兵力的偷渡登陆作战了。

他坚定地说，我们要抓住有利时机，加大偷渡兵力，迅速实施第二批偷渡，要40军以118师1个加强团向海南岛西北部从琼州海峡正面海岸实施强行偷渡。不要再像加强营那样绕到儋县西北去了。43军以127师1个加强团，仍然绕过海口市，在文昌东北海岸铜鼓岭以北海岸地段登陆。时间预定在3月下旬，两个加强团同时从雷州半岛东南、西南角起航。具体时间根据气象条件再定。

为此，兵团指挥机构决定，由40军和43军再各派1个加强团，向琼北地区实施正面偷渡攻击。向2个军下达命令同时报四野总部和中央军委。

< 马白山，1955年被授予少将军衔。

## 马白山 —————————▶

　　海南澄迈人。土地革命战争时期，任中共海南澄迈县区委书记，昌感县委常务委员。抗日战争时期，任琼崖民众抗日自卫团独立队副队长，独立总队第3大队大队长、副总队长，琼崖抗日游击队独立总队第2支队支队长，第4支队支队长。解放战争时期，任中共海南区委军事部长，琼崖独立纵队参谋长，琼崖纵队参谋长，琼崖纵队第1总队总队长兼政治委员，琼崖纵队副司令员。

< 刘振华，1955年被授予少将军衔。

## 刘振华 —————————▶

　　抗日战争时期，任八路军山东纵队第4支队司令部连指导员、第1团营教导员，鲁中军区第3军分区9团政治委员。解放战争时期，任东满人民自卫军直属支队政治委员兼宽甸卫戍司令部司令员，辽宁军区保安第3旅副政治委员，独立第3师副政治委员，第2军分区副政治委员，东北民主联军第3纵队7师20团政治委员，东北野战军第3纵队7师政治部主任。

在广泛听取气象参谋和作战参谋对起航时间的意见后,邓华在电报中正式命令道:第40军、43军各1个加强团,按照预定渡海登陆的作战方案,于3月26日19时起航,向预定登陆地段航行前进,务必于27日拂晓登陆。令加农榴炮团加强海上观察,发现敌舰艇出港向我渡海船队骚扰即开炮射击,掩护我渡海部队在航行中的安全,但要注意不要误击了我军船只,同时电令琼崖纵队,和第一批偷渡的部队,迅速隐蔽地向预定地区前进,接应渡海登陆的部队,并请冯白驹同志令地下党在我登陆地段内接应和收容掉队的少数部队和人员,并帮助救护伤员。

第二批两个军各1个加强团的偷渡请示和命令的电报发出去了,并很快收到了四野总部同意兵团前指邓华司令员的决心和实施计划的电报。

## 2. 信心十足踏浪跨海追歼残敌

第40军第二批偷渡部队,由该军第118师第352团的两个营、第353团的一个营组成,由第118师政治部主任刘振华、琼崖纵队副司令员马白山率领,于3月26日从雷州半岛的灯楼角预备启渡,目标是在临高县的临高角以东宽约20公里的海岸线上登陆。起航前,韩先楚和副军长解方率军前指赶赴渡海加强团指挥组织准备工作,并进行思想动员。

韩先楚一向果断、干练。他对刘振华这位政治工作干部自告奋勇担任这次登陆战的指挥十分赞许。在进行思想动员时,韩先楚明确指出这次登陆作战的有利条件是航程较近,十余小时即可抵达对岸,而预定登陆地区为沙质浅滩,有利于木船靠岸抢渡。登陆地点选择为琼纵的游击区,有一定的群众基础,特别是有琼崖纵队和先遣偷渡登岛的加强营的有力接应。他也着重阐述了这次战斗的不利因素,主要是海峡正面国民党海空军封锁严密,距国民党军海南防卫总司令部所在地海口市较近,交通方便,便于守军增援。因此对组织指挥提出了更高的要求。

为了保证第118师加强团胜利登陆,第15兵团首长邓、赖、洪电示冯白驹,要求琼崖纵队和先遣加强营积极做好接应工作。冯白驹遵照第15兵团领导的指示,立即派纵队政治部副主任陈青山和第1总队长陈球光,协同第118师参谋长苟在松统一指挥琼崖纵队第1总队和第118师先遣加强营,到达临高角以东海岸线接应渡海加强团。

1950年3月26日傍晚19时,由40军118师352团主力和353团2营及炮兵大队组成的第一个先遣偷渡团的2,937名指战员,在琼崖纵队副司令员马白山和118师政治部主任刘振华的率领下,分乘81只船,从雷州半岛西南端的灯楼角正

∨ 海南岛战役后，荣获两次大功的40军指战员合影留念。

式起航，向着琼西北的临高角一路顺风而去。

刘振华的指挥船是一艘改装的机帆船，站在他身边协助的是马白山。马白石作为琼纵和海南人民的代表出席了全国政协会议，这次他主动要求随军打回海南岛。

夕阳映照着波涛起伏的大海，无数只海鸥在船队间翻飞，发出阵阵悦耳的啼鸣。出征的将士们在船上指点着海面上壮丽的景色，有说有笑。经过几个月的海上练兵，陆地上的东北虎逐渐变成海上蛟龙，他们入关以来纵横万里，所向无敌，如今踏波跨海追歼残敌同样信心十足。

夜幕笼罩着大海，船上红色的尾灯在白茫茫的海上闪闪烁烁。刘振华举着望远镜数着一盏一盏尾灯，兴奋地说，队形保持良好！

加强团起渡一小时后，风向忽然由东北风转为南风，潮水流向由西转为向东，船队受潮水逆流影响，速度很慢。马白山忧虑地说，刘主任，浪越来越小，估计风很快就要停了。

刘振华掏出手帕，果然风力小多了，手帕无力地轻摇着。他焦急地盯着起伏的海浪，心中默祷风别停，风别停，可是天公不作美，大海很快就平静了下来，小小的浪花像无数片鱼鳞在闪烁。

照这样下去我们拂晓前能登陆吗？刘振华转身对马白山说，现在行程还不到 1/3 啊！

马白山说，整个航程一共才十几海里，用人力代替风力，争取拂晓前登陆不是没有可能。

刘振华、马白山都曾有返回的考虑，但最后还是决定继续前进。刘振华对信号兵说，向各船发信号，摇橹划桨。于是加强团只好落下帆篷划桨前进，木板、枪托也成了划水的工具。

子夜时分，海上大雾弥漫，能见度极差，灯光联络失效，指挥船只得以无线电保持联络，但无法判定各船队的编队位置，以致队形错乱。各船队仅靠指北针和地图判断方位，以测试海水深浅来判断海岸距离，单独划行。为了坚决完成正面偷渡登陆作战任务，刘振华在指挥所命令各营领导，即使在失去统一指挥的情况下，也要以船为单位，只许前进不许后退，哪怕只剩下一艘船也要抢滩登陆，表示了誓死完成任务的坚强决心。

恰在此时，夜巡的敌机飞临船队上空，军舰的马达声远远传来。刘振华内心一阵紧张，担心船队可能会暴露。可是抬头看不见敌机，举目四望也看不见军舰，只闻其声不见其影，老天爷还是做了一件美事，用浓雾的帏帐遮住了船队的踪影。巡逻的军舰和飞机很快就返航了。

但也因为大雾迷漫，船队偏离了原定的航向，船队靠近海南岛时，已偏离原定登陆点几十公里。

27日凌晨3时，刘振华接到九二炮连无线电报告，敌炮艇一艘朝我迎面驶来，情况紧急，我们躲避不及，是否先敌开火？

九二炮连的船只是改装的土炮艇，将步兵炮安装在木帆船上，担负船队的护航任务。

既然无法隐蔽，就先下手为强，打！刘振华果断地命令道。

海上很快就传来隆隆炮声，结果木船打跑了铁舰，在这次短暂的海战中，有两只木船被击沉。

韩先楚来电询问，船队离登陆点多远？在什么位置上？

其时，浓雾尚未消散，刘振华和马白山焦急地四处张望，除了附近隐约可见几只木帆船之外，什么都看不见。

十几分钟后，天色渐亮，正前方突然呈现出山的轮廓。

马白山说，是海南岛无疑，不过，我还不能判断是岛上的什么地方。

不久，右前方传来激烈的枪声和手榴弹的爆炸声。马白山说，估计是接应部队与敌人打响了，看来我们偏离预定登陆点大约30海里，现在赶往临高角需要两三个小时。天已经亮了，为了避免在海上与敌人的飞机和军舰作战，造成伤亡，不如就近登陆。

刘振华展开军用地图，当面海岸为澄迈县玉抱港，那一带正是敌重兵集结地域。在马白山等人期待的目光中，刘振华经过紧张思考，果断地说，刀山火海也要硬闯过去，准备强行登陆！

刘振华用无线电报话机命令各营，向我靠拢准备登陆！

各营指挥员在报话机里急问，雾太大我们看不清方向，你在哪里？

我的船打开马达，你们听到声音向我靠近。

可是附近能听到马达声的只有3艘船，刘振华只能指挥4艘船强行登陆了。

此时岸上的敌人发现有4艘船正强行突破漂浮着水雷的封锁带，连忙用火力拦阻。霎时间枪炮声大作，船四周溅起密密麻麻的水柱。有一艘机帆船中弹，马达隆隆作响可是船身却动弹不得，这个船立

∧ 我军船艇在火力掩护下勇猛冲向敌占岛屿。

即改用人力摇橹划桨继续前进。李广文副团长负轻伤，团政治处张之栋主任负重伤，十几名战士伤亡。

　　与此同时，我军准备在玉抱港附近海岸登陆的20余艘战船，却遭到敌海军两艘军舰及数架飞机的猛烈攻击，情况十分危急。这时，只见352团2营4连的两艘战船马上转舵，与敌军舰和飞机拼杀，将其火力吸引过来，以掩护主力船队抓紧时间抢滩登陆，

## 水雷 ————————————————————————◀—

　　布设于水中的，由舰艇碰撞或进入其作用范围才起爆的水中武器。主要用于阻碍或毁损敌舰船的行动。其战斗服役期少则半年，多则4年，隐蔽性好，布在水中不易被发现。布设简便，扫除困难。造价低廉，用途广泛，破坏威力大，即可用作攻势布雷，也可用作防御布雷。按在水中状态的不同，分为漂雷（浮动在水中）和锚雷（用锚和锚链固定布设在水面下）和沉底雷。

这两艘船上的指战员炮弹打完了，子弹打光了，最后大部分战士都壮烈牺牲，他们以大无畏的献身精神为解放海南做出巨大的贡献。

刘振华正向军部报告，我们立即登陆。电报刚发完，一架敌机向指挥船俯冲扫射，几十发子弹打在船尾，把舵的水手中弹倒下，一名战士冲上去接替把舵；这名战士也中弹了，又一名战士上了舵位，不到十分钟，舵位上就被打伤七八个人，战士们前仆后继的英勇行为，刘振华看在眼里，痛在心上，他一把抓过卡宾枪，率先跳下水去，朝滩头冲锋。

四艘船200多人，在刘振华、马白山的率领下很快占领了玉抱港敌阵地。报务员在冲锋时牺牲，发报机和无线电话机也被打坏了，无法向上级报告，也没法用无线电实施指挥。刘振华对身边的作战参谋说，打三发红色信号弹，再点三堆篝火，引导其他船只到这里登陆。

在十几分钟之内，先后有七八艘船在玉抱港登陆成功。

## 邹平光

山东淄博人。抗日战争时期，任八路军山东工农抗日联军第4支队4团2营特派员，第4支队3营10连副排长，山东纵队1旅2团1营特派员，山东纵队1旅2团2营4连连长，鲁中军区特务营副营长，鲁中军区5分区教导队队长，鲁中军区2团2营营长。解放战争时期，任东北民主联军第3纵队7师19团参谋长，7师21团副团长，40军118师352团副团长等职。

船向的偏离，将加强团的指战员们送到了琼岛守敌正面防御能力很强的区域，使他们经受了比前两批偷渡部队更加严峻的战火洗礼。

由于远离预定登陆点，岛上的琼崖纵队一时难以接应，加之所处地形利敌不利我，稍加犹豫或行动迟缓，便有被敌聚歼于滩头的危险。

在这种极端困难的情况下，饱经解放战争一系列重大战役锻炼的我军广大指战员，人人心中抱着"枪声就是命令"的革命英雄主义气概，耳听目寻，自动朝着枪炮最为激烈的地段靠拢，使登岛部队保持了战斗力。

团政委邹平光身先士卒，跃身下海，涉水向滩头猛攻。这支曾经在辽沈、平津战役中立下奇功的英雄部队，今天又在祖国的南海上大显神威，很快夺取了滩头阵地，向纵深发展。

在战斗中，出现了许多英雄个人和模范战斗群体。其中载入史书文献的即有曾荣获"四平战斗模范排"称号的40军118师352团3营8连2排。

他们在营长冷利华的率领下，在琼岛林诗港附近登陆后，立即毫不迟疑地果断攀上六七米高的悬崖峭壁，一路猛打猛冲，掩护后续部队直向敌纵深防御体系穿插。当敌人碉堡群的密集火力封锁部队通道时，这个排的迫击炮手朱歧芳沉着镇定地架好炮位，瞄准目标，很快炸掉一座碉堡，并在身负重伤的情况下，连续发射24发迫击炮弹，摧毁了这个碉堡群，为保证部队前进立了头功。

这时负责接应的琼崖纵队第1总队3个团和第40军第352团加强营已在临高角同国民党守军展开了激烈的战斗。

尽管担负接应加强团偷渡任务的琼崖纵队1总队和40军先遣偷渡营一时未能接到我军第二批登陆部队，但他们坚决执行命令，在原预定的登陆点与敌军展开了浴血搏斗，牢牢地牵制住敌两个师的兵力，减轻了敌人对加强团的压力，保障了登陆作战的顺利进行。

潜渡部队没能在预定地区登陆，海南部队也未能接应上，但是，当海边响起枪声后，沿海许多村庄的地下党员和群众自动奔向海边，冒着敌人的炮火给登陆部队当向导，凡是解放军战斗过的地点，群众三番五次搜寻，发现了解放军伤员，立即设法救出。有的藏在自己家中用土方治疗，有的及时转送进森林里的琼纵医院。有一位战士腿上受伤后，一位大娘扶着他通过两道封锁线，爬行了几昼夜，终于找到了游击队。

据说刘振华主任还是当地一位女区委书记找到的，那位了不起的女区委书记指挥当地的党员群众，陆续把分散登陆部队，就近分批集中起来，集中一批就派人迅速带出敌人包围圈，很有效地组织我军分路向白沙县根据地前进。

红日从东方海平面上冉冉升起，海上的雾气开始慢慢散去，登陆作战仍在激烈进行着。最惨烈的一幕发生在雷公岛上。这是一个落潮时海中达2公里的半岛，涨潮时四周环水变成一座孤岛。有3艘船拂晓时在该岛登陆，100多名勇士与守敌1个加强营在该岛血战两昼夜，毙伤敌200多人，最后仅11人夺船突围，大部壮烈牺牲。

加强团在远离接应部队的情况下，顽强作战，击溃琼北和琼西防区的第62、64军两个团的阻击，至27日8时在林诗港至白传港宽20余公里的正面地段分散登陆。经过惊心动魄的三天大血战，除第352团第4连1艘船被国民党军舰击沉及少数船只失去联络外，其余于29日在美厚地区与琼崖纵队第1总队和先遣加强营胜利会师，顺利地到达琼西根据地。

∧ 琼崖纵队女战士帮助登陆的我军某部做饭。

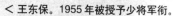

< 王东保。1955年被授予少将军衔。

 我军机枪手掩护步兵向守敌冲击。

**王东保** — — — — — — — — — ▼ —

　　江西吉水人。土地革命战争时期，任红一军团警卫连通信员、第2师4团连政治指导员。抗日战争时期，任八路军115师343旅685团政治处组织干事，苏鲁豫支队第1大队营政治教导员、大队政治委员，新四军第3师7旅20团团长。解放战争时期，任第四野战军43军127师师长。

## 3. 有进无退，夺取胜利

　　第40军偷渡团成功登陆的消息传来后，兵团决定按原计划43军加强团由第127师第379团和第381团一个营组成，共3,733人，由第127师师长王东保、政治委员宋维栻率领，琼崖北区地委宣传部长陈说、府海特区区委宣传部长徐清洲协助。二人刚从北京参加青代会归来，决定随军打回海南。

　　第127师偷渡团于3月31日22时30分自雷州半岛东南端的博赊港出发，登陆点选在琼岛海口市以东的铺前港。

　　但是127师这一回又遇到了挫折。本来是24日傍晚，加强团整装待发，岂料晚上9时风向改变，待停止起渡的命令下达时，第381团作战股长指挥的4只木船已先机出发，向对岸直驶而去。第二天早晨，他们顺利登陆后，发现主力并未出动。为了不暴露第43军将要抢渡的目标，他们又决定返回北岸。由于划了一夜的船，干部战士十分疲劳，在即将返回我军主力所在地时，遭到国民党海军舰艇及飞机的攻击，1只船被击沉，另外3只船上的指战员也死伤过半。

　　这个挫折又使大家心头上罩着阴影，127师是共产党的老底子部队，陆地上是猛虎，怎么在水上就逞不了威风呢？就在加强团准备3月31日晨正式起渡时，邓华专程从徐闻的前指赶到第127师。首战失利，干部战士身上有沉重的包袱，邓华的来意是给他们卸包袱、鼓把劲的。

∧ 毛泽东部署秋收起义的军事会议会场旧址内景。

< 位于大渡河上的泸定桥。

## 秋收起义

　　1927年"八七"会议后，毛泽东受党中共的委托，以中央特派员的身份来到湖南，于9月9日领导了湘赣边秋收起义。参加起义的有湖南东部、江西西部的工人、农民和革命士兵。这次起义建立了工农革命军第1军第1师。起义军虽英勇战斗，却因遭到优势敌军反攻而被迫退却。在文家市，毛泽东决定部队转向敌人力量薄弱的农村去。29日，部队到达永新三湾村进行改编。10月初，部队到达宁冈县，开始了创建井冈山革命根据地的斗争。从此中国革命走上了农村包围城市的道路。

## 飞夺泸定桥

　　1935年5月25日，中央红军先头部队在四川省安顺场强渡大渡河成功，沿大渡河左岸北上。主力由安顺场沿大渡河右岸北上，红4团第2连连长廖大珠等22名突击队员，冒着枪林弹雨，攀着桥栏，踏着铁索向对岸冲击夺下了桥头阵地，并与左岸部队合围占领了泸定城。中央红军主力随后从泸定桥上越过天险，粉碎了蒋介石歼灭红军于大渡河以南的企图。

　　在李作鹏和张池明的陪同下，邓华来到师部指挥所。他一边吸烟，一边慢条斯理地讲起了第127师的光荣传统：这是一支有着辉煌历史的部队，是北伐时期叶挺领导的独立团发展起来的。它参加过南昌起义，后又随朱德、陈毅转战至井冈山，与毛泽东率领的秋收起义部队会合，为中央根据地的开辟立下赫赫战功。长征时，强渡乌江、智取遵义、四渡赤水、飞夺泸定桥、突破天险腊子口、平型关大捷等都有

127师的份儿；抗日战争中，这支部队首战平型关，转战苏鲁豫；解放战争中参加了著名的秀水河子战斗、四平保卫战，在鏖战辽沈、平津的伟大决战中，杀出了威风……

邓华讲了第127师的英雄业绩后，话锋一转说：山区平原的游击战、运动战、阵地战，你们打得有声有色，打出了军威。但渡海作战是新课题，对你们新，对你们军长、师长，对兵团领导，都是新课目、新任务。遇到一点挫折，算不了什么，只要总结经验，做好充分准备，就一定能够取得胜利！

邓华动员后，李作鹏、张池明分别做了讲话，部队的情绪高涨了，大家纷纷表示决心：有进无退，夺取胜利。

3月31日22时40分，三颗红色信号弹射向夜空，88艘船同时升起风帆，分为左、中、右三路纵队向海峡彼岸驶去。师长的1号指挥船位于右纵队，陈说和徐清洲同船协助指挥。紧随的是政委2号船，在闪电的映照下，船队保持着严整的队形，劈波斩浪扬帆入海。

航行两小时后，船队接近海峡主流海区，此时风停雨住，喧嚣的大海突然平静下来了。

王东保骂了一声，娘的，真不走运！

邓华在了解到这个情况时，发去了电报。电报只有8个字：继续前进，登陆琼崖。在军前指坐镇的李作鹏命令：用桨划也得给我划过去！当时每只木帆船配有一橹六桨，于是船队接令后开始按预先规定的方案，上下一齐奋力划桨前进。

4月1日凌晨1时，空中传来飞机的引擎声，两颗照明弹将海面映照得亮如白昼，船队完全暴露了。飞机低空扫射一阵，也许是没有照明弹了，胡乱投下几颗炸弹就返航了。

船队正陆续进入琼州海峡中流时，又遭3艘国民党军舰的阻击，加强团的船队航行队形被打乱了。水战中的战船编队十分重要，船队一旦被打乱，掉队的船只就像大雁飞行中的孤雁，难以到达彼岸，还有被敌人打沉的危险。在指挥船上的师长王东保和政治委员宋维栻指挥第6连五只护航船向国民党军舰发起攻击，一面命令各营船队继续奋勇前进。

王东保用报话机下达命令，护航队做好战斗准备，准备迎击敌舰，一定要缠住军舰，掩护主力船队安全通过。几分钟后，右前方发现舰炮开火时闪亮的光华，炫目的弹道映亮了海面，船队中间不时掀起高高的水柱。

护航队红5连的3只木船离敌舰最近，他们冒着密集的炮火勇猛地扑向敌舰。一艘巡逻舰和两艘炮艇与三只小木船交锋。为了最有效地发挥步兵武器的威力，3只木船沉着地逼近敌舰，直到200米距离才一齐开火。

仅一个回合的交战，那艘大舰便拖着浓烟逃走了，后面的两艘炮艇见势不妙，连忙调头远遁，3只小木船打败了3艘大军舰。

这3只木船就是后来毛主席表扬的，也上了军史和经典战例的原创，实际上木船打军舰的事例很多，后面我将单独叙述。

这时，在船队左侧又驶来一艘军舰，护航队9连的3只木船立即扑了上去，与敌舰缠斗。

王东保下令主力船继续前进，护航队留下掩护。此时，海上刮起了东北风，船队乘风破浪，很快就脱离了海战区。

王东保看到前方突然传来激烈的枪炮声，兴奋地说，我们快靠岸啦！接应部队与敌人打响了。

1日3时至5时，加强团船队终于突破海南岛国民党军的海上封锁，在海口市以东之北创港和塔市之间的一带海岸陆续登陆，船上的重机枪和迫击炮朝岸上猛烈射击，勇士们纷纷跳下海向滩头发起冲锋。守敌前后受到夹攻，很快就土崩瓦解了。

王东保的1号船和宋维栻的2号船并肩靠岸，他们率领第一梯队突破铁丝网，连续攻克十几个碉堡，歼敌两个连，俘虏100多人迅速占领了登陆场。

在预定登陆点接应的琼纵第1团和我43军第一批登陆的128师先锋营，听到海上炮声隆隆，意识到登陆船队已经逼近，于是向守敌发起攻击。然后迅速前往塔市迎接登陆部队，但一时难以接上。

他们是在4个小时前才收到海北指挥部电报的。先锋营急速奔袭4公里，先后遇到敌军1个营、3个连的阻击，他们边打边冲，一路所向披靡，不仅抓了30个俘虏，还缴获了敌人的两门山炮。可眼前的迈德、塔市是不容易通过的。敌人发觉了我军的企图，即派教导师1个团增防塔市。恶战在即，惟一的选择是派突击连从两镇之间杀出一条血路，其他连队在掩护突击连冲锋时紧随跟进。担任突击连的2连在李树廷的带领下，冲上海岸，我登陆部队已接近前头坡浅滩，正和岸上的守敌进行猛烈的火力对抗。李树廷向空中发射

∧ 我43军一部登陆后追歼逃敌。

了一颗绿色信号弹，旋即和42位同志一起冲进了工事，从背后向敌人骤然开火，很快占领正面宽百米的滩头阵地。

船上我军紧张登陆，敌人刚刚阻止我2连未成功，尾随追上来的敌军也向我2连发起反扑。李树廷又指挥大家掉转枪口，打退了敌人，牢牢地掌握住滩头阵地。这时候琼崖纵队也派3总队长刘荣亲率1个团，迅速从定安向我预定登陆地段急进，与独立团和先锋营会合。此时天下大雨，部队冒雨急行军30多公里，当他们听到海边传来了激烈的枪炮声，极为兴奋，不顾急行军的劳累，接着跑步15公里，终于在塔市以南龙窝村与登陆部队胜利会师。

6时30分，在刘荣率领的琼崖纵队第3总队第1团和独立团一部和徐芳春率领的383团先锋营配合下，我第二先遣偷渡团将三江、高山、塔市、美兰、迈德等地区国民党军三个连歼灭。

天亮时，清点人数，发现只有护航队的8连和9连没有登陆，登陆场附近海域已经看不到船只，王东保、宋维栻、刘荣等商量后，决定扩大战果，向两侧敌阵地进攻。又在钟瑞、白石溪等地区击溃国民党暂13师和教导第1师共5个团的阻击，尔后在向敌纵深发展攻击。

薛岳发现我军在他眼皮子底下登陆，恼羞成怒，立即通过海口至灵山公路调集兵力，企图将登陆我军逼回滩头，一举歼灭。

当日下午，敌沿公路很快布设了一道新防线。王东保率领部队挺进到公路附近，见两侧山头被敌军占领，下令强攻，黄昏前一举突破敌防线，连夜转进至琼山县云龙乡一带。

4月2日，薛岳派第32军军长李玉堂率4个主力团分三路向云龙乡"进剿"。

3日夜，部队转移至钟瑞一带，立足未稳，发现敌人又从几个方向逼来了。

光躲不打是解决不了问题的，王东保铺开地图愤然道，只有打痛敌人，才能摆脱薛岳的围追堵截。

宋维栻若有所思地说，这个薛岳有"老虎仔"的绰号，红军长征时，他是我们最凶恶的敌人，从江西一路追到陕甘，搞得我们很被动。此一时彼一时也，他还想故伎重演是错打了算盘。

对，吃掉他一路，给他点颜色瞧瞧！

4日中午12时，王师长和宋政委将作战决心向刘荣、徐芳春通报。刘、徐都表示同意。王东保对琼纵第1团的实力不了解，怕他们顶不住当面之敌的进攻，于是问，刘荣同志，你们能不能顶住敌人一个团的进攻？

刘荣笑道，没问题！

王东保见他满有信心的样子很高兴。说，我观察这两天的战斗，你们武器虽差，但是很勇敢。现在敌人分三路进攻我们，从蓬莱方向来的那路要经过你们阵地，你们一定要在龙虎坡将敌挡住，以便我们歼灭从大坡方向来的那一路。从南阳方向来的一路动作迟缓，一时还赶不到，正利于我各个击破。刘荣猛拍大腿说，好哇，你放心干吧，我保证不让一兵一卒闯过龙虎坡！

下午1时，龙虎坡阻击战打响了，那一带山头灌木丛生，敌机投掷燃烧弹将阵地化为一片火海。敌军见守阵的是土共，气焰十分嚣张，在强大炮火的支援下连续发起疯狂进攻。在琼纵第1团的顽强抗击下，敌一轮轮攻势迅速瓦解，被大火烧焦的山坡上堆满了尸体。琼纵第1团也伤亡很大，不少阵地多次出现拉锯战，有1个连只剩下30多人，但他们仍然牢牢地控制着龙虎坡。

下午5时，王东保率部向大坡之敌发起总攻，仅半个小时即全歼1个主力团，敌团长被击毙，副团长以下1,000余人被俘。薛岳的分进合击计划遭到彻底失败，他预感到我军大规模登陆作战恐怕不远了，即将"围剿"琼崖纵队的主力匆忙调到沿海一带布防，同时令海军加紧巡逻，严防我军渡海，并派飞机每天越过海峡去监视和轰炸集结在雷州半岛的船队。

**燃烧弹** ————————————————————————————  —

又称"纵火弹"，以燃烧剂作弹药的炮弹。用来点燃敌人配置地域内的土质建筑物、弹药库、油库等易燃物体，以及毁伤敌军事装备和有生力量等。定时燃烧弹由弹体、燃烧炬（装有燃烧剂的金属盒）、头螺、抛射药、推板和时间引信（信管）组成。在飞行中，引信经过一定时间间隔，将燃烧炬和抛射药点燃。抛射药形成的火药气体顶掉头螺，并将燃烧炬高速抛出。燃烧弹的头部涂有红色标志，通常与杀伤爆破弹结合使用。

从3月5日开始至4月1日，第40、43军两个加强营、两个团又一个营，共8,000多人，以木帆船为主要渡海工具，分两批实施偷渡取得成功，使海南岛上的先遣登陆主力部队增加到近一个师的兵力，大大增强了接应力量，为打击和牵制岛上国民党守军，为主力部队顺利实施大规模渡海登陆作战创造了有利条件。

在强行渡海中，担负掩护任务的第381团第5、第6连的5只护航船以猛烈火力将一艘大舰击伤、两艘小舰击退。为了掩护主力安全登陆，他们以大无畏的革命英雄气概，顽强战斗，其中3只木帆船上的45名干部战士，除一人后来被海上渔民救起外，其余全部英勇牺牲。

第379团第8、9连的4只船，因与国民党军舰激战而偏离航向，误在海口市附近的白沙门岛登陆，遭国民党守军4个团和海、空军的围攻，在该团组织股长秦道生的指挥下，经苦战两昼夜，最后弹尽粮绝，除一个排共18人乘一只木帆船突围外，其余全部壮烈牺牲。

∨ 敌军在我军的猛烈打击下纷纷举手投降。

❶我军炮兵部队通过黄泛区。

② 我军一部冒雨向前挺进。
③ 我军占领制高点。
④ 我军与敌人进行激战。
⑤ 我军炮兵向济南城守敌轰击。

## 韩先楚

（时任第四野战军第 12 兵团副司令员兼第 40 军军长）

　　时近 4 月，谷雨迫近，眼看着有利的季节风就要过去了。我们面前摆着两着"棋"。一是万船齐发，大举登陆；一是继续组织小型潜渡。

　　显然，后一着"棋"是不可行的。那是分散兵力，旷日持久的做法，将造成长期的被动局面。前一着"棋"是可走的最有利的。首先我军和兄弟部队先后四次潜渡之后，敌我形势有了很大变化。岛上我已有相当的内应力量，而敌人的兵力部署主要是对付我小型潜渡，这就有利于我们出其不意，突然大举强攻。其次，形势不等人，季节不等人，谷雨过后，海面再无北风，因此，我们必须乘谷雨前的季节风行动。如果错过时机，不仅解放海南岛的任务将长期拖延下去，就连日后小型潜渡亦不可能，更何况潜渡的船只有去无回，长此以往，船只问题也无法解决。再者，历次潜渡和涠州夺船说明，不管是敌人翼侧、正面，不管是一个营、一个团，甚至一只单船，也能突破敌人防线冲上岛去。

　　大规模登陆，兵力大，火力强，登陆突破更有把握，前面的部队先打开登陆场，后续部队就可顺利登陆。同时，我们部队已经取得了渡海作战的一些主要经验。通过海练，求战情绪高昂，战斗意志旺盛，更该一鼓作气，全面进攻，彻底解放海南岛。

——摘自：韩先楚《跨海之战》

★★★★★

# 陈 沂
### （时任第四野战军后勤部政治委员）

　　有登陆艇固然好，但不可能买到；把木船改装成机帆船，困难也比较多。

　　一般汽车发动机的马力太小，用不上，只有美国十轮卡车的发动机才能用。但这种发动机很少，改装也费时、费力，短时间内不可能解决。

　　看来还是依靠木帆船借助风力渡海较为可靠、稳妥。

　　因此，渡海作战应以木帆船作指挥、护航之用，还是很必要的。

——摘自：陈沂《粤海筹船记》

# 第七章

# "英雄连"血染战船

∧ 海南岛战役结束后,韩先楚(二排左四)与团以上干部合影。

毛泽东称赞："这是人民海军的首次英勇战绩，应予学习和表扬。"

英雄连海上血战，战船上吐出一条条火舌。小船兵舰3：3,打得敌舰冒青烟。"英雄水手"和基准船，在海浪上顽强飘泊。

白沙门岛弹丸之地成死亡地狱，勇士碧血气贯长虹。

## 1. 木船再创海上奇迹

第15兵团两个加强团渡海登陆成功后，邓华亲自给四野首长和军委写了《帆船对军舰作战经验》的报告。林彪将此件呈送毛泽东。毛泽东很兴奋，亲笔在报告上批道："这是人民海军的首次英勇战绩，应予学习和表扬。"

海南岛战役结束半个月以后，邓华司令员忙完了庆祝海南岛解放的胜利大会，40军渡海北返后，对杨迪说，127师加强团第二批渡海时，有3只小木船，只有一个排的兵力在海口附近与敌人军舰展开近战，将敌军舰的火力引向小木船，保障了主力部队航行，而这3只小木帆船最后都被敌军舰击沉，全体同志都壮烈牺牲了，只剩一名战士漂海回到雷州半岛。这次以小木帆船打敌军舰的事，给我印象最深，当时因仍在继续战斗，我正集中精力组织指挥大举渡海登陆作战，就没有顾得上了解详细的情况。

遵照邓华司令的指示，前指立即派两名参谋到127师379团及3营去了解情况，回来后向司令员做了详细具体生动的汇报。这是127师379团9连1排由副连长池玉才领乘的3只小木船，这3只木船比其他船都小，船身长不到2丈，只有一帆、一舵、四桨，每只船只能乘坐一个加强班，其中只有2只船配有火箭筒。3月31日晚上，他们于主力部队起渡前，先起渡以三角队形向琼州海峡航行，是负责打从海口出海的敌军舰艇的护航船队，掩护主力部队航行的。当航行到海峡以南后，主力部队上来了，同时敌军的舰艇也出来了。这3只小船，分成3个箭头，直向敌舰包抄冲上去，敌舰发现这3只船向他们冲来，即吓慌了，急忙掉转炮口，向这3只小船开炮，这3只小船将敌舰的炮火都吸引过来了。展开了小木船打洋军舰的海上近战……

邓华司令员听完参谋的战斗情况报告后，非常激动地说，我军用小木船敢与敌军舰进行海上近战，真是了不起的英雄好汉，创造了海上近战的奇迹与新经验。这对将来攻打台湾，可能有参考价值。我要给四野总部和中央军委写报告。

这就是第15兵团司令员邓华，于1950年5月17日向中央军委并四野总部，报告43军127师379团9连1排乘3只小帆船，同敌舰作战的英勇事迹。

杨迪老人说，43军老同志在《加强团大战琼州海峡》一文中对此也有详细描述——

第9连第1排的3艘护航船，在海战中，第5、第6号船分列在4号船的左右，一齐划桨向一艘敌舰包抄过去。第6号船上16人，由副连长池玉才率领。他自己抢着把舵一拧，冒着敌舰猛烈的炮火直冲过去。突然，一连几发炮弹落在他们船上，两个战士牺牲，池副连长和几个战士负伤，他们咬牙忍痛继续射击，奋力划桨。船继续向敌舰位逼近。又一发炮弹命中，桅杆被炸断，8位同志牺牲，6名同志负伤，战船终于失

∨ 战船载着我军战士直扑敌占岛。

去控制，随浪荡走了。第4号、第5号船拼命划桨向敌舰逼近，第5号船由排长阎文章率领15名战士一下突到距敌舰40米处，火箭炮、手榴弹、机枪、步枪一齐向敌舰猛打。第4号船也随即赶上来，18名战士抵近齐射。敌舰两面应战，东招西架。这时，第5号船的船篷被打断，船工牺牲，阎排长也牺牲了，火箭炮被打崩到海里去了，全船只剩下胡远凯一个人了。受伤的水手孟照金一下跳起来说，老胡，我来掌舵，你准备好了手榴弹，咱们就是剩下一人一弹也要打到底！可是又有几发炮弹飞来，前半截舱被炸碎，第5号船，连同船上勇士的壮志都深深地埋进了波涛汹涌的大海里。

只剩4号船单独作战了。指战员们只有一个心思，缠住敌舰，掩护主力登陆琼崖！

肩上负伤的副连长，一面竭尽全力地划桨，一面嘶哑着嗓子喊，战士们一面射击一面回答，副连长，你放心吧！

敌舰炮怎么也打不中第4号船，第4号船上的火箭炮弹、手榴弹却不断地在敌舰上爆炸。敌人支持不住了，把舰尾一掉，想溜！不料，从海口方向又开来一只敌舰。于是，想溜的敌舰把屁股一扭，又向第4号船冲来。

"来得好，打！"战士们在两艘敌舰射出的弹雨中往来驰骋，打击敌人。连敌人都直叫，"这些共军神啦！"忽然，两发炮弹将船头炸穿两个大窟窿，卫生员姚丰满急忙用两个背包堵上，可背包被海水冲得漂起来。他便叫两个负重伤的战友躺在上面压住。火箭炮手牺牲，炮被炸毁，火力减弱了。三班副班长便带着战士站在舱面上，用手榴弹打击敌人。

就这样，一条小木船对两艘大军舰的恶战一直持续到我主力胜利登陆。这时，敌舰知道情况不妙，慌忙开走。

破烂不堪的4号船，漂到海南岛西北部我游击区的一个渔村前。船上只剩下一个负伤的胡远凯，他得救了。第6号船，在海上漂了两夜一天，碰上了兄弟部队派出的海上救护船，池副连长等7名伤员也得救了。


## 2. 小船兵舰3：3打得敌舰冒青烟

43军的老人说，毛主席表扬的木船打军舰是一个英雄的群体，379团红5连就是其中之一。在海南战役中，379团5连担任突击连，3月31日晚，该连5只帆船驶向海南岛，但刚进至主流，突然3艘敌舰向我船队开炮，2号船头被敌炮打了一个窟窿，1、3、4号船迅速逼近敌舰，并向敌开火，受伤的敌舰调头逃跑，该连勇士冲向敌岸，打开了突破口，掩护后续部队顺利登陆。被43军授予"英雄连"称号，并立集体两个大功。

据红5连连史记载：粤桂战役刚胜利结束，红5连响应中央军委和毛主席"准备渡海攻占琼崖"的号召，征程未洗，迎着南国边疆的凄风冷雨，踏着泥泞的红土地，在379团的编成内，开赴到雷州半岛东南沿海一线。5连随加强团（由379团和381团加强营组成）挺进雷州半岛外罗地区，跨海南征，担任解放海南岛的光荣使命。

3月31日拂晓，加强团准备潜渡的船只按要求开到起航地点博赊港。这一天，天气闷热，沙滩烤人。深蓝的大海奔腾叫啸，在太阳下闪着耀眼的亮光，不知疲倦的怒浪迎面扑来，喷着浪花，冲着海滩拍打着礁石。

5连一个加强排配火箭筒、六〇炮、轻机枪，由副指导员呼生永指挥，负责打敌兵舰，掩护主力部队前进。

晚饭后，战士们将隐蔽在海湾江树丛里的木船推出。风忽然停了下来，天空布满低沉的乌云。几道蛇一样耀眼的闪电，几声天崩地裂般的霹雳在头顶爆炸，紧接着下起了瓢泼大雨，顷刻间海天一片朦胧，黄豆般的雨点打得海岸直冒白烟。雷声、雨声、浪涛声混杂在一起，震耳欲聋，好像整个宇宙都动员起来，为我加强团渡海出征擂鼓呐喊，助威壮行。

据呼生永老人回忆，加强团本来准备在3月26日与40军118师加强团同时起渡的，但被老天爷捉弄了，就是不起风，使我们无法起航，我们的心里焦急万分，在海边住了4天，越等越着急，真是度日如年，嘴里不断地骂老天爷，骂海龙王。

在等待中，师里抓了四项工作，一是赶制船具，增加船上的桨和橹；二是提高打敌舰的信心，增加护航船的兵力与兵器，如六〇炮、火箭筒、掷弹筒、小包炸药等，每只护航船由一名营职干部指挥，在航行编队的前方右侧翼向海口方向前进，为了提早发现敌舰，专门打敌舰，阻止敌军接近或冲乱我航海队形；三是将船推出港外待风，以免受潮水限制；四是如果在航行中或接近登陆时被敌发觉，各营、各连、各船必须坚定强行渡海，强行登陆的指导思想，要不顾一切地航行前进，争取迅速登陆。这些都传达到班、排，让每一条船都知道。

黄昏，夕阳在海面上泛起一片彩霞，东风吹过海面，激起澎湃的海浪，海浪冲击着沙滩。风，越吹越大，这真是一个绝好的渡海天气啊！

5连已奉命集结在博赊港的海滩上，战士们高兴极了，盼风，他们盼红了眼睛，现在该是渡海的时候了。师政治部主任带着一面鲜艳的大红旗，来到了队伍的前面。战士们望着红旗，内心格外兴奋，热烈地鼓起掌来。师政治部主任看见着装整齐、精神奋发的红5连指战员，满面笑容地说："同志们！好风就是起渡的命令！师党委决定你们为我师渡海先锋，任务是跟兄弟部队一道，第三批横渡琼州海峡，待机接应主力登陆！"

∧ 粤桂战役中，我军某部急行军追击逃敌。

　　战士们接过红旗，情绪激昂地高喊口号："坚决服从师党委的决定！""只要有一口气、一块木板，爬也要爬上海南岛，一定把红旗插上五指山！"

　　天色渐渐黑暗下来，琼州海峡弥漫着一片浓雾，海潮涨了。

　　近百只大小战船，整齐地排在岸边。战士们雄赳赳气昂昂地登上战船，拉篷、扬帆，整装待发。5连分乘5只船，编了号由连长和指导员分别率领，跟主力船队一起

**掷弹筒** ━━━━━━━━━━━━━━━━━━━━━━━━━━━

　　外形、结构和使用方法与迫击炮相似的榴弹发射器，主要发射小型榴弹，用于毁伤开阔地上和野战掩蔽工事内的敌方有生力量和其他目标。其口径一般为20～60毫米，战斗射速为100发/分，最大射程2,000米，有效射程400米。

航行。第1、3、4号船跟兄弟护航船一起，担任主力船队的护航任务。副指导员呼生永在第4号船上指挥。

第4号船比其他4只船都小，是1只仅有6米多长的小小单桅木帆船。船上坐的是模范3班，班长张树昌，另外加强了1挺轻机枪1门六〇炮。老舵手陈大叔就在这个船上掌舵，全船共23人。

"起航！"指挥船上的红色信号灯顺着桅杆爬上夜空，这是起航的信号。

战士们乘坐着古老的木帆船，凭着东风，像脱弦的箭，冲破惊涛骇浪，嗖嗖地驶向夜雾弥漫的海洋，跨海南征，直指海南岛。

"做陆上英雄，也要做海上英雄！"战士们站在木船的舱面上，凝视着南方夜色苍茫的海面。他们仿佛要把海浪踏平，开辟一条通往海南岛的道路。他们知道，在他们的征途前面，就是敌人的海陆空立体防线——"杀敌！报仇！立功！"他们的心里仿佛烧起了一团大火。

夜海苍茫，眼前是黑乎乎的一片，只有指挥船上的一盏红灯，闪着光亮，像一颗红星，时起时落地向前游动。红灯后面紧跟着主力船队，两边是护航船队。这时的海峡，除了不知疲倦的浪涛汹涌翻腾外，只有潜渡的风帆破浪疾进。

夜空中的猎户星座，快够到顶空了，大约是11点钟左右，船队进入深海区时，海风骤停，船队的航速也随之减了下来。

有经验的老舵手陈大叔说："风停了，看样子，要到下半夜才会再起风。"

大家沉默了，60海里的路程，才走了1/3，快把人急死了！

此时，营指挥船下达了各船摇橹划桨继续前进的电令。大家拼命地摇橹划桨，但人力毕竟是有限的，船小流急，第4号船给水顶下来了，挤到大队的右侧，继续行进着。

大约又划了一个小时，大家发现一座黑乎乎的山峰，耸立在三四公里的前方。这时，山峰附近传来了激烈的炮声，山上放射出一长两短的联络灯光。第4号船上的战士们乐开了："我们的主力登陆啦！"随着话音就有人背起背包，拿起武器，作登陆的准备。班长张树昌鼓舞着大家："快划，早登陆！"

"才走不一会，这么快到了海南岛啦？"陈大叔不禁有点怀疑。

小船在急速前进，估计走了一二公里路，一个奇异的现象把大家弄呆了！"怪！那座黑山还能跑哩！"

越来越近的马达声把战士们的谜解开了，糟糕，糟糕！那座黑乎乎的山，哪里是山，哪里是海南岛，这是敌人的兵舰，好大家伙！

"是敌舰！战士们异口同声地喊起来。

突然间，空中敌机也嗡嗡鸣叫起来！3架敌机飞临渡海船队上空，海天之间被照明弹撕开一道闪电，惨白的光影照在海面上，如同白昼一般。3艘敌舰乘势向我扑来。

敌舰倚仗其船大、炮大、速度快等优势，毫无顾忌地冲向我船队。敌机开始低空扫射轰炸，炸弹在水中开花，敌舰也向我船队一齐开炮。

大海顿时狂澜翻腾，海面一片火红，我护航舰船一字排开。在水浪的冲击下，迎着

∧ 我军战士战前宣誓：杀敌！报仇！立功！

197

敌人强烈的炮火，勇敢地向敌舰逼近。

5连战船看到：前面兄弟连护航船队正与敌舰展开了激烈的海战，只见火光闪闪，炮声隆隆，水柱冲天而起。有3只小护航船，像3把锋利的尖刀，把3艘敌舰和主力船队的去路截断。敌舰无可奈何，只得减低船速，与我护航船队对弈。3只木船，1只在敌舰的左边，1只在敌舰的右边，1只向中间插去，把3艘敌舰死死拖住，前进不得。

只见敌舰集中火力轰击兄弟连的3只小木船，火光一闪，1只护航船的木板纷飞，木船在燃烧，船体在倾斜下沉。但是，下沉的木船，仍然喷出了串串子弹，直指兵舰上的敌人。突然，另一只护航船又被打掉了桅杆，全船只有一个同志没有牺牲，这个同志仍在不断向敌人射击。剩下的第三只护航小船，不顾敌人的密集炮火，勇猛地迫近敌舰，一道道复仇的火焰直喷敌舰，把敌舰打得在海上团团打转。不幸，这只小船也中了炮弹，汹涌的浪头狂卷而来，把这只小船吞下去了。夜，海上的夜，战火划破了夜空。在渐渐被海浪吞没的小船上，在熊熊的火光中，传来了一声巨响！……

这是多么激烈的木船打兵舰的海战场面啊！5连第1、3、4号船的战士们，目睹这一场壮烈的海战，眼睛都快冒出火了，胸口像立刻就要爆炸。他们恨不得立刻迎上去援救自己的战友，恨不得立刻迎上去与敌舰同归于尽！

这时候，敌舰离5连3只船只有里把路，看情形敌舰是想抄过5连护航船的后方，拦击我继续向前的主力船队。

"怎么办？指导员！"3班长张树昌的眼里冒着对敌舰的仇恨火花，牙齿咬得咯咯响，拳头攥得紧紧的，挺身站在呼生永面前。

"3只小船全沉了，兵舰就要去堵击我们的主力船队，我们必须拖住它，让主力船队安全通过！"呼生永斩钉截铁地说。

战士们的情绪沸腾起来，大声喊道："对！冲上去！截住它！"

"别让敌舰靠近我主力船队！"

"替兄弟护航船队的烈士报仇！"

他们决心以3只小小的木船，跟3艘兵舰作一殊死的搏斗。炮手做好了发射榴弹的准备，小船带着愤怒，带着战士们的满腔热血，像一支利箭，嗖嗖地向最大的一艘敌舰猛冲过去，第4号船冲在最前面。

正当3只船直向敌舰勇猛冲过去的时候，敌舰的炮火迎头击来，炮弹落在木船的两旁，溅起一条条暗灰色的水柱。

几丈高的水柱，掀起了惊涛骇浪，冲向夜空，劈头盖脸地淋下来，像狂风暴雨倾盆而下，发出"轰轰"的吼声。小小的木船在巨浪里颠簸着，倾斜着，摇晃着。哗！小船一下子被推向浪峰，好像要冲入那漆黑的夜空，人的心也好像提了起来，一下子堵住了喉咙眼。哗！船从浪峰上滑下好几丈远，插入深谷，眼看就要被浪峰埋葬，人的心也一下子掉下来了，身子好像悬空起来。只觉得头发胀，心发慌，腿发软，牙根发酸，胃一阵阵收缩，嘴里不断冒酸水，眼中的一切也渐渐地模糊了，耳朵也嗡嗡直响。

夜，漆黑的夜，只有炮火的闪光，只有震耳欲聋的炮声，只有水柱激起的"哗哗"响声。

战士们浑身浇得湿淋淋的，站在船舱上，像一尊尊无畏的塑像。他们瞪着火辣辣的眼睛，拉开嘶哑的嗓子，互相鼓励着：

"创造渡海英雄船的时候到了！"

"组织火力向大兵舰射击！射击！"

"豁出去，把兵舰拼掉！"

夜海中闪耀着一道道金光，像一条条鞭子，向敌舰抽去。

无畏的小木船！无畏的战士！他们跨过骇浪惊涛，迎着纷飞的炮火，向着黑乎乎的山峰一样的敌舰，向着那3个钢铁般的庞然大物，奋勇前进！

近了！离敌人越来越近了！

班长张树昌两眼紧盯着越来越近的黑乎乎的敌兵舰队，恨不得纵身飞上兵舰，跟敌人肉搏。他刷地一声，猛然掏出两颗手榴弹，揭开盖子，紧紧攥在手里，大声说："同志们！考验我们的时候到了！"

突然，敌舰的炮口火光一闪，一声巨响，木船猛烈地晃动了一下，整个小船转了方向，慢慢地离开了敌舰。真可惜！手榴弹够不上兵舰！他急得满头大汗，回过头就向船梢跑去。

"舵手！靠近兵舰，缠住它！"呼生永也在指挥位置上大喊起来。

"不好了，舵手他……"一个战士叫道。

班长张树昌一口气跑到船梢，借着炮火的闪光，只见老舵手的头耷拉下来，身子无力地歪在船舱上，胸部被鲜血染红了。呼生永一步跨上去，紧紧地把老舵手扶住。火光中，只见老舵手脸色苍白，双目紧闭，一手捂着胸口，一手搭在舵上。看得出来，他正忍受着伤口难熬的痛苦，他抖动着嘴唇，尽力想说话，而声音却微弱得像耳语："指导员，我还能……你们打……打吧！"说完，脑袋一沉，搭在呼生永的胸脯上，永远停止了呼吸。

呼生永轻轻地放下了老舵手的遗体，悲痛地说："大叔，我一定为你报仇！"

∧ 在解放海南岛的战斗中，黎族百姓给我军送来了大批慰问品。

∧ 海南岛战役中，我军某部6班被授予"登陆英雄班"的称号。

张树昌是海上练兵涌现出来的新舵手，他猛地站起来，紧紧掌住舵，沉着而坚定地提高嗓子说："人在船在，开上去！"

战士们一个个挺胸屹立，喊道："红5连的战船是个硬钉子，敲不掉这个硬钉子，休想打我们的主力。同志们！干啊！"

张树昌把住舵，掌握航行的方向，让船头扭转过来，直向敌舰冲去。船靠敌舰越来越近。敌舰大炮、机关炮猛烈地向第4号船发射，木船被一片浓烈的烟雾火光缠绕。一发炮弹打来，3班长被炸倒了。这一下勇士们气红了眼，火力组举起武器喊："以血还血！"水手组奋力划桨连叫："报仇！报仇！"

"赶上去，狠狠揍！"战士们大声吼道。

另两艘兵舰用密集的机关炮向第4号船猛轰，企图一下子击毁已经沉了半截的小木船。小木船被炮火掀起的巨浪抛向了浪峰，又跌入谷底。

"靠近敌舰，准备手榴弹！" 呼生永大声命令道。

第1、3、4号船勇猛地逼近敌舰。战士们抱着炸药，拿着手榴弹，紧紧盯着敌舰，蓄势待发。狡猾的敌舰见第4号船越逼越近，无法发挥炮火的作用，拼命拉开距离，企图炮火回击。

顷刻间，火光闪射，炮弹横飞！突然，后面有人喊："水！水！水！船舱进水了！" 第4船不幸中弹，船底被炸开一个窟窿。

敌人的炮弹，穿透了船舱，海水呼呼地涌入舱内，船身下沉了。修补组的勇士们立即排水补船。这时第1、3号船趁机向敌舰扑了过去。在第4号船上的副指导员呼生永，一边指挥抢修战船，一边指挥继续向敌舰冲击。

敌舰离我只有200米了，可以清晰地看到敌舰上的炮塔和旗杆。此时，英雄的红1连，钢铁红2连的护航船已对敌舰形成围攻态势，为抓住战机，指挥船下令："开火！"顿时，护航船上，从各个不同位置，腾起一团怒火，喷吐出一条条火舌，战船上的轻重火器像火墙一样向敌舰压去，炮弹、子弹狂风暴雨般倾泻到敌舰楼上，激起的水柱映着火花，似一道道闪电，炮弹爆炸的火光像团团火球在敌舰的舰桥上、甲板上飞溅、滚动，敌人在我强大火力的打击下，鬼哭狼嚎，慌乱地向我射击。

这时候5连第4号船受到敌机多次轰炸、扫射，船上人员已伤亡过半。敌机的尖叫声，炸弹的爆炸声，机枪的哒哒声，海浪的吼叫声，交织在一起，响彻琼州海峡，海面上炮弹炸起3米多高的水柱，子弹击起一串串白烟，木船在惊涛骇浪里忽而淹没，忽而又冒上浪尖，机枪射手张学文见敌机如此疯狂，不顾生命危险不停地向敌机射击，突然一发炮弹在张学文附近爆炸，张学文感觉左手怎么也使不上劲，转头一看发现左大臂被弹片削断，只有一点皮肉连着，伤口血流如注，他忍着巨痛，抬起右手使劲扯掉被弹片削断的左臂，顺势扔到海里，架起机枪用右手继续操枪射击，直至壮烈牺牲。

"同志们！狠狠地打呀！为牺牲的同志报仇！"

此时，我主力船队在护航船的掩护下已顺利地突破敌封锁区，向岸边驶去。战斗激烈到了白热化程度，敌舰被我护航船团团围住，被打得难以招架，笨牛一样地掉转屁股。第4号船在受伤的情况下，仍然冲在最前面。这时第1号船、第3号船也迅速从左右两侧冲向敌舰。

木船距敌舰越来越近了。当离敌舰只有100米左右时，副指导员呼生永一声高喊"打！"全连轻、重火器一起开火，直射敌舰。排长胡家发边鼓励大家，边修正火箭炮的偏差，敌舰甲板上立即升起了团团烟柱。一艘敌舰的舰楼被击中，燃起了熊熊大火，敌人乱作一团，惊慌失措。一个战士脱口而出，"小船兵舰三比三，打得敌舰冒青烟。"

80米，70米，勇士们一齐拥上船头，高喊：快，快，跳上舰抓活的！"吓的负了伤的敌舰慌忙来了个紧急掉头，逃跑了！

5连官兵勇战敌舰，打得敌人躲的躲，逃的逃，保证了主力船队的安全，5连的战船也都受了重伤，但仍然跟随主力船队得以胜利登陆。

登陆后，5连继续担任尖刀连的任务。在掩护主力通过大陆市战斗中，连续打垮敌人15次冲锋，毙敌60余名。之后，5连又奉命守卫毛草岭，配合381团坚守"105"高地。敌以1个加强营的兵力进攻毛草岭，5连官兵坚守阵地一天两夜，毙敌40余名，较好地配合了"105"高地守卫战斗。在整个解放海南岛的战役中，5连参加战斗20余次，次次打胜仗，涌现了大批英雄模范人物，其中战斗英雄9名，功臣个人124名。

英勇牺牲的第379团5连战士张学文，被43军授予"战斗模范"光荣称号。

指导员呼生永，机智地指挥木船打敌兵舰，战绩显著，被43军授予"战斗英雄"称号。


## 3. 蒲恩绍与"英雄船"

43军的老人说，今天的127师装甲团装步营2连，也是打敌舰的英雄连，这个连队是原步兵第381团2营6连，在海南之战中配属第379团。至今在2连的荣誉室里，仍然挂着渡海英雄蒲恩绍、陈宗庆的照片，他们的身边是那条受伤的英雄船。

陈宗庆是127师原381团步兵6连战士，在解放海南岛的战斗

中，他是5号船的一名炮手。在激烈的海战中，5号船冲在最前面，在距敌兵舰只有百米距离时，5号船上的轻重火器一齐向敌开火，战斗中，5号船的桅杆被炸断，掌舵船工牺牲，六〇炮手陈宗庆仍继续发射，直到将敌舰击毁。

　　蒲恩绍是云南宣威人，1948年入伍，共产党员；他作战勇敢，立功6次。在海南岛战役中，所在6连担负为部队主力船队渡海登陆护航任务，蒲恩绍担任5号船的舵手。夜间11时左右，船队遭到国民党海军3艘舰船拦击。为了掩护我军主力，蒲恩绍一摆舵，就直奔敌舰冲了过去。在距敌100多米的时候，船长何少甫下了开火的命令。敌舰也集中火力对付这只对它威胁很大的小船。突然两发炮弹击中了桅杆和船篷，船体倾斜，蒲恩绍一边鼓励大家继续战斗，一边抢起砍刀砍断篷绳，将桅杆和船篷推下海，使船体恢复了平衡，继续向敌舰冲去。这时，敌人雨点般的炮火又把船上60毫米迫击炮架炸坏，他立即用双手撑住炮架，配合战友发射，连续3发炮弹击中敌舰。就这样，5号船奋勇地同国民党舰船在海上周旋了5个多小时，我军主力船队遂顺利通过海峡登陆。蒲恩绍驾驶着船体损伤严重的5号船在海上漂泊一天一夜后被渔船搭救。战后，5号船被上级命名为"英雄船"，蒲恩绍、陈宗庆被43军分别授予"战斗英雄"称号，蒲恩绍到北京参加了全国战斗英雄代表大会，受到毛主席的亲切接见……

∧ 我军万船齐发，直奔海南岛。

1950年3月，在军党委提出的"打到海南岛，创造渡海英雄和英雄连队"的号召下，6连"把海洋当操场、把木船当课堂"，"猛虎"变"蛟龙"。各级领导高度重视海上训练，制定了详细的训练计划，做了深刻的动员，进行了为期3个月的渡海作战准备，克服了晕船障碍，掌握了架船的技术，增加了渡海作战信心，官兵们的海上作战能力得到了很大提高。

3月21日，副团长王宪忠、作战股长黄亚哲、2营营长杨兴周、教导员孙子斌参加了师召开的党委扩大会议，讨论了渡海作战的具体方案。明确登陆点选在敌人正面防御力量薄弱的铺前港塔市海岸，381团在379团加强营右翼前进，并派出护航船，以强渡、强登的姿态潜渡。

3月31日，该连接到命令，奉命加强379团作为全师第一批跨海南征先锋，并担负整个船队的掩护任务，他们按要求开到起航地点博赊港，做渡海作战前的准备。全体指战员怀着对国民党反动派的仇视，人人写了请战书，立下了军令状，决心将革命进行到底，坚决完成渡海作战任务，打好华南最后一仗！

第381团加强营部署和领导分工是：6连、警卫连各配备重机枪1挺，六〇炮1门，担任营突击连，由副营长胡学礼负责在营先头行驶。6连一个加强排配火箭筒、六〇炮、轻机枪，由副指导员何绍甫指挥，负责打敌兵舰，掩护主力部队前进。副团长王宪忠、宣传股长朱越天负责1连。营长杨兴周和教导员孙子斌负责4连、连部及电台人员，并统一指挥全营。副教导员王常寺负责5连、炮连。营里规定：6连、警卫连在战斗打响后，谁的动作快，谁为先锋登陆船，以3发信号弹为起航信号。

黄昏前，乌云虽然没散，雨却停了，凉爽的东北风又忽忽地刮了起来。"毛主席借东风来了！""解放海南岛的时候到了！"战士们欢欣若狂呼喊起来。

天黑了，风潮极好，指战员们抑制住兴奋的心情，迅速登上了战船，今晚要通过敌人严密封锁的琼州海峡正南，渡过4公里的大海，在琼东北塔市北创湾登陆。从渡海航线和登陆点选择来看，加强团虽然是潜渡，但很可能遭遇到一场恶仗。晚10时整，师指挥船发出了3颗红色信号弹。我127师加强团3,733名勇士分乘大小88只木船，兵分三路扬起风帆驶进了茫茫大海。

战士们坐在船上，乘东风，破骇浪，壮志凌云。小船紧跟船队前进，当船队刚进入深海区时，风浪越来越大了。为了保持联络，船队之间用小喇叭和红绿灯光作信号，保持着队形整齐。有的船稍落后一点，船上战士就会催促："快，快追上去，争取第一个登陆啊！""争取最先把红旗插上海南岛啊！"营指挥船通过无线电报话机，不断地向师指挥船报告各营位置和航行情况，并指挥全营战船向预定登陆点前进。

　　6连全体同志分乘5只木船，担负整个船队的掩护任务。其中战士蒲恩绍被分到第5号木船上。

　　海浪越来越大，像奔涌过来的一道道活动山岭，木船被一个浪尖抛上另一个浪尖。大约2个小时后，船已进入琼州海峡主流上。这时，弥天乌云慢慢撕裂开一道道不规则的缝隙，云在走，月在走，水在走，船在走，时隐时现的月光给乌云镶上奇异的银边。一缕缕月光射向大海，一块块云影投入海洋，海面上亮一块、黑一块。借着朦胧的月光看去，燕翅形的风帆林立，像是无数突兀的山峰，黑压压的一大片，在惊涛骇浪里起伏前进。突然，呼呼的东北风停止了，船队慢慢地停止了前进，船篷像是患了瘫痪病似的，软绵绵地垂了下来。

　　心系战船的蒲恩绍万分焦急。此时，营指挥船下达了各船摇橹划桨继续前进的电令。于是，各船人人摇橹划桨。蒲恩绍操起船橹，并鼓励大家说："没有风我们摇橹，坚决完成任务。"船上其他同志积极响应，6把橹一齐下水，小船像长了"六条腿"一样，飞速前进。

　　船队顽强地向前行驶着，突然，远处隐隐约约传来像是风吹酒瓶子一样沉闷的"呜呜"声，顿时，大家的心被这声音吸引住了，有的战士还把耳朵贴到船板上，仔细地倾听着。声音越来越大，"一定是敌人的兵舰出动了"，指战员们判断着。很快，指挥船的报话机里传来了"各营准备战斗，坚决打退敌舰"的命令。战士们非常激动，互相鼓励着："英雄好汉露一手的时候到了！""敌舰给咱们送功来了！"

　　敌机飞临渡海船队上空，在我船队中间投下了两颗照明弹，漆黑的夜空亮如白昼，敌人发现我军了。紧接着，飞机低空扫射、投弹，敌舰也向我船队开炮。炸弹和炮弹嘶吼，爆炸声像巨雷一样，震撼着琼州海峡，也震撼着指战员们的心。根据敌舰炮火来判断，敌兵舰是从三面开来的，企图阻我渡海。时间不能耽搁，主力部队不能与敌舰纠缠，在船队迎战敌舰时，指挥船发出了命令：掩护船堵

∧ 在渡海作战中，我军突击船勇往直前。

截敌舰，掩护主力船队顺利通过敌人的警戒水域，各船迅速做好战斗准备。没有山的阻隔，没有树木和建筑物遮障，更没有地形可以利用，完全面对面战斗。

战斗越打越激烈，敌人的炮弹在海里爆炸，掀起3米多高白亮亮的水柱。5号船冲在最前面，"要打就择大的打！"5号船上的同志奋力划桨，直奔那只大兵舰开去。"沉住气，靠近了再狠狠的打，我们要坚决完成保证主力通过的任务！"5号船长何绍甫向大家动员着。敌舰离我只有百米左右了，舰上黑乎乎的炮塔和舰桥清晰可见，此时，护航船已对敌舰形成围攻态势，为抓住战机，指挥船下令："开火！"顿时，护航船上的轻重火器，把炮弹、子弹狂风暴雨般倾泻到敌舰上，激起的水柱映着火花，似一道道闪电。

正在此时，敌人的军舰冲了过来，并以猛烈的炮火向船队轰击。6连船队一字排开与敌舰展开激战。突然，5号船左右晃动起来，失去了控制，原来是掌舵的民工被敌人的炮弹击中，牺牲了。这时，就见蒲恩绍一个箭步冲上舵位，抓住舵把将船头调整过来对准敌舰，稳住航向，并大声喊："同志们，狠狠打！"。

敌人的炮弹打在小船的周围,掀起巨大的水柱,卷起几米高的大浪,小船不停地左摇右晃,蒲恩绍死死地把住舵把,尽量保持着小船的平稳和方向。每当敌人的炮弹打过来时,全船的同志都不约而同地回过头来看看他们最担心的舵手,而每一次,蒲恩绍都以无比坚定的目光给大家报以鼓励。敌人见打不沉这些小木船,更加气急败坏,便集中更强的火力向冲在最前面、对它威胁最大的5号战船轰击。"轰!"一发炮弹在5号船的桅杆旁爆炸,"咔嚓"一声,桅杆从2/3处被炸断,船篷"哗啦"一声掉了下来,压在船板上,船身猛地震动一下,随即向左前方倾斜过去。站立在桅杆前边指挥作战的排长蒲兴典被船篷压倒,他想挣扎起来,但由于船篷太重,挣扎了几次根本起不来。在船头射击的机枪手姚瑞祥也牺牲了,刚才还在喊"莫怕!莫怕!"的船老大也牺牲了。

蒲恩绍代替船工掌舵。桅杆前边的一个舱被敌炮打穿了一个大洞,海水不停地往船舱里灌,战士苟少楼急忙用一个背包去堵,水太猛,堵不住,他便趴在背包上压住。"同志们!不要怕,共产党员没有克服不了的困难,英雄就是在困难中创造出来的!"副指导员何绍甫沉着地鼓励大家。

被炸断的大半截桅杆和帆篷乱作一团,压在船左舷上,船体失去了平衡,情况进一步恶化。这时,蒲恩绍将舵交给另一名舵手,自己抄起一把砍刀,拼地命砍向篷索。可绳子是软的,一砍一颤,很几刀砍不断一根绳索。终于,在枪弹的扫射和炮弹的轰炸中绳索被一根根砍断,帆篷也随之被推进大海。

小船又恢复了平衡,并朝着敌舰拼刺刀一样地冲去。蒲恩绍大声喊道:"同志们!狠狠地打呀!为牺牲的同志们报仇!"小船上的各个不同位置,腾起一团团怒火,吐出一条条火舌,直射敌舰。

5号船上的六〇炮手陈宗庆,沉着应战,炮弹呼啸着飞向滔滔滚滚的海面,落在敌舰上。炮筒打热了,手烫得要命。正当他打得起劲时,"轰",敌人一发炮弹在他身边爆炸,他觉得身子像被人猛推了一下,便晕了过去。后来才知道,是背包救了他的命,弹片打在他的背包上,把背包戳了十几个洞,却没有打伤他的身体。过了一会儿,陈宗庆苏醒过来,又急忙爬上炮位,调整好炮架,测好距离,找好角度,快速瞄准,"轰",又一发炮弹射向敌舰。就在陈宗庆打到第12发炮弹时,炮架突然坏了,蒲恩绍便用双手按着炮腿,他则继续射击,发发命中敌舰。顷刻，敌舰上冒起了浓烟并像死猪一样在海上打转，发出了求援信号弹。还有2艘小兵舰，有一只怕挨打，开走了，可是开出没多远，也被击中停在海里动弹不得。另外那艘小兵舰害怕挨炮轰，便不顾一大一小两艘兵舰的死活，仓皇逃命去了。

远方岸上响着激烈的枪炮声，其他护航船都已乘风赶主力去了。何绍甫又集合党员开了一个小会，他说："现在的处境不用我说大家都很清楚，情况很危险，船是开不动了。只能随浪漂浮，要是浮到海南岛，咱们就坚决登陆，要是再碰上兵舰，咱们就坚决靠近，爬上兵舰和敌人拼，要是漂回大陆，咱们就再上海南岛！"

突然，又有一颗炮弹在船尾爆炸。船舵炸飞了！

这是敌人的援舰打的，但发现我主力船队已经靠岸，不敢恋战，拖着滚滚的浓烟，惊慌失措地向海口市方向逃去。

5号船失去了舵，便在海面上乱打转转。敌舰越走越远，没有舵的木船，不能前进！战士们焦急地喊起来："划！划桨也要划到对岸！"

大家用桨橹飞快地划起船来。

此时，大海已经趋于平静，而5号船因损伤严重无法前进，只好在海中漂荡。天亮了，那只被他们打伤的兵舰还在海面上摇摆。"要不是自己的船开不动了，非抓敌兵舰抓俘虏不可！"战士们十分遗憾地说。这时，有人找来一块雨布，用几根棍子撑起来，绑在剩下的半截桅杆上，当作船篷。就这样，5号船像一匹受了重伤的骏马，随在浪中顽强地漂泊着。

次日下午2时许，5号船被雷州半岛的渔民发现并拖到了岸边。船上的23名勇士，伤亡5人，分别为3名战士和2名船工。

## 4. 白沙门岛上的汉子们

在白沙门岛的惨烈战斗中，379团8、9连3只护卫船全部壮烈沉没。杨迪老人怀着沉重的心情说，1950年3月31日，海上飘着薄雾，琼州海峡没有月光。10时40分，43军127师加强团，乘88艘木帆船自雷州半岛博赊港起航，开始了我军正式登陆海南岛之前的第四次潜渡行动，并预定在琼山塔市和北创港一带海岸登陆。

我127师加强团在渡海航行中，有9艘护航船只，任务是保护主力船队的航行安全，在与敌军舰作战中，打的非常英勇，当晚12时，敌舰"永宁"号攻了上来，经过半个多小时的激战，"永宁"号落荒而逃。为追赶逃跑的敌舰艇，这9艘船愈打愈远，与主力部队失去联系。

此后，我军多次遭到敌军军舰的拦击。379团3营两个连乘6艘护卫船在追击逃跑的敌舰时迷失了方向，误认海口白沙门岛为预定的登陆地点，这个岛面积很小，紧挨海口市，岛上守敌错误地判断，是我军直接登陆进攻海口市，立即紧急调集敌62军1个师，于4月1日拂晓后，从海上、地面和空中轮番攻击我军的两个连。两个连孤军奋

V 我军突击队登陆后向敌纵深发展。

战，英勇顽强地与敌陆、海、空军极为惨烈地激战两昼夜，一直到弹尽粮绝，100多名指战员全部壮烈牺牲在白沙门岛上，只有12名水性较好的同志，抓住船板乘夜间突围，泅水游过琼州海峡，返回雷州半岛。与此同时，另一艘护卫船在接近预定登陆地点北创港时，也遭到敌军猛烈火力的袭击，次日，护卫船漂到海边，船上有9位血肉模糊的烈士尸体。

凌晨3时至5时，加强团战士在海中以东新溪角与北创港之间登陆，与琼崖纵队胜利会师。

∨ 在渡海作战中，我军突击船勇往直前。

误登白沙门岛，造成敌人的错误判断。因而，钳制了许多敌人，给主力的胜利登陆和向纵深发展创造了有利条件。

43军老人说，在整个解放海南战役中，白沙门岛之战打得最悲壮、最惨烈。

为掩护主力渡海，黑夜里379团3营8、9两个连驾船在海上与敌兵舰展开激战，追逐至海口市前方，拂晓之前，在一片茫茫的沙滩前弃舟登陆，消灭一个排的守敌，抓到几名俘虏兵，经审讯后，才知道登陆的地方是一个小岛，名叫白沙门岛。从军事上讲白沙门岛是一块绝地，敌人把这里作为监视海面的前沿阵地。

敌人得知解放军在白沙门岛登陆的消息，大为震惊，陷入一片惊慌混乱之中，薛岳急派重兵进攻，自己则乘机逃往文昌。

很快，敌人调来3个步兵团的兵力从三面包围小岛，10艘兵舰断我退路，空中飞机轮番轰炸。一时间小岛上火光冲天、浓烟滚滚，黑色的云雾笼罩了小岛。

9连连长田长寿是新四军老战士，在1941年10月淮北程道口攻坚战斗中，被授予"战斗英雄"称号。误入白沙门岛后，田长寿指挥大家利用弹坑迅速隐蔽，占领有利地形与敌作战，战士们从一个弹坑跳到另一个弹坑躲避敌人的炮弹、炸弹，硝烟。滚滚沙土飞扬，战士们的脸得黑一块白一块，相互间谁也认不出谁来；战士们被埋进沙里，受伤了，死亡了，鲜血与沙土混合在一起结成硬痂。弹丸大的小岛变成了死亡地狱。敌人步兵在炮火掩护下，乘汽艇向白沙门岛发起了一次又一次进攻。田长寿指挥大家奋勇抵抗，勇士们听到田长寿大声的喊杀声，纷纷从沙土里钻出来，伤员们也拿起武器，进行顽强的反击，用子弹和手榴弹打退了敌人的进攻。

下午4时，敌人在飞机兵舰和炮火的掩护下，集中力量向我攻击，突破了8连阵地的一角，登上了白沙门岛，身负重伤的9连连长田长寿率领大家，立即与敌人展开白刃格斗，拼死打退敌人，夺回被占领的阵地。

这一天，田长寿带领8连和9连，在极端不利的条件下，始终保持着高昂的士气，给进攻之敌以沉重的打击。敌人发动了不下30次的进攻，每次都被勇士们狠狠地打了回去，击毙敌人500多人。

我军指战员在激战中，没饭吃，没水喝，他们就吃生米，吸吮野草汁。战斗中，每人都把生死置之度外。前边的同志倒下了，后面的就爬上去继续战斗，轻伤不下火线，重伤的也不离阵地，只要有一口气，就跟敌人战斗到底。9连连长田长寿3次负伤，仍然指挥战斗。

深夜，指挥部分析情况，认为他们已经完成了打兵舰、掩护团主力渡海的任务。现在，可以放弃白沙门岛，抢船突围。

田长寿带领9连战士们拼死搏斗，夺回几只小船，但仍不够用，不得不留下部分人员。可是，谁都不愿意上船。大家都抱定这样的决心："要活就活在一起，要死就死在一块！"组织股长秦道生劝三处负伤的9连连长田长寿带重伤员返回大陆，田长寿坚定地说："我作为指挥员，坚决不离阵地，还是让其他重伤员回去吧！"接着，他对重伤员们说："你们回去向党报告，我们没有对不起党的地方，没有玷污共产党员和人民解放军的光荣称号，我们将战斗到底！"

说完，他又带领9连的战士走向阵地。

**手榴弹** —————————————————————————————

用手投掷的榴弹，因其外形似石榴而得名，主要用于杀伤和摧毁近距离的有生目标和装甲目标。一般由弹体和引信两部分组成，有的还带有手柄。按用途可分为杀伤手榴弹、特种手榴弹（包括燃烧、照明、发烟、毒气以及光眩、震聩等多种）和辅助手榴弹（包括训练、教练手榴弹）。按引信分还有碰炸手榴弹、定时延期手榴弹以及爆炸定时延期手榴弹。

留在白沙门岛上的同志，第二天又血战了一整天。田长寿在战斗中身上又一处负伤，过多的失血，使他处于昏迷状态。

深夜，白沙门岛上的枪声沉寂了，敌人付出了近千人的代价，才冲上这座小岛。可是，更激烈的战斗再次打响，这些弹尽粮绝、身负重伤的英雄们，纷纷毁掉武器，拉响手榴弹，与敌人同归于尽。

敌人付出惨重代价，才抓获我少数负伤昏迷的指战员。薛岳为了向蒋介石邀功，宣扬他的"辉煌战果"，把我方伤员捆绑于汽车上巡游海口。在游街时，敌人用刺刀威逼田长寿呼反动口号，这位铁铸的汉子，却用尽最后力气，竭尽全力地高喊："共产党万岁！""打倒蒋介石！""解放海南岛！"沿途的人民群众，看到田长寿大义凛然的豪迈气概，无不为之感动。田长寿威武不屈，气节凌云，最后英勇就义，为海南人民的解放事业献出了自己的一腔热血。

今天，海南岛人民没有忘记田长寿等为解放海南而牺牲在白沙门岛的烈士们。广东省

 李兆麟，1946年3月在哈尔滨被国民党特务杀害。

**李兆麟** —————————————————————

　　辽宁辽阳人。土地革命战争时期，任珠河反日游击队副队长，哈东支队政治委员，东北抗日联军第6军政治部主任，北满抗日联军总政治部主任。抗日战争时期，任东北抗日联军第3路军总指挥。解放战争时期，任滨江省副省长，哈尔滨市委常务委员、市中苏友好协会会长。

　　行政公署，广东省海口市人民委员会，中国人民解放军海南军区司令部、政治部，在海口市旁林木葱郁的金牛岭上的烈士陵园里，为白沙门岛死难烈士修建了一座烈士墓。在烈士墓前，树立起一座墓碑，正面镌刻着朱德同志1957年1月27日题写的"渡海英雄永垂不朽"8个大字。墓碑的背面，用文字记载着田长寿、秦道生、葛尹元等烈士们英勇战斗的感人事迹。

　　如今在127师师史馆里，保存着一封朱国胜烈士生前写给战友的信。朱国胜烈士在白沙门岛战斗中牺牲了，这封信却在战友们中间传抄，一代一代，流传了几十年。所有读过这封信的人，心情都无法平静。

　　一位老人把这封信抄在笔记本里，保留至今。他说，作为127师的一名老战士，每当我和海南籍的战友们会集在临高角的热血丰碑前，瞻仰着丰碑上的塑像，眺望着满天的白云，注视着蓝蓝的大海，注视着茫茫的琼州海峡时，我记忆的浪花就会随着生活的波涛汹涌澎湃，奔向远方，引起我对战友们、对革命先烈们无限的思念和追忆……

朱国胜烈士生前给战友的一封信——

亲爱的战友：

我们是亲如手足的兄弟，我们同生死共患难，在革命的大家庭里，生活是多么快乐和幸福啊！

我过去在家要饭，共产党来了，我才丢掉要饭的碗。1943年，我参加了东北抗日联军李兆麟部队。同志，还记得吗？我们在长白山打游击时，火烤胸前暖，风吹背后寒，多么光荣啊！东北解放了，我们又一同编入了中国人民解放军，真正当了毛主席的战士，这是人类最先进的战士啊！从此以后，我们又一同在零下40摄氏度三下江南打蒋匪。东北解放了，我们又万里长征南下，我们走遍了全国，我们打到了祖国的南海边，多么光荣，多么幸福啊！谁能有这样的光荣，这样的幸福呢？虽然我们吃了一点苦，受了一点累，可是，这些苦和累不是都被胜利的欢笑赶走了吗？

今天，为了消灭蒋匪残余，为了完全统一祖国的领土，为解放三百万受苦受难的劳动人民，我们一同跨渡南海，解放海南岛，真是光荣上加光荣啊！

我准备在解放海南战役中立下最大的决心。在海上沉着顽强打兵舰，到陆地我要抢先第一个登陆。在战斗中，如果我的腿被打断了就用手往前爬，手打断了就用牙咬，决不贪生怕死。

我身上只有8块钱，交4块钱给组织作党费。我的父母被日本鬼子杀害了，我只有一个妹妹在哈尔滨。如果我在战斗中怕死，你们骂我万年也不怪；如果不畏缩而牺牲了，就请你们用剩下的4块钱，帮助组织找到我的妹妹，告诉她（地址不明，叫朱秀琴），并把我的名字刻在海南烈士塔上。我别的什么要求也没有了。

如果以前我在语言上，行动上有对不起你们的地方，请你们原谅吧。我相信我的战友是能够原谅的。

最后，祝你们在战斗中立功，在保卫祖国中立功！

亲爱的战友，再见！

……

❶我军某部在山区行军。

② 我军正在突破敌军阵地。
③ 我军战士正在抢修炮阵地。
④ 我军跨过陇海铁路，向大别山地区挺进。
⑤ 我军某部战士正在练习瞄准。

## 韩先楚

（时任第四野战军第12兵团副司令员兼第40军军长）

  根据敌人的部署和我军突然强攻的情况，薛岳很可能以为我军又是小部队潜渡，集中其机动部队主力于东线，企图阻止和围攻我兄弟部队于登陆滩头；薛岳是只老狐狸，一旦发觉我大军登陆后，将会从海上逃走。

  为把华南最后一撮反动武装消灭在海南岛上，不使其逃往台湾而增加解放台湾的困难，我们不能让主力被敌人一个团和一座小城陷住。

  因此，断然决定：临高城由琼纵和潜渡部队继续围困，争取敌人投降或相机歼敌，我军主力立刻甩开临高，挥师美亭、海口以南一线。

  这样，既可会合兄弟部队，寻敌主力，又可断敌后路，直捣薛岳老巢海口。

——摘自：韩先楚《跨海之战》

## 宋维栻
### （时任第四野战军第43军127师政治委员）

登陆点选在海口市以东的北创港一带海湾。

这个登陆点航程短（**40**公里），领航员熟悉航道，岸上群众条件好，便于琼崖纵队和已在岛上的先锋营接应登陆，这是其有利的一面；不利的一面是，地处海峡正面，是敌军海上严密封锁区，靠近海口市，随时可能遭敌重兵快速拦击。

此外，由于我军几次潜渡成功，敌军已把主要注意力由"围剿"岛上的心腹之患琼崖纵队，转移到海防线。

尤其是海峡正面，不仅滩头层层设防，而且作了纵深防御的配备。

所以这次我军渡海，在海上要用木船冲破敌舰的阻拦，登陆时要对碉堡林立的海岸守敌实施强攻，打上去之后还要杀出重围，困难重重，任务艰巨。

——摘自：宋维栻《加强团奋勇渡海峡》

# 第八章

# 万船齐发帆樯动

★★★★★ ∧ 抗战时期，时任第九战区司令长官的薛岳在长沙会战期间召开记者招待会。

大战在即，雷州半岛弯曲的海岸线上泊满了大大小小的木帆船。

全军上下盼东风，千船万樯下海南。

琼州海峡，血水相和，土炮艇与敌舰海上拼刺刀。一路血战，一夜拼杀，我军强行登陆，向守岛之敌发起猛烈进攻。

## 1. 万事俱备，只欠东风

四月的海南，春风初度。在海南防卫总司令部海口五公祠，薛岳站在海南第一楼上，心情十分沉重。在一个月的时间里，林彪的部队竟然4次渡过海峡。尤其是在琼北正面，在他一再强调严防死守的地带，居然两次登陆成功。这是个什么地方？是他这位防卫海南的最高指挥官的卧榻之旁、眼皮底下啊！想到这里，薛岳打了一个寒颤。喊来了新任副总司令仍兼任参谋长的李扬敬："立即通知开会！"。

会议室里，各位拥兵大员均已到齐。李玉堂、李铁军也于不久前升任副总司令，不过仍兼原职。其中坐冷板凳的海南特区长官公署的主任陈济棠、副主任余汉谋也来凑热闹了。

薛岳分析了战局，免不了要吹嘘一通国军的"战绩"，其实，所谓俘获解放军若干人，那主要是登陆战斗中的一些伤员。最后，薛岳决定：主力向琼北集中，各部停止对琼纵的"清剿"！

余汉谋的心里在说：共军善于声东击西，一向变化莫测，琼北海防线太长，守得住吗？心里是这样想，但余汉谋现在手中无兵无权，因而表面上仍频频点头。

其他大员，亦均异口同声表示拥护"总座"的决定。

按照薛岳拟定的新作战计划，主要是集中主力阻止渡海作战兵团大举登陆，并迅速调整了防御部署：将战役机动兵力5个师及6个团集中于嘉积、海口地区，担负琼北地区200公里地段的守备任务；海军第3舰队主力集中在海峡正面，加强巡逻封锁；空军每天出动2至3次，监视并轰炸渡海作战兵团的船队，阻止其继续渡海登陆。

与此同时，在雷州半岛的徐闻县赤坎村，邓华第15兵团前指也在作出一项重大决定。当第二批偷渡，部队登陆成功后，邓华立即下决心于谷雨前，即4月中旬实施两个军并肩从琼州海峡正面实施大举渡海强行登陆作战。

此时，我军登上海南岛的兵力已近一个师，加上琼崖纵队，接应登陆的力量已大大加强。同时，兵团主力部队的登陆准备工作也基本准备就绪,且已从几支偷渡部队中取得了一定的渡海作战经验。另外，谷雨前后仍有偏北风可以利用，因此大规模渡海登陆的条件已经具备。这时，我渡海兵团战士的畏海情绪，也早已随着练兵活动的开展一扫而光。此时，战士们求战情绪高涨，斗志旺盛，适宜于一鼓作气渡海作战，彻底解放海南岛。

40军因从涠洲岛缴获了300多艘大渔船。可以一次装载6个团,而43军当时在雷州半岛南端只能集中装载两个团的船只，其主力正从阳江向雷州半岛航行中，需要4月20日左右才能到达雷州半岛以南的起渡港。邓华司令员毫不犹豫地当即决定：不等待43军的船队，以40军6个团，43军2个团于4月16日并肩从琼州海峡正面，大举渡海登陆海南岛。而将43军后续部队作为第二梯队，随后渡海登陆。

至4月上旬，韩先楚、李作鹏分别代表第40、43军向兵团及林彪提出建议：集中力量，实行第三次强行登陆作战，尽量避免各自以少数部队在岛上单独作战，以便给敌军以致命的打击。邓华听了韩先楚、李作鹏的建议后，认真分析了形势，并于4月8日向林彪、中央军委以及华南分局、广东军区发出"拟于4月21日前后组织第三批部队登陆作战"的电报。

邓华根据两次登陆作战以及两军船只、装备、思想动员、组织准备情况，认为：只要主客观条件有可能，则渡海登陆以较大部队为有利，部队小则损失大。从目前情况看，以现有船只，利用风向潮汐和岛上偷渡部队、琼崖纵队接应，可以强行登陆。邓华在电报中提出："组织6至7个团的兵力，争取于谷雨前后，在花场和临高以北地区强行登陆。"林彪第二天即9日批准了强行登陆的方案。

为此，邓华于4月10日在赤坎村召开了军以上干部会，就集中两个军的主力，从海峡正面实行大规模渡海作战问题作出如下部署：

第一梯队的登陆点是以海南岛北部的马袅港为界，港西为40军，以东属43军。兵团要求，第一梯队登陆后，必须迅速夺占并巩固滩头阵地，坚决顶住敌人的反冲击，保证后续部队的登陆安全。第二梯队由43军主力担任，其任务就是在第一梯队登陆后立即起航，紧跟着"第一冲击波"登陆上岛，协同一梯队歼灭岛上守敌。兵团还命令琼崖纵队和先遣偷渡部队，当强渡战斗打响后，要积极主动出击牵制敌军，以策应主力部队的强渡。

渡海主力部队分为第一、第二两个梯队。第一梯队分东西两路军，以第40军第119师全部、第118师第354团及353团两个营、第120师第358团为西路军；以第43军第128师第382、383团和第384团1个营为东路军；东西两路军总兵力约2.5万人。两路军登陆场，以临高县马袅港为分界线，港西属第40军，以东属第43军，4月13日前准备完毕，分别集结于雷州半岛鲤鱼港东西一线，待命起航。兵团要求，第一梯队登陆后，必须迅速夺占并巩固滩头阵地，坚决顶住敌人的反冲击，保证后续部队的登陆安全。

以第43军指挥所率第127师第380团和第381团两个营，第128师第384团两个营，第129师第385、386团共约2万人为第二梯队，其任务就是在第一梯队登陆后立即起航，紧跟着"第一冲击波"登陆上岛，协同一梯队歼灭岛上国民党守军。

以琼崖纵队第1总队和第40军先遣偷渡登陆部队，进到临高以北接应西路军登陆。以琼崖纵队第3总队主力一部和第43军先遣偷渡登陆部队一部进至澄迈、临高，钳制琼西之国民党守军北援部队，接应东路军登陆；另一部配合琼崖纵队独立团，进至定安、琼山、文昌地区，破桥断路，阻击国民党守军南逃。以第5总队第5团在昌感和崖县坚持斗争，第4、6团开赴王五、排薄地区佯攻，迷惑国民党守军。

登陆成功后，向纵深发展进攻的部署是：

40军应以一部向临高急进，包围临高县城之敌，并以一个师向加来市急进，包围敌64军军部，另以一个团向那大市前进，牵制该方向之敌，以保障军主力的侧翼安全。43军应速向澄迈急进，包围敌62军军部，以分割包围敌指挥机关，吸引敌人来援，求得在运动中消灭敌人。两军将以上敌人歼灭后，40军以一个团配合琼崖纵队第5总队主力，向儋县前进，截断敌人退路，43、40军主力则向海口市攻击前进。

南国的4月，天气已经很热，但与会者的心情似乎热度更高。

李作鹏、韩先楚都是十分注意军人仪表的，领扣也扣得很整齐。邓华扫视了大家一眼，示意大家可以松下领扣，然后继续说道：根据我们的作战部署，东西两路军在预定地点登陆后，首先应迅速占领海岸滩头阵地，并乘国民党守军混乱和增援之机，在岛上接应部队的配合下积极发动进攻，在运动中歼灭敌人部署于海岸一线的有生力量，保障后续部队在短时间内渡过海峡。然后再由第40军包围国民党军第64

军指挥机关，以吸引援军，在运动中加以歼灭；由第43军迅速向澄迈急进，包围分割敌第62军军部，以吸引国民党守军来援，求得在运动中歼其有生力量。

邓华最后说，两军起渡时间是4月16日至17日黄昏这2天内。具体起渡时间，视气象条件，再最后下达起渡命令。

他还进一步强调，两军渡海登陆成功后，即令土炮船掩护没有被损坏的船只，迅速返航，接运后续部队与后勤医疗等保障队伍过海。

兵团指挥部于4月10日将决心与部署，以电报下达40、43军和琼崖纵队，并同时上报四野总部、中央军委和兵团赖、洪并转报叶剑英同志。

随后两个军进入临战状态，雷州半岛南端弯弯曲曲的海岸线上泊满了大大小小的木帆船，樯橹如云，连绵数十里。岸上兵营里的战士打好背包，备足了粮弹，只待一声令下，就登船南征。

正是"万事俱备，只欠东风"。


## 2. 战斗英雄黄宇

这些天来，第15兵团前指和各军首长遍访渔村，向那些饱经风霜的老船工请教，何时有东北风？4月15日，一位七旬老人拂着胸前的银须，十分肯定地说，明天要刮东北风。

邓华听到这个消息十分振奋，他又连续访问沿海渔民，多次核对气象资料，反复调查研究后正式下达强渡琼州海峡、大举登岛作战的命令。

4月16日，各师团进入一级战备。拂晓无风，将士们望着平静的港湾和沙滩上的土风向标十分失望。上午9时，竹竿上的布条开始飘动。

起风啦，起风啦！

监视风向的值班员兴奋得大叫起来，可仔细一看，风向不对，布条都是向岸上方向飘的——南风！殊不知只有刮东北风才是顺风顺水，刮南风就是逆风而行，所以东风对于蓄势待发的帆船来说是何等的重要啊！

邓华吃过午饭见猎猎作响的红旗仍在向南飘动，心里没底了。风向能扭过来吗？他身经百战，最能理解临战前的一刹那，是最折磨人的，就像一张拉开的弓引而不发，时间一长，射手必会筋疲力尽。他耐着性子在烈日下亲自观察风向，细心的他很快就发现了一个秘密，飘动的旗子正以难以察觉的慢动作绕着旗杆缓缓旋动。到下午4时，旗子开始朝西南方飘动，而且风力不断增大，海边的土风向标被吹倒了一大片。那位银须长者的话灵验了。指战员们欣喜地在岸上高喊，诸葛亮来了！

黄昏后，几万将士纷纷登船，岸上挤满了送行的军民，一首新编的《渡海作战歌》唱得响彻云霄。

千万只帆船千万把钢刀，

千万个英雄怒火在燃烧；

千万挺机枪千万门大炮，

千万条火龙直奔海南岛；

千万个英雄奖章在海南岛上光辉闪耀，

千万面红旗迎着海风飘……

19时30分，随着"起航"一声令下，三颗红色信号弹同时升空！渡海作战兵团第一梯队共2万余人，分乘500只战船，分成东路、西路两个编队，分别由第40军军长韩先楚、副军长解方和第43军副军长龙书金率领，在琼崖纵队参谋长符振中等协助下，分别从雷州半岛南端之东场港、灯楼角、港头渡、三塘港等港湾，同时起渡，预定在临高角的美夏至昌拱一带海岸登陆，以势不可挡的进军态势，直杀海南岛。

在海上编队航行中，为了对付敌人海军舰艇的拦阻攻击和船队接近登陆地段后，能全部同时迅速登陆，我军渡海采取了横宽纵短的队形，火器分散配置到各船，使各船都可以有火力打敌军舰艇，各船都有登陆的突击能力。尖刀船只靠近海滩，不必等待，迅速自行登陆抢占滩头，向海岸进攻；先登陆的占领了滩头，海岸就可以掩护后续部队登陆。这是因为我军既没有海、空军事先摧毁敌人的海岸防御体系，也没有海、空军以炮火来掩护登陆，只有靠各船接近海滩、海岸后自行突然、迅速登陆进攻。如果等待兄弟船只，必然被敌人发现，遭到海岸上敌人炮兵与守备步兵火力的射击，遭受伤亡。这是在当时条件下，我军渡海作战别无选择的选择。

在航行中，我军没有海、空军掩护，只有依靠陆军自己的火力护航，木帆船和少数的机帆船排水量很小，不能乘载陆军的大口径火炮，只能装37毫米口径的战防炮和迫击炮。这些陆地上的火器，在船上全靠沙袋来固定，而且射程有限，在海浪的颠簸中也不能固定瞄准，对敌舰也只能像步兵一样近战抵近射击，才能命中目标。因此，在渡海作战过程中，兵团前指和两个军、师特别研究了在海上航行中，如何打击敌人海军舰艇的各种各样的战术和技术，并在海上进行了专门的训练。像如何从几个方向去包围敌军舰，如何勇猛地冲向敌舰艇炮火射击的死角，使敌人火力发挥不出效力，而我则可抵近射击，使我炮火和步兵武器、手榴弹、炸药包发挥效力，以及如何在海浪波涛中进行瞄准射击等。经过反复认真地琢磨，战士们探索出土炮船在风浪中准确射击的方法，终于训练成为一支勇敢无畏有战斗力的护航船队。

为了保证我军在航行中的安全，渡航部队还组织演练了对敌军舰艇的多层次打法。

第一层，以机帆船上装载的火炮组成护航队，按3艘土炮船打1艘敌舰艇进行编队。因为敌军舰艇是从海口方向驶来的，在我渡海船队的左翼，因此，第43军的护航船队，在主力船队的左前方及左侧航行；第40军的护航船队，则在主力船队的前方及右后侧航行。遇到敌舰艇后，即从正面和两侧向敌军舰靠近攻击，与其扭打，只求将敌舰打跑，掩护我主力船队航行。

第二层，为直接护航船队，以木帆船或机帆船装上轻火炮和机关炮、重机枪，配置在主力船队侧翼受到敌舰威胁的方向上，来弥补我护航船队的不足。当敌舰艇接近我航行的船队时，就坚决开火阻击，以掩护我主力船队前进。

第三层，是各船都有打敌舰艇的火力装备，航行中哪只船碰到敌舰艇，哪只船就打。并规定了联络信号和射击纪律，以免误击自己的船只。特别是严格禁止敌舰艇东来，我军船只就西躲；敌舰艇西来，我军船只就东躲，兵团前指严格规定不准躲，只准扭住敌舰艇打，以避免搞乱整个船队航行队形，搞错方向，甚至发生碰船危险。

渡海作战，战船齐头并进，浩浩荡荡，就像陆战阵地上的万马奔驰，勇猛冲杀。发挥整体的力量，是保证胜利的关键。

一向沉着的薛岳，这时已成惊弓之鸟。但他不愧是久经沙场的老手，始终对人民解放军渡海作战兵团大规模横渡海峡保持着高度戒备。他明显感到兵力不足，而军饷更令他头疼。他亲自飞台，向蒋介石伸手。老谋深算的蒋介石根本不想把美元、黄金扔到琼州海峡去，原因是他对"伯陵防线"乃至对整个海南岛的存亡早已在脑中打了问号。但蒋介石还要给薛岳一点面子，所以指示他与国防部长兼空军总司令周至柔、海军总司令桂永清接洽。讨价的狮子大开口，还价的近乎铁公鸡。气得薛岳心里骂道：这是打发叫花子啊！

薛岳很看重自己的"晚节"，也感激蒋介石的栽培。用他自己的

> 桂永清，时任国民党军海军总司令。

## 国民党海军总司令桂永清 ━━━━━━━━━━━━━━━━━ ◀

　　江西贵溪人。国民党一级陆军上将。黄埔军校第一期毕业。曾任国民党直属独立团团长，第31旅旅长，训练处处长，中央军校教导总队总队长。抗日战争爆发后，任第78师师长，战时干部训练团教育长，第28军军长，驻英军事代表团团长。抗战结束后，任国民党海军总司令，后去台湾。

　　话说：明知不可为，也要勉力为之。于是，他把高级将领们再次召到作战室，对下一步防卫做了新的部署。其要点是：除将其主力第62军和海南警备第1师等部队置于海峡正面实施防御外，又从各防区抽调5个主力师作为机动兵力，加强海峡正面的防御力量。

　　薛岳的部署，给我渡海部队造成极大威胁。渡海兵团主力第一梯队数百只木帆船起渡后，船队刚驶离岸边不远，便被敌海上巡逻队发觉，当从海峡正面实施大举渡海登陆作战的渡海作战兵团船队一进入琼州海峡中流，便遭到国民党守军海空军拦截。敌机一边打出串串耀眼的照明弹，一边对我军战船进行疯狂的轰炸扫射，渡海作战的开场锣鼓就这样打响了。

战船上的我军指战员沉着应战，除了迅速组织对空火力还击外，还对被打烂炸穿的战船及时在行进间进行了抢修。

当天下半夜，敌人的飞机不来了，但敌海军舰船又赶来拦截。第一梯队的指挥员们见状，当即命令在编队两侧护航的我火力船队迅速展开战斗队形，尽量从不同方位接近敌舰，利用其火力死角，来它个"海上拼刺刀"。这招果然颇见成效，前来偷袭拦截渡海兵团的敌舰，在挨了一顿"土炮艇"的机枪、手榴弹之后，只有灰溜溜地在远处乱放一通炮弹壮胆……

兵团指挥所，邓华司令员密切关注着渡海部队的行动，他点燃一支烟，在地图前看着、走着。

"敌舰向我船队逼近，企图拦阻我船队前进。""我护航船，已向敌舰艇靠近射击。"作战科长把40军与43军渡海指挥所发来的电报向邓华报告，他立即命令他们要不顾一切按计划航行前进，两个军的护航船队，坚决勇敢地冲向敌舰，包围、扭打敌舰艇，保证主力船队航行。

此时，海上风平浪静，一直盼望的东北风只吹了一阵子就停止了。站在1号船上的韩先楚，抓起无线电报话机，大声地对炮兵主任黄宇说，左前方发现敌舰，护航队立即迎战，掩护主力船队通过。

黄宇率领的护航队共有"土炮艇"16只，陆地上的战争之神将战防炮、山炮安装到木船上，他们曾在陆战中战绩辉煌，现在又要书写海战史上的奇篇！

敌舰艇在我护航船队的侧后攻击，向我船队疯狂射击，企图打乱我航行队形，阻挠我登陆船队前进。借着炮火的闪光，黄宇很快发现左前方有7艘敌舰艇。他下令在右侧后的护航船队与其纠缠，左侧护航队加速前进，以宽正面迎战敌舰队。我主力船队不顾敌舰的攻击，坚决划桨摇橹前进。一时间，海面炮声隆隆，弹道如织。敌舰吸取前几次海战的教训，不敢近战，见"土炮艇"纷纷扑来，吓得连忙躲避。有一艘军舰企图摆脱护航队，去冲击主力船队。黄宇发现后，立即令自己的指挥船迎了上去，在100米距离用处战防炮击中敌舰中部。敌舰中弹起火，拖着滚滚浓烟退出了战斗。

海战正酣之时，东北风再次强劲起，真是天助我也！韩先楚在战船上喜形于色，即令船队加速前进，樯橹云动，很快就冲过了水急浪高的中流。

与此同时，第43军护航队的5艘"土炮艇"同敌3艘军舰也展开了激战。指挥船是1艘改装的机帆船，配1门山炮，其他4艘为木帆船，各配1门战防炮。步兵们在海上大展雄风，用大炮和重机枪打得3艘军舰调头逃窜，第43军船队的90多只帆船顺利冲破敌舰的拦截。

经过彻夜海战，我军胜利地冲破了敌人的海上封锁。我护航船队不仅掩护了我主力横渡海峡，而且还击沉敌舰1艘，击伤敌舰2艘。

我军火力船创造了木船击沉军舰的奇迹。《海南岛战役纪实》中有这样一段叙述——

4月16日下午，东风拂面，平潮伏流，是南渡琼州海峡理想的时机。渡海作战兵团第一梯队共5万余人，隐蔽开进到各个起渡场。19时30分，第一梯队350只战船，分为东路、西路编队，从雷州半岛南端各港湾同时起锚，浩浩荡荡向海南岛进发。

渡海编队刚离岸8海里，便遇到国民党军的巡逻飞机。海空亮起一串串耀眼的照明弹，船队被巡逻飞机发现了，当即遭到轰炸和扫射。有的船舷被打穿，海水直往舱里灌。渡海勇士们毫无惧色，有的用机枪、步枪向俯冲扫射的飞机射击；有的堵漏、排水，保证战船继续前进。下半夜，船队遭到国民党军舰艇的攻击。在编队两侧的护航火力船队，迅速展开，开足马力，迂回到国民党军舰艇侧后，尽量靠近军舰，利用它的火力死角，充分发挥"土炮艇"上各种火器的近战威力，对准国民党军舰艇的指挥塔、轮机舱、炮塔等要害部位猛烈射击，打得舰艇上的官兵不知所措。

在激烈的海战中，出现了一桩"土炮艇"智胜国民党军旗舰"太平"号的事迹。

故事是这样的。第一梯队中的40军护航火力船队的指挥船，因发动机出故障掉了队，成了只孤船，在黑夜中单船漂流。天亮后，发现一艘国民党军大型军舰跟踪而来。火力船队指挥员黄宇和船上的干部经过研究，决定使用迷惑与近战的手段对付它。为了避免与敌正面交火，他们用篷布将火炮遮盖起来，大多数战士下舱隐蔽，把"土炮艇"伪装成堆满货物的民用运输船来迷惑敌人，篷布上用刺刀划开了一条缝用来瞄准。船长李铁军亲自掌舵，沉着地朝国民党军舰驶去。国民党军舰果然上钩，大模大样地开过来。

这艘军舰名"太平"号，是刚从台湾调来增援的，第3舰队司令王恩华中将将其作为旗舰。彻夜海战王恩华通宵未眠，他害怕夜战，一直等到天亮才披挂上阵。他站在舰桥上，举着望远镜搜索海面，很快就发现有一只蒙着篷布的木船正在波峰浪谷之间出没。

靠上去，抓活的。王恩华带着雪白的手套，指着前方的木船，对身旁的舰长说，那可能是一艘满载军用物资的运输船啊！这是共军的补给船，肯定是受伤掉队了。

双方的距离越来越近，敌舰长命令水兵抓活的。那些水兵立即从炮位和舱室窜到船舷，拿着绳子和带钩的竿子，准备逮住木船。

王恩华放下望远镜，用肉眼已能看得十分真切，木船的白帆千疮百孔，破布片随风飘舞，船身弹痕累累。在200米距离的时候，木船上的篷布突然掀开了，王恩华吃惊地发现篷布下面盖着的不是什么物资，而是一门大炮！

当我指挥船行至军舰右侧，进入"太平"号的主炮射击死角时，指挥员黄宇一声令下，炮手们顿时掀掉篷布向其猛烈开炮，30多发炮弹接连飞向敌军舰，这艘庞然大物多处中弹，拖着黑烟，掉头南逃。

"土炮艇"大显神威，与敌舰短兵相接的战斗中，居然将这只1,000吨位以上的国民党海军第3舰队的旗舰——"太平"号，击成重伤，并使舰上的敌第3舰队司令王恩华中将在激战中身受重伤，不治身亡。

战后，40军授予黄宇"战斗英雄"光荣称号，并给全船指战员和船工们各记大功一次。


## 3. 薛岳的美梦破灭了

经过彻夜激战，渡海作战兵团第一梯队突破了敌人的海上封锁，两个军船队迅速检查了航向，保持向预定登陆地段航行前进。接近敌岸后，各船准备突击登陆。登陆船队不顾守军的疯狂射击，利箭般地冲向海岸。

当船队距岸边五六十米时，先头船的勇士们纷纷跳入齐胸深的海水，向陆地冲去。

在抢滩登陆作战中，我军广大指战员冒着敌人的炮火，在浅滩中纷纷下水泅渡，迅速形成了攻击波，占领和扩大滩头阵地与登陆场，实施宽大正面登陆突破作战。

17日凌晨，两个军前指向兵团指挥所发报暗语，"我们已看到海岸了，正奋力向海滩冲击。""我突击船队已下船涉水强行登陆。"邓华命令，迅速勇猛地抢占登陆场。同时命令琼崖纵队，全力以赴接应和配合大部队登陆作战！

17日2时，渡海部队东西两路军的船队突破了国民党守军的海上封锁，到达临高角、海口以北的海面，并在琼崖纵队第1、3总队和两个军先遣登陆部队的接应下，开始抢滩登陆。

这是一段记录当时抢滩登陆的真实镜头：

3时30分，韩先楚率第40军主力船队开始在博铺港一线抢滩登陆，守军拼命抵抗，用密集炮火向海上射击，许多帆船中弹起火。韩先楚的指挥船也受重创，桅杆被炸断，帆布哗啦一声坠落到海里。韩先楚没有顾及，对着报话机大吼，各船火力给我还击，狠狠地打！

五颜六色的信号弹从各师、团指挥船上射向夜空，霎时间数百艘战船上的枪炮一齐怒吼，炫目的弹道映照着水柱纷起的海面，韩先楚挥着拳头，兴奋地对解方、符振中说，打了一辈子仗，还没有见过如此激动人心的一幕。

敌人拼出最后的力量作垂死挣扎，海、陆、空各种火器一齐开火，企图阻止我军登陆。我军将士毫不畏惧，所有的船只一面猛烈还击，一面急速前进，犹如千百条火龙直向岸边冲去。先锋船距岸只有几十米了，战士们纷纷跳下船，朝着陆地扑去。当两脚踏地时，犹如猛虎下山。左侧尖刀连在连长戴成宝的率领下，不到20分钟就冲出2.5公里，插到敌人滩头阵地的背后，夺下了重炮阵地，随后立即调转炮口向纵深的敌人轰击。右翼登陆的部队在向敌人纵深穿插时，被一个大型母堡的火力压住了，已经三次负伤的独胆英雄万守叶扑了上去，用自己的身体堵住敌人的枪眼，后续部队高呼着口号冲了上去，敌人苦心经营几个月的防线不到半个小时就突破了。

我军战士英勇顽强，船工们也同样表现了英雄本色。有位60多岁的老船工，左臂负了伤，仍然握着舵杆屹立不动。战士们要扶他下去休息，他拒绝说，我穿上军装不也是解放军吗？

解方副军长一直举着望远镜观察敌情，此时兴奋地大叫起来：敌人的阵地枪响啦，肯定是苟在松、刘振华他们干的！

韩先楚急忙举起望远镜观察敌情，只见敌军阵地被炮火覆盖，从弹道判断，炮弹来自临高山主峰。这是刘振华他们占领了临高山的制高点，韩先楚绷紧的神经才松弛下来。他说，敌人的火力弱多了，丢了临高山，他们没戏唱了。老解，老符咱们准备上岸！

临高山是海口以西漫长海岸线上的最高峰，海拔109.7米，可俯瞰秀英港、临高县城、新盈港等要地，在晴空丽日的天空还能远眺雷州半岛。抗日战争时期，日军侵占海南后，在峰顶修筑炮兵阵地，将两门重炮安装在那里。现在操纵这两门重炮的是40军的渡海先锋营，他们在夜间神不知鬼不觉地攀上了峰顶，全歼了敌人一个营，然后掉转炮口向海边敌防御阵地猛烈轰击。敌核心工事被一个个摧毁，守军腹背受敌，顿时军心动摇，纷纷弃阵而逃。登陆部队冲上海滩，推倒铁丝网和鹿砦，向敌防御阵地纵深阵地推进。

∧ 我军战士登陆后，勇猛地冲向岸边抢占滩头阵地。

在临高山上指挥作战的苟在松和刘振华，适时调整炮火向敌纵深射击，炮弹一直将敌追至临高县城。

清晨6时，主力船队全部登陆。韩先楚率军指挥所向临高山进发，他边走边用报话机指挥各部作战。这时空中传来飞机的引擎声，他紧张地朝四周观察，只见从海滩到滨海各山头，遍地都是拥挤不堪的登陆部队。

各师、团注意防空！

韩先楚话音未落，两架飞机飞临头顶。

"军长，快令各部去掉伪装，我有办法对付敌机。"报话机里传来第118师长邓岳的声音。邓岳在海边一个小山头上发现了敌对空联络的红白布板。他立即调整布板的方向，将箭头对准溃逃的敌军。飞机辩不清敌友，按布板指示的方向朝溃兵狂轰滥炸。两架飞机很快就耗尽了弹药，带着"非凡"的战绩返航了。

第118师很快就将溃敌全部消灭，顺势攻克了白莲市。

在琼崖纵队和先遣偷渡部队的策应下，4月17日6时，经过彻夜激战，韩先楚率领的第一梯队全部登上临高角至花场港的预定登陆地段，强攻成功！

17日黄昏，登陆部队与接应部队在临高山下会师。苟在松、刘振华和琼纵首长马白山、陈青山将韩先楚等迎进一所竹棚。马白山握着韩先楚的手，激动地说，没有想到我们这么快就会师啦！


## 4. 薛岳的美梦被无情地粉碎

一路血战，一夜拼杀，渡海作战兵团终于接近了琼岛。

1950年4月17日拂晓前，40军、43军从琼州海峡正面大举登陆成功。

雷州半岛的兵团前指，也和前线一样紧张地忙碌着。

40军前指发来暗语：我军6个团全部于6时许在临高角、博铺港地段登陆成功，正指挥部队向纵深进攻，扩大登陆场。

43军前指同时发来暗语：我军已于7时，全部于玉抱港、才芳岭地段登陆成功。登陆后，我军猛攻守敌，歼敌1,200余人，建立了滩头阵地。

邓华从一线不断传来胜利的电报报告，长长地出了一口大气，说，我第三批大举渡海登陆成功了，我的心也就放下来了。他接着命令道，给40军、43军前指发报，命令他们迅速扩大登陆场，以一部分兵力准备迎击敌人的反扑，主力应不停地向纵深发展进攻，指向敌人海岸防守指挥部所在地，打破敌人的反扑计划。

兵团前指和两个军的无线电波，在琼洲海峡的上空频繁地传送着各种报告、请示和指示、命令。

其中，大举渡海登陆成功的情况，也迅速飞向四野总部、中央军委和广州兵团部赖、洪并转向叶剑英。

而在汉口的四野司令部，邓子恢、谭政正在焦急地惦念着第40军、43军的进展情况。当接到邓华关于登陆成功的捷报后，邓子恢呼地从办公桌边站了起来，指了一下桌子，说："成功了！报告北京林总、毛主席！立即向渡海部队发布嘉奖令！"

谭政点头表示赞许。一会儿，谭政亲自用毛笔起草了嘉奖令：

**海南前线的全体指战员们：你们以无比的英勇，在海南岛上成功地登陆了，这说明我人民解放军不仅在大陆上是无敌的，而且在海上也是无敌的。你们英勇地征服了波浪滔天的大海，战胜了敌人飞机、军舰的阻击，为渡海登陆作战创造了史无前例的英雄奇迹，这是你们的光荣，也是全军的光荣。由于你们的胜利登陆，海南岛上的敌人力量起了一个根本的变化，二十多年坚持战斗的琼崖纵队和琼崖人民，在你们的协助下，一定能全歼岛上敌人，胜利结束中南地区的最后一战。现在岛上的残敌已是惊恐万状，希望你们能够更加奋勇、再接再厉，坚决执行毛主席、朱总司令全歼残敌的命令，使我中南全境的解放早日实现。**

海口，五公祠，薛岳司令部办公室。色厉内荏的薛岳还想作最后的挣扎，他从办公桌边走过来，对作战参谋下达了命令："令李铁军统一指挥反击部队，下列部队划归李将军指挥：第62军主力部队，第32军、第64军各一个师，再加上暂编13师，教导师，共5个师的兵力，立即到达指定位置，不得有误！目前国难危重，你我受总裁栽培，理应报效党国！海南存亡，在此一举，各位应抱定一个信念，'不成功，便成仁！'"薛岳说完后宣布散会。诸将领各怀不同心情，刚

∧ 1949 年，时任四野副政治委员的谭政在汉口一次群众集会上发表讲话。

要离开会场,薛岳接到了机要人员送来的电报,他扫了一眼,立即说:
"诸位留步,现在我宣布国防部训示。"众将领回转身来,立正听命。

薛岳念道:"共军系大举登陆,为保卫台湾计,着令薛总司令弃
守海南,部队撤往台湾,着令有关党政机关从事撤运准备。"

但是,这些将领们心里十分清楚,既是共军大举登陆,撤也不
是那么容易,林彪的主力不是那么容易对付的……

第一梯队上岛后,各部队按战役预定方案向守岛敌军防御体系
的纵深扩大战果。邓华司令员立即命令两个军登陆部队,不停顿地
向纵深发展进攻,扩大登陆场。

40 军登陆部队在击溃了敌 64 军 131 师两个团的阻击后,又攻
克了敌 9 个地堡群,拿下了临高山,于当日晚进到临高县一带时,即
与接应的部队胜利会师,并迅速包围了临高县城。

兵团前指陆续接到 40 军前指的电报报告:


40 军登陆的 6 个团,即 119 师全部、118 师 2 个团、120 师 1 个
团于临高角、博铺港一带登陆后,即迅速突破敌 64 军 131 师 2 个团
的防御。岛上接应的琼崖纵队 1 总队和 118 师 4 个营,亦于 17 日拂
晓前,攻占了临高县城以西制高点,有力地配合了我登陆部队迅速
向纵深发展进攻。


17 日 24 时,兵团前指收到四野总部的电报,通报守敌第 64 军
已令临高县城之敌撤退了。兵团立即将情况转告 40 军指挥所,40
军收到变化情况后,立即向临高城发起进攻,果然敌人已于我军到
达之前向南撤退了。40 军即向纵深发展,猛烈进攻。

18 日凌晨,40 军主力近 2 万人,在韩先楚的率领下向东疾进。
次日,在美台地区歼敌 1 个团,并占领加来。接着,继续向澄迈、海
口方向前进。

4 月 19 日拂晓,40 军 118 师在美台地区包围敌 64 军 156 师师
部和 466 团,经数小时战斗,将其大部歼灭。同日,40 军 119 师奔
袭位于加来地区的敌 64 军军部,并占领了该地。于 19 日,即登陆
后的第三天早晨,40 军已将守备海岸的 64 军防御体系完全打乱了,
控制了临高、美台、加来一带广大地区;不仅巩固了登陆场,而且
向海岛纵深发展进攻,扩大了道路场,在海岛上牢牢地站稳了脚跟。

∧ 1950 年 4 月 17 日，我军登陆部队在海南岛北部海岸胜利登陆并与琼崖纵队胜利会师。

与此同时，第43军第128师两个团以迅猛动作抢占才芳岭、桥头等海岸防守要点，歼国民党军第64军第131师第393团1,200余人，并在雷公岛击落向我低空扫射的敌机1架。于17日夜包围了花场港以南之文生村、傅才地区守军，与岛上接应我军登陆的琼崖纵队和先期渡海登陆上岛的127师1个加强团、128师1个加强营会合，准备歼灭第62军军部。

薛岳慌了手脚，急忙调第62军两个团和暂编13师两个团由海口、定安出发，开赴福山，企图全力阻击渡海登陆部队向纵深发展，保障其首府海口市侧翼安全。

第62军奉薛岳之命迅速向北出动，对渡海登陆部队发动进攻，被第127师先遣加强团和第128师主力击溃。

第128师第383团先遣偷渡加强营乘机攻占了福山，歼灭驻福山国民党军第62军第151师一部，并击毙第62军参谋长温轰。18日，43军进至福山市及其东南地区集结，不仅巩固了登陆场，而且向纵深发展了进攻，扩大了登陆场，已使我登陆部队立于不败之地。

至此，两个军第一梯队，在琼崖纵队和渡海先遣部队的协同和配合下，全部控制了琼北地区沿岸各要点，为继续向纵深发展奠定了基础。

兵团前指不断地收到40军、43军的战况报告，对照地图，我登陆部队已向海南岛纵深前进10公里至30公里了。并分别与琼崖纵队和前两批登陆部队胜利会师。这样五批渡海登陆部队共约33,000余人，加上岛上琼崖纵队15,000余人两股力量共48,000余人。已达到了毛主席要求的，渡过四至五万人，不依靠后援，独立作战，我军已经形成了一股不可战胜的强大力量，完全可以向守岛之敌，展开大举进攻了。

而薛岳面对我大军压境，起初居然仍旧认为是共军的"小部队偷渡"，尤其是他在对我128师实施了反包围之后，以为稳操胜券，甚至放出狂言"登陆共军即将被全歼"，甚至连在海口市召开所谓的"祝捷大会"的会场也布置好了。

然而，随之而来的一连串沉重的打击，无情地粉碎了他的美梦。

❶ 我军某部突击队沿交通壕向困守之敌进逼。

❷ 我军战士把火炮推上火车。

❸ 被我军击毁的敌机。

❹ 我军部队掀起练兵热潮，实行官兵互教，进行射击表演。

## 陈青山

（时任琼崖纵队政治部副主任）

　　4月16日，我第1总队全部和第118师潜渡部队全部，奉命前往临高县城以西地域，准备第二天拂晓迎接第40军主力在临高角的新兴、美夏、新村一带登陆。

　　这时的琼西接应指挥部，由马白山副司令员及我和刘振华主任共同负责，陈求光总队长和苟在松参谋长得以抽身下部队直接指挥作战。

　　我们这次接应的部署是：命令1总7团于16日晚开往美台地区，构筑野战工事，准备阻击加来方向的援敌；命令1总9团的一个连包围龙兰据点之敌，以一个营攻打新盈港之敌，其余在龙兰村附近作预备队；命令1总8团一个营于16日夜逼近临高县城，牵制城内之敌，一个连监视波莲市之敌；命令渡海先锋营两个连和第8团两个连在17日拂晓前夺取高山岭的敌野炮阵地；命令第352团两个营及第8团一个营前往登陆点接应；其余部队为预备队。

　　指挥部仍设在多贤村。

　　　　　　　　　　　　　　——摘自：陈青山《琼西鏖战会雄师》

★★★★★

# 马白山
## （时任琼崖纵队副司令员）

　　1950年三四月间，第四野战军渡海作战兵团两批四次潜渡登陆成功，迫使海南岛上的国民党军改变他们的战略部署和作战方针，从"除心腹之患，拒外来之难"、依海居险相结合的战略部署，改为重点对外，在琼北防线、琼西北沿海400多公里的海岸线上，处处设防，分兵把守的战略部署。

　　这样一来，敌人的防线拉长了，兵力也分散了，这就更有利于我渡海部队集中兵力，突破一点，强行登陆。敌人重外轻内的防守方针，也给了我岛上军民迎接大军渡海登陆的主动权和自由权。

　　这样，我军就处于主动的地位，而敌人却处于被动的地位。

——摘自：马白山《协同大军战天涯》

# 第九章

# 抢滩登陆决死战

★★★★★ ∧ 全国战斗英雄刘梅村（立船头戴望远望者）带头宣誓：决心消灭残敌，解放海南岛。

邓华将计就计，渡海兵团抓住战机与敌决一死战。

凤门岭阻击战，鲜血染红了阵地。挥戈东进全线出击，决战美亭。

包围与反包围，韩先楚率军驰援，危急中杀来一支整编师。

## 1. 血色中的"钢铁连"

4月19日，雷州半岛，赤坎第15兵团前指电台，收到四野总部通报，获悉：海南岛国民党军已发现我军于17日大举登陆成功后，敌防卫总司令薛岳于4月17日晚下令，调集岛上所有战役机动部队32军252师、62军151师、153师、163师、暂编第13师残部、军官教导师等，共有5个半师的兵力，于18日开始由海口、嘉积乘汽车向澄迈驰援，企图乘我登陆部队立足未稳之际，在澄迈地区与我决战，消灭我军于海滩地区。

薛岳在国民党中是有名的战将，他乘我军登陆立足未稳，第二梯队还没有登陆之际，集中他手中的机动兵力，迅速与我决战，这是必然的。他妄图将已经登陆的我军消灭，即使消灭不了，企图将我军赶到海边，压缩在很小的一块登陆场实施围困，使我军背靠大海，弹尽粮绝，又在海上阻止我第二梯队援军登陆，薛岳是一个狂妄自大之徒，他没有想到他的5个半师加起来也没有超过3万人，战斗力怎么可以与我铁军部队相比呢？

此时的薛岳处于两难之中，如果他不与我登陆部队认真地打一仗就逃跑，他飞到台湾也不好向蒋介石交代，他怕蒋介石像追究卫立煌丢失东北那样，也来追究他丢失海南岛的责任，所以他硬着头皮来作垂死挣扎，也好向蒋介石交差。

邓华司令得知敌军的这一行动，使他看到了歼敌的战机。他当机立断，决心集中两个军登陆部队与国民党军决战，包围歼灭集结在澄迈之第4军和由嘉积、海口驰援的第62、32军机动部队，进而夺取海口，为解放全岛创造条件。遂令第40军登陆部队迅速向澄迈前进，围歼澄迈之国民党守军；第43军进至美亭、白莲地区，歼灭向澄迈增援之国民党军。

第43军登陆后，一举攻入福山，歼敌大部，19日晚向美亭东北地区攻击前进。

∧ 我军某部9连在海南岛战役中荣获"登陆英雄连"光荣称号。

20日晨，第43军第128师主力3个团及1个营在黄竹、美亭地区，与从嘉积驰援的国民党军第32军第252师第755团及第754团1个营遭遇，128师先敌动作，当即将其包围于黄竹、美亭、大路市，并占领加岭、那利、谭城等阻击阵地，展开攻势。

这时，我43军127师先遣偷渡团，相机进至美仁地区及茅草等地，并占领风门岭、平顶山、裙带山等一线阻击阵地，准备打援。

薛岳见其252师主力被围，急令62军和暂编13师、教导师及25师的另一个团直扑我128师，在空军火力支援下，分东西两路向第43军第127、128师占领的加岭、谭城、凤门岭、平顶山等阵地发起猛烈进攻，又在我军外围构成了一层包围圈，妄图实施反包围。

4月21日拂晓，敌62军等部在飞机大炮的支援下，开始向我128师阵地发动猛攻，128师在这种情况下，果断以少量兵力抗击外线敌军的围攻，而将主力集中于内线，抓紧时机力求尽快歼灭已被包围的敌252师主力。

在向内线之敌252师主力发动强攻的激烈战斗中，我128师382团3营7连向敌一处核心阵地攻击，数次受阻，全连只剩下1名排长和6名战士，在这时，参谋长孙干卿直接指挥，营教导员刘梅村指挥战斗，营长刘连科用机枪掩护，爆破英雄刘万成抱着炸药包，冒着炮火硝烟冲入敌阵，将疯狂吐着火舌的地堡一一炸毁，占领了这一敌人阵地。战后，刘连科和刘万成被43军授予"战斗英雄"称号。

我英勇的382团以1个团的兵力顶住了国民党军第151、153、163、252师的轮番进攻，并配合第127师主力将国民党军第252师第755团包围于美亭。是日10时后，国民党军第62军第153师和第32军第252师的增援部队陆续到达黄竹地区附近，并在其空军配合下，疯狂地向第127师占领的加岭、凤门岭阵地发动进攻。

为了配合128师的战斗，127师先遣偷渡上岛的379团在琼纵3总队和独立团的协同下，顽强顶住了敌62军两个团的多次轮番进攻，而先遣上岛的381团1营1连防守的105高地，战斗空前激烈。战士们在炮火中顽强的战斗着，打退了敌人的一次又一次进攻，阵地上到处是横七竖八的尸体，鲜血染红了阵地。战后有人描写了那个场面：

傍晚，传来105高地的消息：敌人集中了2个师的炮兵，100多挺轻重机枪，外加8架飞机，配合6个团的步兵，向我381团1连阵地连续进攻13次，其中有9次是整营的兵力。阵地上落了上千发炮弹，飞机投下的炸弹有好几百枚，山头被削平，石头被炸碎，红土被烧焦，死神在肆虐，我坚守105高地的英雄们子弹和手榴弹都打光了，工事多次被平毁，最后全连只剩下13个战士，其中10人负伤，但是他们仍然浴血奋战，同敌人展开白刃格斗，刺刀刺弯了，枪托砸断了，顽强地反复拼杀争夺，顶住了敌人疯狂的进攻，阵地屹立不动，阵地前却留下500多具敌人的尸体。

这个连队在正副连长相继牺牲，指导员负重伤，全连仅剩下13名伤员时，仍坚持战斗，保住了阵地。

这里有必要交代一下13勇士之一的王玉山，他是一位"马特洛索夫式"的战斗英雄。1950年10月，王玉山在381团1连7班任班长，他所在1营参加了粤桂地区剿匪作战，在周屋村进攻战斗中，1营遭到敌围墙上的一个重机枪火力点的疯狂扫射，冲击受阻。冲在最前面的7名战友壮烈牺牲，王玉山也中弹负伤。1连4名实施爆破的战友也光荣牺牲。此时全连完全暴露在敌人火力点的控制之下。在这紧急关头，王玉山急中生智，拿起一个背包作掩护，迅速冲到围墙底下，猛然用背包堵在敌人正吐着火舌的射孔上。火力点内的敌人误以为是炸药包，使劲往外推，王玉山便毫不犹豫地将整个身体死死压在背包上。使部队顺利冲了上来，歼灭了敌人。1951年，王玉山被称誉为"马特洛索夫式"的战斗英雄，受到斯大林元帅的亲切接见，新华社以中国的"普通一兵"为题，专题广播了王玉山用身体堵顽匪机枪口的英雄事迹。广东军区首长号召全军向英雄王玉山学习。

**马特洛索夫** — — — — — — — — — — — — — — — — — — — —

苏联红军列兵，苏联英雄。马特洛索夫自幼丧失父母，曾在儿童劳动院受教养，后在该院当理助教养员。1942年10月，加入苏联红军参加了伟大的卫国战争。1943年2月23日，在一次攻打德军的战斗中，为了保障战斗的顺利进行，他用自己的身体堵住敌人射孔，壮烈牺牲。事后，为表彰这一英雄行为，马特洛索夫被授予苏联英雄称号。

1950年4月19日，381团加强营抢占凤门岭（105高地）后，敌人于21日进行了大规模反扑。此时，担任阻击任务的是王玉山所在的步兵第381团1连，在整个战斗过程中，1连全体指战员发扬了死打硬拼的优良战斗作风，英勇顽强地击退匪军的13次（其中9次是整营以上）猛攻，杀的敌人尸横遍野，血流成渠。而1连坚守的阵地仍然岿然不动。黄昏，等到4连、6连火速赶到时，1连只剩下王玉山等13勇士，且个个都是血肉模糊。英雄们顽强拼杀、视死如归的革命意志，使105高地如同插在敌人咽喉里的一颗钉子，拔不出，咽不下。在整个战斗过程中，381团2营激战10个小时，打退了敌人2个师的进攻，有利地配合了主力部队歼灭被围之敌，粉碎了敌人"把共军压迫进大海"的妄想，为尽快解放海南岛创造了有利条件。战后，1连被43军授予"渡海英雄连"光荣称号。

## 2. 冷血奋战对敌合围

仍然是在雷州半岛徐闻县，赤坎兵团前指。

4月19日16时，兵团前指电令40军、43军迅速靠拢，集中两军兵力，采取围点打援的办法，迎击敌人的决战。命令40军向澄迈前进，围歼该地之敌；令43军进至美亭、白莲地区，歼灭向澄迈增援之敌。

4月20日晨，43军登陆部队（包括先登陆的1个加强营和1个加强团，共3个半团的兵力）进至美亭、黄竹地区与敌增援部队遭遇，将敌一部包围。

此时，敌防卫总司令薛岳集中5个半师的战役预备队，在空军的支援下，向我进至黄竹、美亭地区之43军发动猛烈进攻，企图对我军实行反包围。

增援之敌151师、252师754团2个营、教导师2个团、以及62军153师、163师，分路向我军占领的加岭、谭城、凤门岭、平顶山阵地，发起猛烈进攻，敌人的地面炮火与空中飞机，不断向我阵地轰击、扫射，掩护敌步兵向我阵地冲击，战斗进行得极为惨烈。

我军与薛岳的决战就此展开了。

当敌第32、62军主力疯狂围攻李作鹏第43军主力时，我军指战员们打得十分顽强，战况极为惨烈。与此同时韩先楚的第40军主力登陆后，将守敌第64军131师391团团直大部歼灭，在月朗击溃敌第392团，乘敌混乱，第118师从临高向退至美台市的敌第156师师部和第466团发起攻击，19日拂晓包围了该敌，歼敌大部，在苍叶山一带集结。第119师则向加来市的敌第4军军部发起进攻，敌人逃跑，加来市被我占领。此战，我毙伤俘敌669名，缴获野炮2门、92炮1门、迫击炮3门、轻重机枪54挺、步枪106枝。

第40军第120师358团于澄迈东北之北排山歼国民党第32军第252师第754团一部，掩护主力进至美亭东西一线，包围侧击国民党军第62军第151、153、163师和暂14师及教导师等残部。国民党守军发现渡海登陆部队强大的援军到来，军心大为动摇，全线崩溃，企图夺路向海口、府城一线撤退。

其中驻美亭之第32军第252师第755团突围未果，被第43军第128师拦腰斩断，将其全歼。

在128师全师上下英勇奋战之际，40军接到兵团命令后，于19日夜间即率主力7个团从加来、多文地区出发，似狂风迅雷般猛扑过来，冒着垂死前疯狂挣扎的国民党军炮火，勇猛地直插美亭东西两侧，在到达该地后，即又兵分两路北上，于21日17时抵达美亭东西两侧地区，将围攻我128师的敌军严密包围起来。这时，战场态势出现了包围与反包围、内线与外线犬牙交错的复杂局面，在战斗中，敌我双方都不敢开炮，在许多地方展开了短兵相接的肉搏战。

但是，43军以3个半团的兵力，对内，在黄竹、美亭包围了敌人两个团和1个师部，尚无力歼灭；对外，又抗击了敌人5个师的进攻，处于两面作战的极端困难情况。从4月20日7时浴血奋战一昼夜，至21日10时，他们不仅坚决地顶住了敌人的进攻，而且同时以128师部队向被包围在黄竹之敌发起进攻，于22日零时将被我军包围在黄竹的敌人1个团部和5个连全部歼灭，并仍将敌252师师部及755团紧紧地包围在美亭村内。

同时，兵团前指将43军已与敌战役预备队在黄竹、美亭一带遭遇打响，正处于我军包围了敌军，敌军又包围了我军，使我43军处于两面作战的不利情况，正顽强地与敌激烈地战斗的情况，通知正向澄迈挺进的40军。

澄迈守敌发现我40军进攻后，即迅速撤逃。根据以上情况，澄迈已经无敌，敌人主要兵力大部集结在美亭、黄竹地区，邓华查明敌情后，决心乘敌向我进攻之机，在澄迈及其以北地区迅速展开一场大规模的围歼战，以求将薛岳主力一举歼灭，夺取海口。邓华认识到：此战带有决战性质，对整个战局起着决定性作用。因此，邓华即令43军克服一切困难，坚守阵地，顶住数倍于己的敌人的进攻反扑，紧紧吸引住国民党守军主力；同时令向澄迈挺进的40军，接到电令后，立即采取强行军，急行军沿澄（迈）琼（山）公路向黄竹、美亭驰援，迅速增援43军作战，尽快将围攻我128师的敌军再围它一层，同时还指示琼崖纵队3总队及独立团部队，积极协同登陆兵团主力作战。40军战胜疲劳，连续作战，不顾一切前进到进攻敌人的侧后，将敌人的后路截断，包围向我43军进攻之敌。

邓华司令员根据情况的变化，及时改变原定计划，下了新的决心，将40军急速东调，驰援43军，集中两个军的兵力，与敌展开决战。由于邓华司令员的决心正确、迅速及时，43军与40军英勇奋战，形成对进攻之敌包围态势，使进攻之敌迅速动摇、败退。

4月21日10时，敌军增援部队陆续到达，而我40军部队要到21日黄昏才能赶到美亭以东地区。敌琼北要塞纵队、暂编13师也投入了战斗，敌人飞机倾巢出动，向我阵地轰炸扫射，敌军的炮兵以猛烈的火力向我阵地轰击，敌军进攻的矛头主要是指向127师据守的加岭、凤门岭，这两处的战斗最为激烈，数倍甚至十几倍于我之敌，对我127师、128师阵地，进行猛烈的轮番攻击。我43军127师、128师都是

能打硬仗恶仗的老部队，127师379团的前身就是叶挺独立团，是有名的"铁军"，野外作战是他们的拿手好戏，打疯了，劲头上来了，他们会天不怕，地不怕。在敌众我寡的情况下，战士们发扬了英勇顽强，不怕牺牲的战斗作风，坚决顶住了敌人的轮番进攻。我防守凤门岭的127师连续击退了国民党军第62军第152师5个营轮番发起的13次冲击，牢牢坚守住了阵地。战况的惨烈为四野南下以来所没有的。

4月21日整个白昼，43军与进攻之敌，在美亭、黄竹地区进行了一场极为惨烈的战斗，一直持续到当日17时。

据亲历者回忆，就在我军与敌在黄竹、美亭决战之际，雷州半岛，兵团指挥所的气氛极为紧张。4月21日，43军在美亭、黄竹与敌人继续激烈地战斗，40军迅猛地向美亭、黄竹疾进，迂回包围美亭地区之敌。战场上我军与敌军正处于决战的高峰。邓华与指挥所的同志们也是夜以继日地紧张工作着。从4月20日7时开始，43军以3个半团的兵力，既包围了美亭之敌，又要抗击5个多师的不断冲击进攻。敌我力量的对比悬殊，使主帅邓华的心情极为复杂。表面上显得镇定自若，但内心是很焦急的。4月20日一整天战斗的惨烈与困难程度，对他这位久经沙场的高级指挥员来说，是完全可以想像到的。这时候大家都在等待着前方的消息，但40军一直没有发来电报。

自4月16日晚，大举渡海起航后，邓华司令和前指的同志已经整整5个昼夜没有休息了，邓华司令为了解困解乏，就一支接一支地抽烟，其他同志实在太困了，就坐着打个盹，大家的神经都是高度紧张的，也不想吃，也不想喝。大家想到渡海登陆的指战员们，自从起航后，就不分白天黑夜，顾不上吃饭休息，已经与敌作战五六天了，现在正与敌人进行决战，英勇的指战员们在美亭、黄竹与敌人浴血奋战，我们在指挥所的紧张也就算不得什么了。

对于那场战争的活剧，很多年后，兵团前指的亲历者，时任15兵团作战科长杨迪老人，有一段极富感情和哲理的感慨。他说，我渡海兵团正在进行的是没有先例的以木帆船进行大兵团渡海作战。

< 参加解放海南岛战役的我军指挥员合影留念。第一排左起：43军政委张池明，琼崖纵队司令员兼政委冯白驹，15兵团司令员邓华，12兵团副司令员兼40军军长韩先楚，43军军长李作鹏。第二排左二为40军副军长解方，右一为15兵团司令部作战科科长杨迪。

我军登陆成功后，立即就向纵深发展进攻，在进攻的过程中，就与我反扑之敌在美亭、黄竹地区遭遇，展开了围歼战。当我43军围歼敌人时，敌人全部的战役预备队5个多师都上来了，我43军登陆部队仅有3个半团的兵力，被众多敌人包围，全体指战员毫无畏惧，与敌人进行殊死的激烈战斗，越战越勇，硬是顶住了敌人5个半师的猛烈进攻。我40军不顾疲劳、不顾敌机轰炸扫射，迅猛地赶上来，从外线将向我43军进攻的敌人5个多师全部包围。40军赶到，使战局急转直下，由敌人的反包围立即转变成敌我两军的战役决战，这样的战役决战，是对敌我双方指挥员智慧和胆略的考验与竞赛，是对双方司令部组织指挥才能的考验与竞赛，是对双方指战员们战斗力的考验与竞赛，谁能智胜一筹，英勇顽强地坚持到最后，谁就能胜利。

其时，我40军接到兵团前指4月21日4时电令后，韩先楚军长当即令118、119师在澄迈地区就地展开，分两路向美亭及其以北的白莲方向疾进，从左右两翼向敌人侧后实施钳形攻击。精明睿智的韩先楚，他不仅只是去完成迂回包围美亭、黄竹地区之敌，协同43军歼灭敌人的作战，而且他同时想到了下一步的行动，迅速去攻夺海口市。因此，他命令358团向海口市以南琼山方向攻击前进，截断敌人逃向海口的退路。

40军各部队于21日白昼急速行军，冒着敌机的轰炸扫射，顾不上吃饭，不停顿地迅猛疾进。4月21日17时，40军主力赶到美亭东、西，迂回到敌人的侧后，立即展开从外线，也就是向43军敌人进攻的侧后，展开猛烈地进攻。

正当我43军处在危急艰难中，仍然顽强地坚守阵地，与进攻之敌反复厮杀搏斗的紧要关头，突然听到敌人的背后响起了激烈的枪、炮声，他们判断一定是兄弟部队第40军赶到敌人的侧后，向敌人进攻了。40军向敌人猛烈进攻的枪、炮声，极大地鼓舞了处在困境中打红了眼的43军全体指战员，他们精神为之大振，更加勇猛地向进攻之敌冲击。

进攻的敌人，发觉他们的侧后已遭到我军的进攻，十分惊恐，很担心他们的后路将会被我军截断，即停止了向我43军的进攻。被我包围的美亭之敌252师755团企图逃跑，我128师乘机向敌人发起进攻，将敌人全部歼灭。

历史永远记住了21日17时，当43军登陆部队在美亭地区与数倍于己之敌浴血奋战之时，韩先楚率第40军主力共7个团进至美亭东西两则，与43军形成对敌合围态势。

在这个阴云密布漆黑一片的夜晚，敌我双方彻夜混战。


## 3. 决胜美亭

仍然是雷州半岛，兵团指挥部。邓华的眼睛里布满了血丝，因为到现在他还没有接到电报，他太全神贯注，已经太疲劳了。作战科长杨迪想松弛一下气氛，没有等邓华问就说道，我想40军接到电令后，一定正迅猛地向美亭跑步前进，因此他们的电台就一直没有时间架起来。

**四保临江战役** ————————————————————

> 1946年12月，国民党军集中兵力向临江地区进犯，同时增加松花江沿岸要点守备。东北民主联军采取南打北拉，北打南拉，集中兵力各个歼敌的作战方针。南满部队从12月至次年4月，在临江、通化地区连续4次粉碎了敌人的进攻。北满部队在1947年1～3月，三次越过松花江南下出击敌人。此役历时3个半月，共歼敌4万余人，使敌人的南攻北守、先南后北的战略计划归于失败。

邓华拿起一支烟点着，他在想着什么，没有说话。杨迪继续说道，40军是我四野四大主力之一，他们在东北四保临江战役中，在长白山中那样极度严寒的条件下，英勇作战，在1947年东北野战军发动的夏季、秋季、冬季攻势中，他们走出长白山与我们北满西满的部队会师，协同作战，打得很好。比如，在冬季攻势中与2纵（39军）、6纵（43军）协同作战，共同在文家台歼灭敌新5军，随后又与1纵和您指挥的7纵（44军）共同攻克四平。在辽沈战役中，他们3纵（40军）与2纵并肩突破锦州城等战役，打的都很有声有色，40军的118师是四野几个主力师之一，经常直接受四野总部指挥，119师也是四野一流师。现在这两个师都在海南岛上，主力师并肩作战，谁也不会让谁，而是一场大竞赛，一定会赛出主力军的威风来的。

稍停一下，杨迪又说道，好像40军离不开韩先楚军长似的，渡过长江后，成立兵团时，韩军长调到12兵团任副司令员，由他人任40军军长，但不久韩先楚副司令员又回到40军兼军长。现在40军在岛上，由他来亲自指挥。一定会遵照您的命令，迅速赶到美亭与43军并肩作战，完成战役迂回包围任务的。我计算，今天（21日）黄昏，

∧ 全国解放初期的聂荣臻，时任中国人民解放军代总参谋长。

他们就可以到达在美亭和黄竹了。

邓华听杨迪说了一通后，不再想什么了，也接着说道，是呀！40军、43军都是四野的主力军。渡海登陆的这几个师都是老虎，这我是了解的，也很放心。40军韩先楚接到令他们迅速赶到美亭、黄竹与43军并肩参加决战，他那股猛劲一定会爆发出来，他会不顾一切地拼命向美亭、黄竹赶的。在这种情况下，他不会停止休息，也不会急着给我发电报，他一定比我还急呀！说着，邓华站起来，在屋里不停地走动起来。

本书写到这里时，想起有文章讲大举登陆时间的意见分歧问题，据知情者说，这与实际情况完全不符，那篇持不同意见的文章是这样写的：

1950年4月，身为四野12兵团副司令兼40军军长的韩先楚执意要在谷雨前发起海南岛登陆作战，当时金门失利的阴影正重重的笼罩在我军高级指挥员的心头，倔强的韩先楚把自己的意见直接捅到了中央！为此，邓华专门前来审查韩先楚的作战计划。韩先楚认为如果在谷雨前的5天内（4月20日前）再不发动海南岛登陆作战，攻打海南岛就要往后再拖整整一年！因为我军渡海工具基本上是没有动力的风帆船，非得依靠谷雨前的季风过海不可，韩先楚决意发起海南岛登陆作战，他打电报给中央："如果兄弟部队43军没有准备好，我愿亲率40军主力单独渡海作战。"

韩先楚知道自己立的是或者胜利或者死亡的军令状！他比谁都清楚金门失利给我军带来的震撼，他清楚现在连四野最能打的"旋风纵队"的战士们心里都在犯嘀咕，那些如狼似虎的将士们在流传"革命到底革到海底"、"今天咱吃鱼、明天鱼吃咱"……之类的泄气话，连他的参谋长宁贤文都用大石砸脚自伤以逃避渡海作战！谁都没怕过的虎贲之师40军这次心里发虚了，金门那个隔大陆只有几公里的屁大个小岛都没拿下来，现在要攻打的是远离大陆100多公里的中国第二大岛！

基于对战争天才韩先楚的信任，他的海南作战计划被批准了！

1950年4月16日19时30分，一代名将韩先楚置个人生死和军事荣誉于度外，在没有海空军配合的情况下，冒着丧师琼州海峡的极大风险亲率40军、43军4个师3万关东子弟乘坐400多艘风帆船从雷州半岛灯楼角起渡，跨海进击海南岛！

1950年4月17日凌晨3时，40军在用木制风帆船战胜国民党炮舰拦截后，胜利抢滩海南临高角，开始冲击国民党滩头阵地，韩先楚随先头部队一起在敌火下涉水抢滩，一个连的战士急的冒着敌人炮火冲过来把他死死按在一块巨石后不准他再往前冲，用身体给他堆了一个人体碉堡……

当日凌晨6时，在北京总参作战室的聂荣臻打断一名处长的战斗报告焦急地问："先楚在什么位置？"处长回答说已经上岛，通宵站在作战图前的聂帅重重地坐在椅子上："有这一句就够了！"韩先楚这样的统帅上岛就等于是胜利！

果然，国民党名将薛岳率12万众苦心经营一年的"伯陵防线"顷刻间土崩瓦解。仅仅3天，被侵华日军惧称为"长沙之虎"的黄埔一期高材生薛岳就被经常写错别字的韩先楚上将撵出了天涯海角。

打下海南后，人们发现将军独自一人面对大海坐了一夜，谁也不知道他在想什么……

3个月后，朝鲜战争爆发的第二天，美国第7舰队进入台湾海峡，公开出面挽救奄奄一息的国民党政权。人们这才知道将军的战略眼光。如果不是他力排众议，用自己的一切做抵押，利用最后可以利用的5天时间打下海南，中国就将有两个台湾，而失去最后一个出海口！

**解放军第40军** —————————————————————————————

其前身为鲁中军区和冀热辽军区部队。1946年1月，由鲁中军区部队组成的山东军区第3师和警备第3旅与冀察热辽军区发展而来的第21旅、第23旅合编为东北民主联军第3纵队，司令员程世才，政治委员罗舜初，下辖第7（原第3师）、第8（原第21旅）、第9旅（原警3旅和第23旅）。曾克林，韩先楚先后任司令员，1948年11月改编为解放军第40军，军长韩先楚，政治委员罗舜初，下辖第118、第119、第120师。

据知情者回忆，4月20日谷雨前大举登陆的作战计划，一开始就得到军委毛主席的同意和四野首长批准，关于争论的问题，杨迪将军在《创造渡海作战的奇迹》一书中有详尽说明，不枉作评论。

再回到战场现实。

兵团前指一直到21日17时，才收到40军发来的电报暗语："我军的主力到美亭侧后，已与敌打响。"

邓华焦急一天的心情总算放了下来，他相信韩先楚一定能够做到。

果然，40军一到位置，就立即发来电报，报告该军接到兵团命令后的具体情况。

邓华司令员当即电令两个军，现在你们已经会合，并肩共同作战，这是歼灭敌人全部战役预备队5个半师的大好时机。兵团前指决心：令两军发扬连续作战不怕疲劳、不怕牺牲的优良作风，43军从内线坚决勇猛地向进攻之敌出击，40军从外线迅速完成对敌人的包围，并立即展开向敌人进攻，与敌军展开决战，两军从内、外夹击敌人，务求将敌全部歼灭，取得决战的胜利。然后迅速向海口市追击前进，迅速占领海口市。

22日，第40、43军主力协同作战，击破敌人一个军和两个师的抵抗，以凌厉的攻势夹击白莲地区国民党第32军第252师及教导师，歼其一部；全歼美亭突围之敌，乘胜向海口急进。

当43军正处于两面作战，腹背受敌之时，薛岳一心以为占绝对优势的国军必胜无疑。他不仅放出了"共军128师师长被击毙，共军指日可歼灭"的谎言，而且搭好了会台，就准备召开庆功会了。但我军美亭决战的大胜，却彻底打碎了这位顽固反共分子的如意算盘。薛岳惟恐再遭全军覆没的下场，忙于22日下达了总撤退的命令。

战场亲历者说，决战从4月21日晚开始，我40军、43军接到兵团前指的命令后，立即调整部署，连夜向敌展开进攻。40军迅速截断向我43军进攻之敌的后路，将敌军包围，形成我43军从内、40军从外夹击敌人之势。我军与敌军短兵相接，反复拼杀，彻夜激战。至22日拂晓，敌62军、32军、64军及其各师和教导师已分别被我40军、43军分割包围，敌人发觉情况对其很不妙，为了逃脱被我军围歼的厄运，开始全线崩溃，向海口、府城方向撤逃。

4月22日，兵团命40军、43军与琼纵3总队独立团向敌发起总攻。在我军强打猛冲的攻击中，薛岳这才弄清楚与之作战的并非"共军小股偷渡部队"，为避免主力全部被歼，急忙下令其残部向海口市退守。此次场面壮观的琼北围歼战，我渡海第一梯队全歼敌32军252师，重创其62军、暂编13师和教导师等薛岳的主力部队，彻底摧毁了其环岛防御体系的核心阵地。

4月22日拂晓后，我40军、43军在美亭地区胜利会师。两军各部，乘胜即向溃逃之敌展开围歼与追击。在白莲市地区将敌62军军部摧毁，并将其153师、163师各歼灭一部，歼灭32军252师、教导师和64军等各军、师大部。

至23日，第43军共击溃敌暂13师38团、39团，151师453团、255师主力及163师，各歼其一部，毙伤敌62军参谋长温轰以下791名，俘敌39团团长陈汉涛以下1,669名，共歼敌2,440名。

整个决战时间，实际上只有48个小时，即从4月20日7时至4月22日7时。我渡海兵团即获得美亭、黄竹决战的胜利。这是渡海登陆作战的决定性胜利，加快了解放海南岛的速度。

此时邓华命令部队，今日两军主力应休息、整顿一下，稍微恢复一下体力，吃顿饱饭，准备向海南岛的最南端天涯海角实施不停顿地追歼作战。

❶我军向大别山挺进途中。

❷ 我军炮兵准备向敌军阵地轰击。
❸ 华东野战军部队日夜兼程，直奔淮海前线。
❹ 我军与敌军在村落中激战。
❺ 我军某部冒着大雨，追歼逃敌。

## 韩先楚

（时任第四野战军第 12 兵团副司令员兼第 40 军军长）

　　在东线登陆的兄弟部队歼灭花场、马袅市的敌人，将美亭之敌包围后，薛岳便将其一个军和另一个师，以数倍之兵力向我兄弟部队实施反包围，我兄弟部队腹背受敌，正浴血苦战。

　　我军遂以 7 个团的兵力，由澄迈分两路，采取夹击之势，将敌人"反反包围"起来。

　　敌我双方都把主力投入，我军力争全歼北半岛敌人的主力，敌人则孤注一掷，作垂死顽抗。

　　包围、反包围，内线外线犬牙交错，里里外外三四层，双方炮火都不敢射击，许多地方展开了肉搏战……

　　激战一直持续到 23 日拂晓，敌人虽垂死挣扎，但已筋疲力尽，主力被歼，其余慌忙撤退。我军和兄弟部队胜利会师，两支部队汇成一股巨大的洪流，直捣薛岳老巢——海口。

　　　　　　　　　　　　　　——摘自：韩先楚《跨海之战》

★★★★★

## 邱国光

（时任第四野战军 15 兵团后勤部部长）

解放海南岛是我军首次大部队渡海作战，从上到下都缺乏经验。

为了搞好这次战役的后勤保障，四野兼中南军区后勤部派罗文参谋长、运输部刘玉堂副部长带领机关干部100多人，到担负渡海作战保障任务的第15兵团兼广东军区后勤部帮助、指导工作。

还从第三分部抽调了第3兵站医院和第9大站，同时加强汽车第5团、汽车第4团4个连队和第41军、44军后勤汽车队，统归该部指挥。

——摘自：邱国光《进军中南的后勤工作》

# 第十章

# 红旗直插五指山

★★★★★

∧ 蒋介石与次子蒋纬国在台北合影。

薛岳溃败，我军乘胜追击，三猛战术运用得淋漓尽致，迅速攻占海口市。分兵三路，猛追败逃之敌至天涯海角。一路追击，"快速纵队"与"11号"。五指山上战旗艳，解放海南岛。

## 1. 千帆竞渡追穷寇

海口五公祠，薛岳的海南防卫总司令部已是一片狼籍。

薛岳眼见其苦心经营的琼北、琼东各防御体系及指挥机构顷刻间土崩瓦解，溃不成军，遂于22日下令全线南撤。其情势为：第一路军撤往乐令、万宁地区，第二路军残部撤往陵水、保亭地区，第三路军余部撤往北黎、八所地区，第四路军和海、空军集结于榆林、三亚地区。薛岳在部署三军南逃方案后，同时又致电台湾，要求火速派舰船来琼接运残部撤离海南。这两道"使命"完成后，他即于当晚与岛上的军政要员们乘机开溜了。

据《海南岛战役史》记载，薛岳离开他的官邸前，在这"海南第一楼"的楼上凭栏远眺的时候，还想起刚才和台湾蒋介石通的电话。本来西昌失陷后，薛岳曾专程飞往台湾会晤蒋介石，要求主动撤到海南岛，以保住手下10万部队的本钱，蒋介石拒绝了。可是，几天前，蒋介石又打来电话——

"伯陵兄，海南岛有10万兵，守得住么？"

"委员长，海南岛距离大陆最近的地方也有11海里，也就是二十几公里海路。我倒想见识一下共军的木船怎么撞兵舰的。"薛岳回答。

"可不能大意失荆州呵！"

"委员长，抗战的时候，你让我守长沙，历经三次会战。其中第三次长沙会战，歼

**第三次长沙会战** ——————————————————————————

1941年12月24日，侵华日军出动12万兵力从湖南新墙河南犯长沙。在长沙守军的顽强抵抗下，日军屡攻不克，周围中国军队又不断压缩包围圈。日军弹药将尽而补给线已被切断，于是被迫退却。中国军队立即转为追击作战，在多处予敌重大打击。至1942年1月15日，两军恢复战前态势。中国军队获得长沙数次会战以来首次全面胜利。此役，日军遭重创，被毙伤5万余人。

灭日寇数万，没有给你丢脸吧。"

蒋介石在电话里沉默了片刻，换了一种沉重的语气说话："伯陵，不是我不叫你死守，你要坚守到最后。万不得已时，不要将那10万兵都拿去拼了。你明白我的意思吗？"

薛岳有点不以为然地答："明白。"

薛岳之所以有点不以为然，他觉得自己在岛上部署的环岛立体防线，再加上天然的琼州海峡，对付解放军的木船队是绰绰有余的。因而他不无自得地将海南岛上的防线，称为"伯陵防线"。

当时薛岳得到空军与海军的报告：发现共军帆船队渡海，已对其进行飞机扫射和军舰轰击。最近以来已发生过好几次共军小部队偷渡，他习以为常，以为又是"共军小部队偷渡接应岛上的游击队"。他只是下令海岸各部队加强警戒。等到下半夜天快亮，他被从被窝里叫醒，得到报告称在琼北海岸发现好几处共军登陆，甚至海口市西面的澄迈湾亦有共军登陆。他还以为不是什么大不了的事，用木帆船能运来多少兵？！于是，他部署调集兵力，首先要消灭在澄迈登陆威胁海口的登陆部队。

就在这个时候，渡海兵团第一梯队东西编队已在琼北各登陆场抢滩登陆成功，并直扑国民党守军沿岸据点。40军登陆部队连续攻克9个地堡群，抢占了临高山，包围了临高县城，主力向纵深推进。43军128师主力登陆后，抢占了才芳岭、桥头等防守据点，包围了花场港。

薛岳不敢怠慢，赶忙调集4个团的兵力开赴福山，阻止登陆部队向纵深发展，以保障海口市侧翼的安全。但早已在岛上的解放军127师先遣偷渡团向福山出击，协同128师主力将福山守军击溃，攻占了福山。至19日下午，渡海兵团第一梯队在琼崖纵队和偷渡部队积极配合下，控制了琼北沿岸各据点，突破了薛岳的所谓"伯陵防线"。

薛岳赶忙调兵遣将，于19日午后，命第62军集结于澄迈地区，并命驻防海口市的32军252师向澄迈地区增援。20日清晨，解放军128师在澄迈县城以北的黄竹、美亭，与国民党军252师师部和两个团遭遇，128师当即将其包围，并展开猛烈的攻击。同时，127师的偷渡先遣团挺进至美亭地区，抢占有利地形，抢筑工事，准备打援，保障128师围歼国民党军252师主力。薛岳到底是个老将，为解252师之围，命令62军和暂编13师、教导师及252师的另一个团，火速增援美亭、黄竹，对解放军128师实行反包围。

但他的对手也是位身经百战，足智多谋的战将。15兵团司令员邓华，决心将计就计，趁薛岳以其主力围攻43军登陆部队，来一个更大的反包围，在澄迈及其以北围歼吃掉薛岳的主力。这就是有名的包围圈层层相套的琼北围歼战。取胜的关键，一方面在于43军登陆梯队能坚守阵地，顶住数倍于己的国民党军的猛攻，另一方面在于40军登陆的主力，能战胜疲劳，急速从琼西北东进，在琼崖纵队的协同下，将进攻128师的国民党军大包围，由琼崖纵队协同作战。40军接到命令后，于19日夜间主力7个团

∧ 我军某部经过国民党澄迈县党部门前，继续追歼逃敌.。

从加来、多文地区出发，不顾国民党军飞机轰炸扫射，向东疾进。

　　决战是21日凌晨展开的。40军主力还在东进赶路，国民党62军等部，在飞机、大炮的支援下，向解放军128师阵地发起猛烈的内外夹攻。128师毫不示弱，迅速调整部署，用少数兵力抗击外线围攻，集中主力于内线歼击被包围的国民党军252师。战斗激烈，伤亡很大，在内线攻击的解放军382团3营7连，向国民党军的核心阵地强攻数次都不下，全连只打剩1名排长和6名战士。参谋长孙干卿直接指挥，营长刘连科用机枪掩护，排长刘万成率仅剩的6名勇士冲了上去，终将地堡逐个炸毁，攻克了阵地。打援的先遣偷渡379团等部在琼崖纵队3总队及独立团配合下，打退了国民党军的轮番冲击。终于赢得了时间，让43军主力赶到澄迈县即分兵两部北上，于21日傍晚抵达美亭东西两侧地区，将围攻128师的国民党军包围起来，形成了内外夹击的态势。战场上出现了

**孙干卿** ━━━━━━━━━━━━━━━━━━━━━━━━━━ ▲

　　山东淄博人。抗日战争时期，任八路军山东纵队第三支队10团排长、副连长、连长、第3旅9团营长，清河军区清中独立团副团长。解放战争时期，任东北民主联军第7师20团团长、东北野战军第6纵队17师50团政治委员、团长，第四野战军43军128师参谋长。

Λ 1935 年时的陈济棠（前排中）。

包围与反包围、内线与外线的犬牙交错的复杂局面。双方都不敢炮战，在许多地方短兵相接进行肉搏战。解放军登陆的梯队到底是四野的头等主力，越战越勇。22日上午，登陆梯队与琼崖纵队的配合部队一齐发起猛烈的攻击。

这时，在海口市指挥的薛岳才弄清楚是解放军四野的大部队来了。他想起蒋介石叮嘱过不要将兵力都拿去拼了，因而担心主力被全歼，急忙命令剩余部队撤退。这次围歼战，解放军登陆部队全歼薛岳的252师，重创其62军等部。薛岳部署的环岛防御体系的核心阵地——琼北守备区土崩瓦解。

薛岳见大势已去，眼见其苦心经营的琼北、琼东各防御体系及指挥机构顷刻间土崩瓦解，溃不成军。为避免全军覆灭，遂于22日下午下令全线南撤，同时又急电台湾，要求火速派舰船驶来琼南榆林港和八所港，接运残部撤离海南。

薛岳下罢命令，便跟陈济棠等广东省和海南岛党政军要员，登上飞机，逃往台湾。

1950年4月22日晨，雷州半岛，徐闻县，第15兵团指挥所捷报频传。

43军、40军在美亭、黄竹地区，取得与敌决战胜利后，渡海作战兵团指挥所获悉敌军残部已分路南撤，邓华司令员及时、迅速地向两个军发出乘胜追击的命令，命分东、西、中三路猛烈追歼逃敌。

东路，以40军主力、43军128师，从现在位置出发，经文昌、嘉积、乐会、万宁、陵水向榆林、三亚追击，直至天涯、海角；

中路，以43军129师、127师380团，于24日晨登陆后，从美亭地区出发，经那大、白沙，向北黎、八所追击前进；

西路，以40军留在那大市的118师352团1个加强营，从那大急行军到洋浦港，乘机帆船，从海上向八所、北黎追击前进。

邓华命令两个军各派1个师，运用猛打、猛冲、猛追的"三猛战术"，迅速抢占海口市，并令两军各师派出侦察分队，和若干小分队，跟踪逃跑之敌，以便于我发起追击时，能迅速找到追击的方向和目标。40军、43军的主力则就地略作休整。当得悉敌人全线退逃时，就运用"三种情况、三种打法"猛追敌人。敢于打莽撞仗，实施"三猛战术"，这是四野在东北三年多时间的作战中，经历了各种各样的阵仗，为正确贯彻毛主席集中优势兵力，在实际总结概括出来的具有指导意义的六个战术原则。

邓华与40军、43军的军、师各级指挥员娴熟、灵活地运用了六个战术原则中的两个战术原则，即"三种情况三种打法"，对动摇退却的敌人实施作战，在追歼作战中运用"三猛战术"。

40军、43军收到令他们迅速攻占海口市的电报后，行动非常迅速。海口是海南岛的首府，两个军都想首先攻进海口市。40军派遣118师一部向海口市勇猛追击。43军派遣127师一部向海口市加速攻击前进，因为美亭、黄竹决战时，118师是在敌人的外围作战，127师则在内线作战，向海口追击，118师自然就跑在了前面。但127师那股革命英雄主义的劲上来了，不顾连续几天的作战疲劳与伤亡减员简直是小跑前进，总想赶上118师并超过他们。

127师与118师的你追我赶，把向海口逃跑的敌人追的更惨了。敌人的速度跑不过我军这两个师，118师、127师都超越了逃跑的敌人。127师姓铁名钢，迈开铁脚板，一路小跑前进想赶上去，超过118师；118师号称"铁旋风"，哪甘示弱，也是小跑前进。

4月23日上午8时，40军118师一部首先攻进海口市，并俘敌600余人，缴获汽车40余辆。43军127师379团拂晓进占琼山，他们在118师稍后一点攻进海口市。至此，向海口逃窜的敌人和防守海口市的敌人，纷纷向海南南部逃跑。

据记载：23日凌晨，晴朗的天空映照环水碧海，韩先楚、龙书金站在前沿指挥所，亲自指挥登陆部队攻占府城；韩先楚、龙书金同时用右手举起望远镜，因为他们俩在战争中左手都留下残疾，都是右手将军。只见硝烟弥漫之中，我先头部队红旗攒动，喊杀震天，从各个突破口进入海口，打得敌人丢盔卸甲，兵败如山倒，海口重要关口在刹那间就被我军占领。

据两个军的军史记载，4月23日清晨，我40军119师一部协同43军128师，于琼山地区一举歼灭敌62军两个师的大部，击毙62军少将参谋长温轰，攻占了琼山县城。上午8时，40军118师与43军127师先遣团一道向海口市发起攻击，但敌守军已于22日夜间逃窜，我军未遇抵抗即占领了海口。

海南岛的首府海口市，遂于1950年4月23日，被我渡海部队的118师、127师先后攻占。据说关于先后问题，两个部队还有争议。但是，海口市迅速解放了，至于哪个师先占领，已经不重要了。

至此，海南岛西北沿岸的各要点已全部被我军控制，"伯陵防线"不复存在。

## 2. 海南岛上的太阳花

此时，雷州半岛徐闻县的15兵团指挥所，又是一天的紧张忙碌，司令员邓华的眼中布满血丝，但仍然精神抖擞，神采飞扬。他刚接到四野总部电报：薛岳等已于22日下午飞往台湾。敌第一路军撤向万宁、乐会一带；第二路军撤往陵水、保亭地区；第三路军撤至北黎、八所地区；第四路军和海、空军纠集于榆林、三亚等地。于是，他当机立断，下达命令：除留第127师两个团担负海口守备任务外，两个军主力组成东、

海南特區行政長官公署

海南建省籌備委員會

海口警備司令部

中、西三路大军，向榆林、北黎、八所猛烈追击。

渡海作战兵团各路追击部队发扬不怕疲劳、连续作战的战斗作风，迅速展开追击作战。

同时，邓华率兵团指挥机关渡海，于27日进驻海口。

据跟随邓华司令指挥作战的指挥所负责人杨迪科长回忆，4月23日8时，我军进占海口市后，他向邓华司令建议说，我军已进占了海口市，两个军已经兵分三路追击败逃之敌。我建议兵团指挥所这几天就渡海，如果您同意，我就组织部队准备进驻海口。

邓华欣然同意。同时问他，你是怎么准备的？

杨迪回答说，陈济棠统治海南岛时，他有一支小型的沿海水警巡逻队，都是一些小艇，不能远海航行，是为了向海南岛沿海渔民征税用的，同时在沿岛近海航行，防止海盗抢劫出海渔船，也去救援。薛岳接替陈济棠后，国民党海军第3舰队就没有把这些水警小艇放在眼里，既没有编入海军第3舰队，也不准它们出海，只准这些水警小艇停靠在海口市以西秀英码头的浅水区码头，深水区则由第3舰队使用。我判断敌海军第3舰队逃跑时，不会带这些小艇逃跑，因这些小艇即使加满燃料也航行不到台湾，而且在航行中经受不起较大风浪的冲击。我们应该立即派人渡海去找这些小艇，兵团前指用这些艇渡过琼州海峡是完全可以的。说到这里，杨迪停了停，又接着说，现在驾驶员也找到了，安排在徐闻县等候。

邓华听后笑了，说，你还准备了什么？

杨科长说，我还向40军119师徐国夫师长说了，他们的大船多，请他在装火炮打敌军舰的机帆船队中，选2至3艘较大一些的机帆船，在掩护他们渡海登陆后，迅速返回到海安港，载运指挥所一部分人员和吉普车过海，现在已返回到海安港了。邓华司令员满意地说，就按你所准备的去干，什么时间渡海告诉我。

27日7时30分，邓华率指挥所来到海安港码头，早已停靠在港湾里的是2艘小船艇，这是缴获来的国民党军的巡逻艇，此时已经刷成崭新的草绿色。邓华司令员乘上第一艘艇，带上电台和译电员，其他人员乘第二艘。此时，他的心情十分愉悦，望着深蓝色大

<1950年4月23日，我军解放海口市。这是被我军占领的国民党海南特区行政长官公署。

∨ 1950年4月22日，我军占领了敌由海口向榆林港逃跑的必经桥梁。

海，微笑着对大家说，我们要同舟共济，同时登上海南岛。

8时正，小艇在海安码头港湾起航，驶向波涛汹涌的海面，航行在琼州海峡的海域上。邓华没有进到艇上的指挥室，而是两手叉腰，昂首挺立在船艇前部的甲板上，任凭风吹浪打。他的心也许和这汹涌澎湃的大海一样，浮想联翩。自从他受命统一指挥40军、43军渡海登陆海南岛战役4个多月来，他所承受的压力是很大的。摆在他面前的都是从来没有遇到过的新问题，都需要他去认真地对待，一个一个问题去解决，真是呕心沥血。邓华充分运用了他的胆略和才智，依靠兵团其他首长和司令部，依靠40军、43军的军、师指挥员和司令部的智慧与勇敢，终于在短短的3个多月内，实现了由分批偷渡到大举渡海登陆海南岛成功，现在已经胜利在握了，他的心情能不高兴吗？

杨迪在这时打断了他的沉思，对他说，司令员，我们乘坐的只是一艘小小的巡逻艇，就可以到达海南岛的秀英港。现代化的渡海工具与原始的木帆船就是不一样。想起我军大兵团使用木帆船渡海登陆作战，真是创造了渡海作战史上的奇迹。

邓司令员很有感情地说：这只有我们中国共产党领导下的人民军队，才有可能创造这样的奇迹啊！

27日9时30分，小艇靠到海南岛秀英港码头，邓华第一个登岸，其他人随后。担任海口市警备任务的127师政委宋维栻在码头上迎接司令员。邓华与宋维栻紧紧地握手，对他说，你和王东保率第二批部队，偷渡过海登陆，打得很好。特别是在美亭、黄竹决战，你们127师和128师打出了我军英勇顽强，不怕牺牲的优良传统和作风。你们这支最老的部队，在最后一仗中，又打出了铁军的威风，我很高兴。没有等宋维栻回他的话，他就说，我们走吧，你很忙，你干你的事去，就不要陪我了，我先到指挥所去，以后我再到你们师去看看好吗？说完就伸出手来。宋维栻显得非常激动，目送首长远去，连回答首长的话也没说，可是他的心里面满是敬佩崇敬的话，首长是有意不让他说啊！

杨迪在一旁赶紧对他说，宋政委，感谢你对我们在海口市开设指挥所的帮助。我们住在市中心的国民党中央银行大楼内，以后我们再联系吧！

宋政委说，杨科长，你有什么事，尽管找我们，我们一定尽力办到。

南国的无气湿漉漉的，4月的海南已经是很炎热了，天上的雨水总是在太阳出来的时候，一阵一阵地猛下，一阵大雨过后，似火的太阳又挂在头顶上不动，下雨也不感到怎么凉爽。兵团指挥所设在市中心国民党中央银行三层楼内，警卫勤务人员住1楼，司令和作战室都在2楼，电台架设在3楼，作战值班室就在邓华司令员住处的旁边，那间不大的临街房子，有一个凉台，邓华走进去，一眼就看到了凉台下有一簇簇争芳斗艳的小红花，有人告诉他，那是岛上的太阳花。

有人记得，就在当天的下午，海南的传奇英雄冯白驹在这里与邓华紧紧拥抱，随军记者拍下了这一具有象征意义的一幕，新中国的阳光终于驱散了阴霾，普照海南大地。


## 3. 五星红旗插上五指山

追击大军势如破竹。从4月24日开始，40军主力和43军128师、琼纵3总队、5总队及独立团组成东路追击部队，经万宁、陵水两地直插榆林、三亚地区，以切断敌人退路。

这场比谁跑得快的战斗，我军打得游刃有余。也许是残敌自知大势已去，几乎没有哪个部队敢停下脚步负隅顽抗，他们惟一的希望是尽快逃到海边，坐上国民党的军舰，也如他们的最高长官薛岳一样，到台湾去避开这场充满战火硝烟的噩梦。

这样一来，我军在连续作战、毫无休整、极度疲劳的情况下，依然士气旺盛，个个奋勇杀敌，人人力争夺功。40军118师的1个加强营，乘缴获敌人的汽车沿东线环岛公路展开追击，到第二天上午追上一股敌军，当即抓获2,000余名俘虏，其势犹如赶羊一般。

4月27日早晨，靠"铁脚板"追击的118师大部，在万宁地区截住敌32军大部和62军残部，并在该地的乌场港内对正在往4艘赶来接运的敌舰上撤退的敌军发动攻击，当即击伤3艘敌舰，抓获敌兵3,000余人。

西路军第40军第118师第352团一个加强营和琼崖纵队第1总队一部，乘15只帆船由近海向北黎、八所追击，配合中路友军追歼敌第三路军，但受大风大浪影响未能按时抵达北黎港。陆上追击部队抵达北黎时，该地已被中路军占领。

中路追击部队由43军军部率129师及127师380团组成，该部在远距离追击作战中，克服种种困难，昼夜兼程，终于在4月30日赶至小岭、北黎、八所港以东地区，将敌64军286师和90师1个团截住，在西路友军和琼纵1总队的协同下，将其全歼，捕获敌286师少将副师长邱国梁及其官兵3,500人，并缴获军舰1艘。

东路军第40军119师，于24日在黄竹（嘉积北）击溃国民党军第62军第151师师部，25日占领嘉积，俘虏中将副军长兼151师师长韩潮及其官兵800余人；尔后向榆林急进，并于30日上午占领了敌空军在三亚的机场。第118师以一部组成快速部队，

∧ 我军某部为追歼逃敌向榆林港方向前进。

乘坐缴获的国民党守军汽车40余辆，经文昌、嘉积、龙滚追击，在万宁县和乐击溃国民党军第32军第252师两个团后，于28日继续经陵水向榆林前进。

据说追歼逃敌后来成为兄弟部队之间的大竞赛。

43军128师先头团已经逐渐超过119师，跑在前面，猛追逃敌。119师看到128师先头团已超越他们，也不甘落后。在这样的情况下，像万米长跑，两个师已进入到了向榆林、三亚进攻的冲刺阶段。

与此同时43军第128师于25日由嘉积向南追击，与40军119师会师。两个师齐头并进追击溃逃之敌。

43军128师心想，海口市让40军118师先一步进入，那么岛上最南端的榆林、三亚就该是43军先进入了。而40军119师也想，海口市是118师先进入，那么榆林、三亚就应该是我们119师先进入。

128师趁119师在嘉积以北与捕捉到的敌人展开战斗时，其先头部队从一侧超越了119师，追敌至安仁市，歼敌一部后，仍不停地追击溃逃之敌，在新林港歼敌数千，29日一昼夜前进90公里，并在行进中与溃逃之敌连续作战4次，于新村港截歼候船逃跑的敌第62军一部共3,000人；30日晨开始急行军，于16时占领榆林，歼灭未及逃跑的国民党守军一部。17时，第40军第119师亦追至榆林，与第128师会师，黄昏占领了海岛南端最大的海军基地榆林、三亚两港。

而在此时，40军118师组成"快速纵队"，也参加了东路追击战。前面说过他们首先进占海口市，缴获了敌人40余辆大卡车，便以1个营，加强1个重迫击炮连，乘坐这些汽车，沿公路向南追击逃敌。他们想以最快的速度抢在119、128师的前面去。如果实现他们的目的，他们就又立了头功，那么118师真是锦上添花了。战场上的事情，指战员的心理就这么简单，因为这是最后一仗，大家都想抓住这一立功机会，谁知"快速纵队"进至和乐市抓住溃逃敌人一部，将其歼灭时，我119师和128师都已赶到，几路人马都挤在公路上走，"快速纵队"反而被道路堵塞不能前进，而且有的车没有油了，有的车出了故障，这个"快速纵队"费尽九牛二虎之力，还是被"11号"甩在了身后。

至此，东路追击部队已肃清琼东沿线的国民党守军。

距三亚20余公里处，耸立的巨石上题刻着"天涯"、"海角"等几个大字。那是清雍正年间崖州知州程哲等人所题。

英雄战士刘梅村和他的战友们，把五星红旗插上了天涯海角。指战员们在大海边欢庆胜利，近岸巨石棋布，巍然耸立；极目望去，水天一色，蔚蓝皎洁，雪浪翻腾，景色巍巍壮观。一棵棵椰子树和海水一起，发出欢乐的笑声！

追到了天涯海角，战士们也该好好睡上一觉了。但是战士们集合在椰林树下，望一眼金色的沙滩，背起钢枪又出发了。第40军全体指战员接到命令，作为中央军委的战略预备队，马上就要渡海北返了。

在大追击作战中，沿途的人民群众，听说解放军到了，挑着糖水，抱着椰子、菠萝、熟饭团子，请战士们吃、喝。五指山的黎族同胞，挑着米、菜、鸡、狗、猫，爬过重重高山，赶到公路上，迎接解放军，若解放军不接受他们的礼物，是难以通过的。

经过7昼夜的追击，三路大军于5月1日占领琼西重要港口北黎、八所等海南各个要点。薛岳集团大部逃往海上，一部被歼灭，一部溃散于山林，海南岛全境获得解放，五星红旗胜利插上五指山！

1950年5月5日，中国人民革命军事委员会发出《贺海南岛全部解放电》：

我广东前线人民解放军克服敌人陆海空军的抵抗，在我琼崖纵队和海南人民协助下，英勇登陆海南岛并迅速扫荡残敌，完成全岛的解放。

中国人民革命军事委员会特向参加解放海南岛战役的全体指挥员、战斗员和支援这一战役的广东军民致以热烈的祝贺，向长期奋斗的琼崖军民致以热烈的祝贺。

中国人民解放军应当利用海南岛战役的经验，积极准备，为解放台湾、西藏，彻底消灭全部残匪而奋斗。

历时58天的海南岛战役，至此落下帷幕，四野渡海兵团横渡琼州海峡，从1950年3月5日开始至5月1日结束，解放了海南岛全境，胜利完成了我军历史上规模最大的一次渡海登陆战役。歼灭敌军5个师9个团，总计33,148人，其中俘虏26,469人，缴获火炮418门、飞机4架、坦克和装甲车7辆、汽车140辆，击落敌机2架，击沉敌舰1艘，击伤5艘。我方亦伤亡4,614人，其中400余人是在海战中牺牲的。

英雄的渡海兵团创造了我军渡海作战的奇迹，同时也是第四野战军南下以来，伤亡最大的一次战役，汹涌的波涛白浪，奔流不息，历史将不会忘记他们！

同时不应该忘记的还有琼崖纵队和海南人民，邓华司令员在一篇遗著这样写道：

海南岛的胜利，是与琼崖纵队的长期斗争和配合分不开的。没有琼崖纵队和海南人民的配合接应，海南解放不可能这样顺利。琼崖纵队的领导者冯白驹同志，尤其值得我们怀恋和学习。他不愧是久经考验，忠于党、忠于人民，艰苦奋斗，英勇顽强，深受海南人民爱戴的领导人和胆略兼备的军事指挥员。他率领琼崖纵队坚持二十多年的斗争，最后以强有力的配合接应，协同渡海大军圆满完成了解放海南岛的战役任务。

❶ 我军通过黄河铁桥追击敌残部。

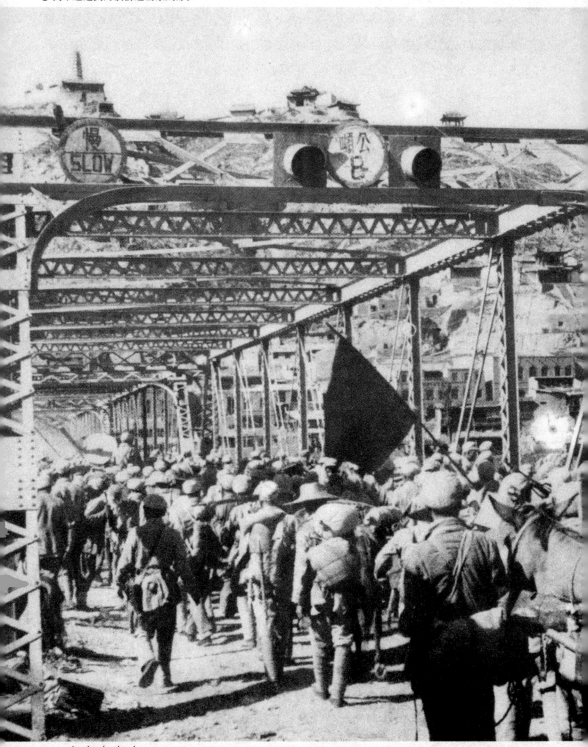

❷ 我军某部涉水过河，向前挺进。
❸ 我军干部战士在荒原上露营。
❹ 我军向敌碉堡发起冲击。
❺ 1949年5月20日，我军解放西安后，坦克部队通过国民党西北军政长官公署的门前。

## 邓 华

（时任第四野战军第 15 兵团司令员）

　　美亭决战之后，薛岳恐慌万分。他眼见大势已去，害怕全军覆灭，于 22 日下达了总撤退的命令。他自己也乘飞机逃往台湾。

　　我兵团前指发现上述情况后，于 24 日下午 4 时向两军发出乘胜追击的命令，分东、西、中三路猛烈追歼逃敌。

　　1950 年 4 月 30 日，我军解放榆林、三亚，胜利结束了海南岛战役。

　　整个战役计歼敌 5 个师、9 个团，共 3.3 万余人，击毁敌机两架，击伤敌舰 5 艘、击沉 1 艘。

　　残敌一部逃往台湾，一部彻底溃散。至此薛岳吹嘘的"伯陵防线"全线崩溃，海南岛宣告全部解放。

　　　　　　　　　　　　——摘自：邓华《海南岛战役作战经过》

★★★★★

## 萧 克
（时任第四野战军参谋长）

海南岛战役是一次成功的岛屿进攻战役。

我军以木船为主配以部分机帆船作为渡海工具，突破了敌由陆、海、空军组成的"立体防御"。

由于我军没有海、空军配合，不能切断敌人的海上通道，虽然歼灭 3 万余敌人，但大部分敌人逃往万山群岛和台湾。

——摘自：萧克《回忆四野进军中南》

《聚歼天津卫》　《解放大上海》　《合围碾庄圩》　《进军蓉城》
《保卫延安》　　《血拼兰州》　　《喋血四平》　　《剑指济南府》
《鏖战孟良崮》　《席卷长江》　　《攻克石家庄》　《总攻陈官庄》
《围困太原城》　《登陆海南》　　《兵发塞外》　　《重压双堆集》

**1.部分图片由解放军画报社供稿**

摄影作者(按姓氏笔画排列)：

| 于天为 | 于庆礼 | 于成志 | 于坚 | 于志 | 于学源 | 马金刚 | 马昭运 | 马硕甫 | 化民 | 孔东平 | 毛履郑 |
| 王大众 | 王文琪 | 王长根 | 王仲元 | 王纪荣 | 王甫林 | 王纯德 | 王国际 | 王奇 | 王学源 | 王林 | 王述兴 |
| 王青山 | 王春山 | 王振宇 | 王晓羊 | 王鼎 | 王毅 | 邓龙翔 | 邓守智 | 丕永 | 冉松龄 | 史云光 | 史立成 |
| 田丰 | 田建之 | 田建功 | 田明 | 白振武 | 石嘉瑞 | 艾莹 | 边震遐 | 任德志 | 刘士珍 | 刘长忠 | 刘东鳌 |
| 刘叶 | 刘庆瑞 | 刘寿华 | 刘保璋 | 刘峰 | 刘德胜 | 华国良 | 吕厚民 | 吕相友 | 孙天元 | 孙庆友 | 孙侯 |
| 安靖 | 成山 | 朱兆丰 | 朱赤 | 朱德文 | 江树积 | 江贵成 | 纪志成 | 许安宁 | 齐观山 | 何金浩 | 余坚 |
| 吴群 | 宋大可 | 张平 | 张宏 | 张国璋 | 张举 | 张炳新 | 张祖道 | 张崇岫 | 张鸿斌 | 张谦谊 | 张超 |
| 张颖川 | 张熙 | 张醒生 | 张麟 | 时盘棋 | 李丁 | 李九龄 | 李久胜 | 李书良 | 李夫培 | 李文秀 | 李长永 |
| 李风 | 李克忠 | 李国斌 | 李学增 | 李家震 | 李晞 | 李海林 | 李基禄 | 李清 | 李维堂 | 李雪三 | 李景星 |
| 李琛 | 李锋 | 李瑞峰 | 杜心 | 杜荣春 | 杜海振 | 杨绍仁 | 杨绍夫 | 杨玲 | 杨荣敏 | 杨振亚 | 杨振河 |
| 杨晓华 | 沙飞 | 肖迟 | 肖里 | 肖孟 | 肖瑛 | 苏卫东 | 苏中义 | 苏正平 | 苏河清 | 苏绍文 | 谷芬 |
| 邹健东 | 陆仁生 | 陆文骏 | 陆明 | 陈一凡 | 陈书帛 | 陈世劲 | 陈希文 | 陈志强 | 陈福北 | 周有贵 | 周洋 |
| 周鸿 | 周锋 | 周德奎 | 孟庆彪 | 孟昭瑞 | 季音 | 屈中奕 | 林杨 | 林塞 | 罗培 | 苗景阳 | 郑景康 |
| 金锋 | 姚继鸣 | 姚维鸣 | 姜立山 | 祝玲 | 胡宝玉 | 胡勋 | 赵化 | 赵良 | 赵奇 | 赵明志 | 赵彦璋 |
| 郝长庚 | 郝世保 | 郝建国 | 钟声 | 凌风 | 唐志江 | 唐洪 | 夏志彬 | 夏枫 | 夏苓 | 徐光 | 徐肖冰 |
| 徐英 | 徐振声 | 流萤 | 耿忠 | 袁汝逊 | 袁克忠 | 袁绍柯 | 袁芩 | 贾健 | 贾瑞祥 | 郭中和 | 郭良 |
| 郭明孝 | 钱嗣杰 | 陶天治 | 高凡 | 高礼双 | 高帆 | 高宏 | 高国权 | 高洪叶 | 高粮 | 崔文章 | 崔祥忱 |
| 常春 | 康矛召 | 曹兴华 | 曹宠 | 曹冠德 | 盛继润 | 章洁 | 野雨 | 隋其福 | 雪印 | 博明 | 景涛 |
| 程立 | 程铁 | 童小鹏 | 董青 | 董海 | 蒋先德 | 谢礼廊 | 雁兵 | 韩荣志 | 鲁岩 | 楚衣田 | 照耀 |
| 路云 | 熊雪夫 | 蔡远 | 蔡尚雄 | 裴植 | 潘沼 | 黎民 | 黎明 | 冀连波 | 冀明 | 魏福顺 | |

(部分照片作者无记载：故未署名)

**2.部分图片由 getty images 供稿**